# O CLUBE DE LEITURA
# DE JANE AUSTEN

Karen Joy Fowler

# O CLUBE DE LEITURA DE JANE AUSTEN

Tradução de Angela Pessôa

Título original
THE JANE AUSTEN BOOK CLUB

*Copyright* © Karen Joy Fowler, 2004

Todos os direitos reservados.

Nenhuma parte desta obra pode ser reproduzida ou transmitida por qualquer forma ou meio eletrônico ou mecânico, inclusive fotocópia, gravação ou sistema de armazenagem e recuperação de informação, sem a permissão escrita do editor.

Direitos para a língua portuguesa reservados
com exclusividade para o Brasil à
EDITORA ROCCO LTDA.
Av. Presidente Wilson, 231 – 8º andar
20030-021 – Rio de Janeiro – RJ
Tel.: (21) 3525-2000 – Fax: (21) 3525-2001
rocco@rocco.com.br
www.rocco.com.br

*Printed in Brazil*/Impresso no Brasil

preparação de originais
SÔNIA PEÇANHA

CIP-Brasil. Catalogação na fonte.
Sindicato Nacional dos Editores de Livros, RJ.

F862c  Fowler, Karen Joy
O clube de leitura de Jane Austen / Karen Joy Fowler; tradução de Angela Pessôa. – 1ª ed. – Rio de Janeiro: Rocco, 2017.

Tradução de: The Jane Austen book club.
ISBN 978-85-325-3047-9 (brochura)
ISBN 978-85-8122-672-9 (e-book)

1. Romance norte-americano. I. Pessôa, Angela. II. Título.

16-36022

CDD–813
CDU–821.111(73)-3

Este livro é uma obra de ficção. Nomes, personagens, lugares e incidentes são produtos da imaginação da autora ou foram usados de forma fictícia. Qualquer semelhança com pessoas reais, vivas ou não, estabelecimentos comerciais, acontecimentos ou localidades é mera coincidência.

PARA SEAN PATRICK JAMES TYRRELL.
*Que faz falta e sempre fará.*

Raramente, muito raramente, a verdade completa é revelada ao ser humano; é raro que alguma parte não esteja um pouco disfarçada, ou mal compreendida.

— JANE AUSTEN, *Emma*

## Nota da Autora

Para os que desejarem, sinopses dos seis romances de Austen discutidos em *O clube de leitura de Jane Austen* podem ser encontradas no final deste livro, a partir da página 282.

# Prólogo

Cada um de nós tem uma Austen particular.

A Austen de Jocelyn escreveu romances maravilhosos sobre amor e namoro, mas nunca se casou. O clube de leitura foi ideia de Jocelyn, que escolheu os integrantes a dedo. Jocelyn tinha mais ideias em uma manhã do que o restante de nós em uma semana, e mais energia também. Era essencial para reintroduzir Austen regularmente em sua vida, dizia Jocelyn, deixá-la olhar ao redor. Desconfiávamos de alguma agenda oculta, mas quem usaria Jane Austen com maus propósitos?

A Austen de Bernadette era um gênio da comédia. Seus personagens e diálogos continuavam genuinamente cômicos, não como as piadas de Shakespeare, que divertiam apenas por pertencerem a Shakespeare e isso lhe ser devido.

Bernadette era nossa decana, tendo acabado de dobrar a curva dos 67. Recentemente, anunciara que estava, oficialmente, entregando os pontos.

– Eu simplesmente não olho mais para o espelho – dissera. – Quem me dera tivesse pensado nisso há anos...

— Como um vampiro — acrescentou e, ao colocar as coisas dessa forma, ficamos imaginando como os vampiros sempre conseguiam aparentar tanta elegância. Ao que tudo indicava, a maioria deveria ter a aparência de Bernadette.

Certa vez, Prudie havia visto Bernadette no supermercado de pantufas, os cabelos levantados na testa como se não os houvesse penteado. Estava comprando edamame congelado, alcaparras e outros itens que não podiam ser de primeira necessidade.

O livro preferido de Bernadette era *Orgulho e preconceito*; ela dissera a Jocelyn que este era provavelmente o preferido de todos. Recomendou que começássemos por ele. Mas o marido de Sylvia havia 32 anos acabara de pedir o divórcio, e Jocelyn não iria submetê-la, sendo a notícia tão recente e delicada, ao atraente Sr. Darcy.

— Vamos começar com *Emma* — Jocelyn havia respondido. — Porque ninguém leu nem ninguém quer se casar.

Jocelyn conheceu Sylvia quando ambas tinham 11 anos; agora, estavam no início da casa dos cinquenta. A Austen de Sylvia era filha, irmã e tia. A Austen de Sylvia escrevia seus livros em uma sala de estar movimentada, lia-os em voz alta para a família e ainda assim continuava uma observadora perspicaz e apartidária das pessoas. A Austen de Sylvia podia amar e ser amada, mas isso não lhe anuviava a visão nem embotava seu julgamento.

Era possível que Sylvia fosse o único motivo para o clube de leitura, que Jocelyn desejasse apenas mantê-la ocupada durante tempos difíceis. Isso era bem a cara de Jocelyn. Sylvia era sua amiga mais antiga e mais chegada.

Não foi Kipling quem disse "Nada como Jane quando você está em apuros"? Ou coisa bem parecida com isso?

...

— Acho que devíamos ser só mulheres — Bernadette sugeriu em seguida. — A dinâmica muda com os homens. Eles pontificam em vez de comunicar. Falam mais do que deviam.

Jocelyn abriu a boca.

— Ninguém consegue dizer uma palavra — advertiu Bernadette. — As mulheres são muito inseguras para interromper, não importa por quanto tempo alguém já tenha falado.

Jocelyn limpou a garganta.

— Além disso, homens não participam de clubes de leitura — continuou Bernadette. — Eles veem a leitura como um prazer solitário. Quando leem.

Jocelyn fechou a boca.

No entanto, a próxima pessoa que convidou foi Grigg, que nenhuma de nós conhecia. Grigg era um homem bonito, de cabelos escuros, no começo da casa dos quarenta. A primeira coisa que a pessoa reparava nele eram os cílios, muito longos e espessos. Imaginávamos uma vida inteira de tias lastimando o desperdício daqueles cílios no rosto de um menino.

Conhecíamos Jocelyn fazia tempo suficiente para nos perguntarmos a quem Grigg estava destinado. Grigg era jovem demais para algumas de nós, velho demais para o restante. Sua inclusão no clube era um mistério.

Aquelas de nós que conheciam Jocelyn por mais tempo haviam sobrevivido a vários arranjos. Enquanto ainda estavam no ensino médio, Jocelyn havia apresentado Sylvia ao rapaz que se tornaria marido desta, e havia sido dama de honra no casamento três anos depois que elas se formaram. Esse sucesso inicial lhe rendera um gosto por sangue; ela nunca havia se recuperado. Sylvia e Daniel. Daniel e Sylvia. Mais de trinta anos de satisfação, embora, claro que, a essa altura, fosse mais difícil extrair algum prazer disso.

A própria Jocelyn nunca se casara, então dispunha de tempo suficiente para todos os tipos de passatempos.

Havia passado seis meses inteiros apresentando homens jovens adequados à filha de Sylvia, Allegra, quando Allegra fez 19 anos. Agora Allegra tinha 30 e foi a quinta pessoa convidada a participar de nosso clube de leitura. A Austen de Allegra escrevia sobre o impacto da necessidade financeira na vida íntima das mulheres. Se houvesse trabalhado em uma livraria, Allegra teria colocado Austen na seção de terror.

Allegra usava cortes de cabelo curtos e caros e sapatos baratos e sensuais, mas nenhum desses fatos teria feito com que qualquer de nós pensasse duas vezes, se ela também não houvesse, em ocasiões demasiado numerosas para serem contadas, se referido a si mesma como lésbica. Por fim, a incapacidade de Jocelyn de enxergar o que nunca foi ocultado tornou-se ofensiva, e Sylvia puxou-a de lado e perguntou por que ela estava tendo tanta dificuldade em *entender*. Jocelyn ficou mortificada.

Passou às mulheres jovens adequadas. Jocelyn administrava um canil e criava leões da Rodésia. O universo canino, como ela alegremente verificou, achava-se repleto de mulheres jovens adequadas.

Prudie era a mais nova de nós, com 28 anos. Seu romance preferido era *Persuasão*, o último a ser concluído e o mais sombrio. A de Prudie era a Austen cujos livros mudavam a cada vez que a pessoa os lia, de forma que em um ano eram todos romances e no seguinte, de repente, reparava-se na prosa controlada e irônica de Austen. A de Prudie era a Austen que havia morrido, possivelmente de doença de Hodgkin, quando contava apenas 41 anos.

Prudie teria gostado se ocasionalmente reconhecêssemos o fato de ela haver angariado o convite por ser uma genuína entusiasta de

Austen, ao contrário de Allegra, que só estava ali por causa da mãe. Não que Allegra não tivesse insights valiosos; Prudie ficava ansiosa para ouvi-los. Era sempre bom saber o que as lésbicas estavam pensando sobre amor e casamento.

Prudie possuía um rosto dramático, com olhos fundos, pele muito, muito branca e bochechas sombreadas. Boca pequena e lábios que quase desapareciam quando ela sorria, como o gato de Cheshire, só que ao contrário. Lecionava francês no ensino médio e era a única de nós casada no momento, a menos que se levasse em conta Sylvia, que em breve já não seria. Ou talvez Grigg — não sabíamos sobre Grigg — mas por que Jocelyn o teria convidado se ele fosse casado?

Nenhuma de nós sabia quem era a Austen de Grigg.

Nós seis — Jocelyn, Bernadette, Sylvia, Allegra, Prudie e Grigg — compúnhamos a escalação completa do clube de leitura só-Jane--Austen-o-tempo-todo de Central Valley/River City. Nossa primeira reunião foi na casa de Jocelyn.

# Março

## CAPÍTULO UM

*no qual nos reunimos*
*na casa de Jocelyn*
*para discutir* Emma

Sentamo-nos em círculo na varanda telada de Jocelyn ao anoitecer, bebendo chá gelado e rodeados pelo cheiro de seus cinco hectares de grama recém-cortada. Era uma vista muito bonita. O pôr do sol havia ostentado um traço espetacular de púrpura e, a essa altura, os montes Berryessa achavam-se sombreados a oeste. Ao sul, na primavera, mas não no verão, havia um córrego.

– Escutem os sapos – disse Jocelyn. Pusemo-nos a escutar. Aparentemente, em algum lugar sob o clamor de seu canil repleto de cães barulhentos, havia um coro de sapos.

Ela apresentou-nos a Grigg. Ele trouxera a edição Gramercy dos romances completos, o que sugeria que Austen era apenas um capricho recente. Não podíamos aprovar alguém que se apresentava com um livro claramente novo, alguém que conservava no colo os romances completos quando somente *Emma* estava em discussão. Assim que ele abrisse a boca pela primeira vez, independentemente do que dissesse, alguma de nós teria de colocá-lo em seu lugar.

Essa pessoa não seria Bernadette. Embora houvesse sido a única a requisitar só mulheres, ela possuía o melhor coração do mundo; não nos surpreendemos ao vê-la fazer com que Grigg se sentisse bem recebido.

— É tão bom ver um homem interessado na Srta. Austen — disse.

— É um prazer ter a perspectiva masculina. Estamos muito felizes que você esteja aqui. — Bernadette nunca dizia nada de uma só vez, se pudesse dizê-la em três vezes. De vez em quando, isso irritava, mas era principalmente relaxante. Ao chegar, ela parecia ter um morcego enorme pairando sobre a orelha. Era apenas uma folha, e Jocelyn removeu-a quando as duas se abraçaram.

Jocelyn tinha dois aquecedores portáteis funcionando, e a varanda emitia um zumbido aconchegante. Havia tapetes indianos e pisos de cerâmica espanhola de um vermelho que escondia pelo de cachorro, dependendo da raça. Havia abajures de porcelana no formato de potes para especiarias, arredondados e orientais, e sem o pó habitual nas lâmpadas, pois aquela era a casa de Jocelyn. As lâmpadas achavam-se acopladas a temporizadores. Quando ficasse suficientemente escuro lá fora, no momento perfeito, acenderiam todas de uma vez, como um coro. Isso ainda não havia ocorrido, mas aguardávamos ansiosos. Talvez alguém fizesse algum comentário inteligente.

A única parede ostentava uma fileira de fotografias — a dinastia de leões da Rodésia de Jocelyn, rodeados por suas faixas e pedigrees. Os leões da Rodésia são uma raça matriarcal; essa é uma de suas muitas características atraentes. Era colocar Jocelyn na posição alfa e tínhamos os ingredientes de uma civilização avançada.

Queenie of the Serengeti encarava-nos com desaprovação, olhos de corça e expressão inteligente e preocupada. É difícil captar a personalidade de um cão em uma fotografia; os cães sofrem mais com o achatamento do que as pessoas, ou mesmo os gatos. Os pássaros fotografam bem porque seu espírito é bastante resguardado e, de qualquer forma, muitas vezes o verdadeiro objeto é a árvore. Mas a fotografia era satisfatória, e a própria Jocelyn a havia batido.

Embaixo da foto de Queenie, sua filha, Sunrise on the Sahara, estava deitada, em carne e osso, aos nossos pés. Havia acabado de se acomodar, tendo passado a primeira meia hora deslocando-se de um para outro, bafejando cheiros de água estagnada em nossa cara e deixando pelo em nossas calças. Ela era a preferida de Jocelyn, o único cão autorizado a entrar na casa, ainda que não valesse muito, posto que sofria de hipertireoidismo e precisou ser castrada. Era uma pena que não pudesse ter filhotes, disse Jocelyn, pois Sahara possuía o mais doce dos temperamentos.

Recentemente, Jocelyn gastara mais de dois mil dólares em contas de veterinário para Sahara. Ficamos satisfeitos ao ouvir isso; sabíamos que a canicultura tornava a pessoa cruel e calculista. Jocelyn tinha esperanças de continuar a fazê-la competir, embora o canil não fosse obter nenhum benefício; era só porque Sahara sentia muita falta disso. Se sua andadura fosse aprimorada – nos leões da Rodésia, tudo tinha a ver com a andadura –, ela poderia continuar a participar de exposições, mesmo que nunca vencesse. (Mas Sahara sabia quando havia perdido; ficava quieta e pensativa. Às vezes, alguém estava dormindo com o juiz e não havia nada a fazer a respeito.) A categoria competitiva de Sahara era Fêmea Sexualmente Alterada.

Os latidos do lado de fora atingiram a histeria. Sahara levantou-se e caminhou rigidamente até a porta de tela, a crista eriçada como uma escova de dentes.

– Por que Knightley não é mais interessante? – começou Jocelyn. – Ele tem tantas qualidades boas... Por que não me empolgo muito com ele?

Mal conseguimos ouvi-la; ela precisou repetir. Sem dúvida, as condições eram tais que deveríamos estar discutindo Jack London.

...

Muito do que sabíamos sobre Jocelyn provinha de Sylvia. A pequena Jocelyn Morgan e a pequena Sylvia Sanchez haviam se conhecido em um acampamento de bandeirantes aos 11 anos e agora as duas eram cinquentonas. Ambas haviam se alojado em uma cabana ojíbua, trabalhando suas técnicas de sobrevivência no mato. Tiveram de acender fogueiras a partir de tendas de gravetos e cozinhar sobre elas, depois comer o que haviam preparado; o requisito não estava satisfeito a menos que a bandeirante limpasse o prato. Precisaram identificar folhas, pássaros e cogumelos venenosos. Como se qualquer das duas fosse alguma vez comer um cogumelo, venenoso ou não.

Para o quesito final, elas haviam sido levadas, em grupos de quatro, a uma clareira a dez minutos de distância e deixadas ali para encontrar o caminho de volta. Não foi difícil; haviam recebido uma bússola e uma dica: o refeitório ficava a sudoeste.

O acampamento durou quatro semanas, e todos os domingos os pais de Jocelyn dirigiam da cidade até lá – três horas e meia – para levar para ela os quadrinhos de domingo.

– Todos gostavam dela mesmo assim – disse Sylvia. Isso foi difícil de acreditar, mesmo para nós, que gostávamos um bocado dela. – Ela era agradavelmente desinformada.

Os pais de Jocelyn a adoravam, então não suportavam vê-la infeliz. Nunca haviam lhe contado uma história de final triste. Ela nada sabia sobre o DDT ou os nazistas. Seus pais a afastaram da escola durante a crise dos mísseis cubanos, pois não queriam que ela soubesse que tínhamos inimigos.

– Coube a nós, ojíbuas, contar a ela sobre os comunistas – disse Sylvia. – E os pedófilos. O Holocausto. Assassinos em série. Menstruação. Loucos fugitivos com ganchos no lugar das mãos. A Bomba. O que tinha acontecido com os verdadeiros ojíbuas.

"É claro que não sabíamos nada daquilo direito. Fornecemos uma mistureba de informações erradas. Ainda assim, era mais real do que o que ela ouvia em casa. E Jocelyn foi muito corajosa, você tinha que admirar.

"Mas tudo desmoronou no dia em que tivemos que encontrar nosso caminho de volta ao acampamento. Jocelyn tinha a fantasia paranoide de que, enquanto estávamos caminhando e consultando nossa bússola, eles estavam arrumando as malas e partindo. De que chegaríamos à cabana, ao refeitório e às latrinas, mas todo mundo teria ido embora. E mais ainda, que tudo estaria cheio de poeira, teias de aranha e tábuas estragadas no assoalho. Como se o acampamento tivesse sido abandonado havia séculos. Talvez tivéssemos lhe contado muitas tramas de *Além da imaginação*.

"Mas é aqui que vem a parte estranha. No último dia, os pais foram buscar Jocelyn e, na viagem de volta, contaram que tinham se divorciado durante o verão. Na verdade, Jocelyn fora mandada para longe justamente com essa finalidade. Todas aquelas viagens de domingo juntos para levar as revistas em quadrinhos, e eles realmente não suportavam um ao outro. Seu pai estava morando em um hotel em São Francisco e assim foi durante o mês inteiro que ela passou fora. 'Faço todas as minhas refeições no restaurante do hotel', disse ele. 'É só descer para o café da manhã e pedir o que me dá na telha.' Jocelyn contou que ele fez aquilo parecer o único motivo para ter saído de casa, porque comer em restaurante era muito bom. Ela se sentiu trocada por ovos na manteiga."

Um dia, vários anos mais tarde, ele telefonou para dizer que estava com um pouco de gripe. Nada com que ela devesse esquentar sua querida cabecinha. Eles tinham ingressos para um jogo de beisebol, mas seu pai achava que não poderia ir, teria de ficar para a próxima. Avante, Giants! Pelo que se constatou, a gripe foi um ataque cardíaco. Ele só chegou ao hospital depois de morto.

– Não é de admirar que ela tenha crescido meio controladora – disse Sylvia. Com amor. Fazia mais de quarenta anos que Jocelyn e Sylvia eram grandes amigas.

– Falta paixão ao Sr. Knightley – disse Allegra, que possuía um rosto muito expressivo, como Lillian Gish em um filme mudo. Ela franzia a testa quando estava defendendo uma ideia, o que fazia desde garotinha. – Frank Churchill e Jane Fairfax se encontram em segredo, discutem um com o outro, fazem as pazes e mentem para todo mundo que conhecem. A gente acredita que estão apaixonados porque se comportam tão mal. A gente imagina sexo. Ninguém tem essa impressão com o Sr. Knightley. – Allegra tinha voz de acalanto, baixa, ainda assim penetrante. Não raro se impacientava conosco, mas seus tons eram tão relaxantes que em geral só percebíamos isso mais tarde.

– É verdade – concordou Bernadette. Por trás das lentes dos óculos minúsculos, seus olhos eram redondos como seixos. – Emma está sempre dizendo que Jane é muito reservada, até o Sr. Knightley diz isso, e ele é muito perspicaz com relação a todo mundo. Mas ela é a única no livro inteiro – as luzes se acenderam, o que fez Bernadette se sobressaltar, mas sem omitir uma única palavra por isso – que sempre parece perdidamente apaixonada. Austen diz que Emma e o Sr. Knightley formam um casamento corriqueiro. – Ela parou, com ar pensativo. – Claro que ela aprova. Espero que a palavra "corriqueiro" signifique alguma coisa diferente na época de Austen. Tipo, nada do que se envergonhar. Nada que atice as más línguas. Sem grandes altos e baixos.

A luz derramava-se como leite sobre a varanda. Vários insetos, grandes e alados, atiravam-se de encontro às telas, loucos por encontrá-la, segui-la até a fonte, o que resultava em uma série de baques, alguns altos o suficiente para fazer com que Sahara rosnasse.

— Nenhuma paixão animal — disse Allegra.

Sahara virou-se. Paixão animal. Ela havia visto certas coisas nos canis. Coisas que nos deixariam de cabelo em pé.

— Absolutamente nenhuma paixão. — Prudie repetiu a palavra, mas pronunciou-a em francês. *Pas-si-on*. Por lecionar francês, isso não foi tão desagradável quanto poderia ter sido.

Não que houvéssemos gostado. No mês anterior, a esteticista de Prudie removera grande parte de suas sobrancelhas, o que lhe conferia um olhar de surpresa constante. Mal podíamos esperar que isso passasse.

— *Sans passion, amour n'est rien* — declarou Prudie.

— *Après mois, le déluge* — retrucou Bernadette, apenas para que as palavras de Prudie não caíssem em um silêncio passível de ser confundido com frieza. Às vezes, Bernadette era de fato muito gentil.

Não havia nada fedorento lá fora. Sahara afastou-se da porta de tela. Suspirando, inclinou-se em direção a Jocelyn. Então girou três vezes, deixou-se cair e pousou o queixo no bico imundo do sapato de Jocelyn. Estava relaxada, mas vigilante. Nada alcançaria Jocelyn sem passar primeiro por Sahara.

— Se vocês me permitem. — Grigg limpou a garganta e ergueu a mão. — Uma coisa que reparei em *Emma* é que existe um clima de ameaça. — Ele pôs-se a contar nos dedos. Não usava aliança. — Os ciganos violentos. Os roubos inexplicáveis. O acidente de barco de Jane Fairfax. Todas as preocupações do Sr. Woodhouse. Existe um clima de ameaça pairando nas margens. Lançando sua sombra.

Prudie manifestou-se de forma rápida e decidida.

— Mas o ponto principal de Austen é que nada disso é real. Não existe uma verdadeira ameaça.

— Acho que você não entendeu o ponto central — declarou Allegra.

Grigg não disse mais nada. Seus cílios baixaram até as bochechas, o que tornou sua expressão difícil de decifrar. Coube a Jocelyn, como anfitriã, mudar de assunto.

— Li uma vez que o enredo de *Emma*, a humilhação de uma garota bonita e convencida, é o enredo mais popular de todos os tempos. Acho que foi Robertson Davies quem disse isso. Que essa era uma história de que todos tendiam a gostar.

Aos 15 anos, Jocelyn conheceu dois rapazes enquanto jogava tênis no country club. Um deles chamava-se Mike, o outro, Steven. Eram, à primeira vista, rapazes normais. Mike era mais alto e mais magro, com um pomo de adão proeminente e óculos que se transformavam em faróis sob o sol. Steven tinha ombros melhores e um belo sorriso, mas bunda grande.

Pauline, prima de Mike de Nova York, estava de visita, e eles se apresentaram a Jocelyn porque precisavam de um quarto jogador para as duplas. Jocelyn vinha trabalhando seu saque com o treinador do clube. Estava usando o cabelo preso em um rabo de cavalo alto naquele verão, com uma franja igual à de Sandra Dee em *Papai não sabe nada*. Seus seios, pontudos no começo, a essa altura eram arredondados. Sua mãe lhe havia comprado um maiô de duas peças em formato de meia taça, no qual Jocelyn sentia-se agradavelmente constrangida. Mas sua melhor qualidade, ela sempre acreditou, era seu saque. Seus lançamentos naquele dia foram perfeitos, fazendo-a cobrir grande distância e atirar a bola na área de saque. Ela parecia incapaz de errar. Como consequência, sentia-se de excelente humor e cheia de ousadia.

Nem Mike nem Steven estragaram as coisas sendo particularmente competitivos. Por vezes disputavam as jogadas, por vezes não; ninguém, a não ser Jocelyn, contava os pontos, e ela o fazia somente para si mesma. Eles trocaram de parceiros. Pauline mostrou-se tão arrogante ao acusar as pessoas de cometer faltas no saque em um jogo amistoso, que Jocelyn parecia cada vez melhor em comparação. Mike disse que ela era boa desportista, e Steven, que ela não era nem um pouco convencida, não como a maioria das garotas.

Eles continuaram a se encontrar e jogar depois que Pauline voltou para casa, mesmo que três fosse um número estranho. Por vezes, ao rebater, Mike ou Steven tentavam correr até o outro lado da rede para jogar nos dois times ao mesmo tempo. Nunca dava certo, mas eles não paravam de tentar. Por fim, algum adulto os acusava de não estarem jogando a sério e os expulsava da quadra.

Depois do tênis, eles vestiam os trajes de banho e se encontravam na piscina. Tudo em Jocelyn mudava com as roupas. Quando ela saía do vestiário feminino, seus movimentos eram acanhados e tensos. Enrolava uma toalha ao redor da cintura e só a removia para entrar na água.

Ainda assim, gostava quando eles olhavam; sentia o prazer por toda a pele. Eles mergulhavam atrás dela, tocando-a por baixo d'água, onde ninguém podia ver. Um ou outro nadava e colocava a cabeça entre suas pernas e subia à superfície com os joelhos dela enganchados nos ombros, a água em seu rabo de cavalo escorrendo para dentro das taças sobre seus seios. Certo dia, um deles, ela nunca soube quem, soltou o nó de seu top. Ela agarrou-o justamente quando começava a cair. Poderia ter impedido isso com uma palavra, mas não o fez. Sentia-se arrojada, atrevida. Completamente ligada.

Ela não desejava nada além disso. Na realidade, não gostava tanto assim de Mike nem de Steven, e decerto não dessa forma. Quando estava deitada em sua cama ou na banheira, tocando-se com mais intimidade e mais sucesso que eles, o rapaz que imaginava era o irmão mais velho de Mike, Bryan. Bryan estava na faculdade e trabalhava como salva-vidas na piscina no verão. Tinha a aparência de um salva-vidas. Mike e Steven o chamavam de chefe, ele os chamava de fedelhos. Nunca havia falado com Jocelyn, talvez sequer soubesse seu nome. Tinha uma namorada que raramente se molhava, só ficava deitada em uma cadeira de praia, lendo romances russos e bebendo Coca-Cola. Dava para saber quantas ela havia bebido por causa das cerejas marrasquino enfileiradas em seu guardanapo.

No final de julho, houve um baile no qual as garotas convidavam os rapazes. Jocelyn convidou tanto Mike quanto Steven. Pensou que eles soubessem disso, presumiu que conversariam a respeito. Eles eram muito amigos. Ela achou que feriria os sentimentos de alguém se convidasse um e não o outro e não queria magoar ninguém. Jocelyn tinha um vestido sem alças para usar; ela e a mãe haviam saído para comprar um sutiã sem alças.

Mike chegou primeiro a sua casa, de camisa branca e paletó esporte. Estava nervoso; estavam ambos nervosos; eles precisavam que Steven chegasse. Mas, quando isso ocorreu, Mike ficou chocado. Magoado. Furioso.

– Vocês dois se divirtam – disse. – Tenho mais o que fazer.

A mãe de Jocelyn levou Jocelyn e Steven até o clube e só tornaria a pegá-los depois das onze. Três horas teriam de se passar de alguma forma. Tochas de vidro iluminavam o caminho até a sede do clube, e o cenário tremeluzia. Havia guirlandas de rosas e animais de hera. Ar fresco e agradável, a lua deslizando baixa no céu. Jocelyn não queria ficar com Steven. Agora aquilo parecia um encontro, e ela não desejava sair com ele. Foi grosseira e má, não dançou, mal abriu a boca, não quis tirar o casaco. Temia que ele ficasse com a ideia errada, portanto estava tentando esclarecer a situação. Por fim, ele convidou outra garota para dançar.

Jocelyn dirigiu-se à beira da piscina e sentou-se em uma das espreguiçadeiras. Sabia que havia sido imperdoavelmente má com Steven, desejou nunca o ter conhecido. Não estava usando meias e sentiu frio nas pernas. Sentia seu próprio perfume Wind Song mesclado ao cloro.

A música fluía até a piscina. *"Duke of Earl"*. *"I Want to Hold Your Hand"*. *"There is a House in New Orleans"*. Bryan sentou-se na ponta da espreguiçadeira, o que fez o sangue dela gelar. Provavelmente, estava apaixonada por ele.

— Você é uma figura, sabia? — disse ele. A única luz em torno dos dois provinha do fundo da piscina e era azul. Ele estava voltado para o outro lado, então ela não lhe via o rosto, mas sua voz destilava desprezo. — Existe uma palavra para garotas como você.

Jocelyn não sabia disso, nunca sequer soube que havia garotas como ela. Qualquer que fosse a palavra, ele não disse.

— Você deixava aqueles garotos perturbados. Você gostava disso? Aposto que gostava. Sabia que eles eram muito amigos? Agora se odeiam.

Ela sentiu-se muito envergonhada. Soube, durante todo o verão, que havia alguma coisa errada na forma como estava se comportando, mas não sabia o quê. Ela *havia* gostado. Agora entendia que o gostar era a parte errada.

Bryan agarrou um de seus tornozelos com força suficiente para que, na manhã seguinte, ela exibisse uma mancha roxa no local em que seu polegar havia estado. Deslizou a outra mão pela perna dela.

— Foi você quem pediu isso — disse. — Você sabe o que fez. — Os dedos dele agarraram sua calcinha, puxando-a para o lado. Ela sentiu a superfície lisa das unhas dele. Não lhe pediu que parasse. Estava envergonhada demais para se mover. O dedo dele encontrou o caminho para dentro dela. Ele deslocou o próprio peso até se deitar sobre ela. Estava usando a mesma loção pós-barba que o pai dela costumava usar.

— Bryan? — A voz da namorada dele, perto da sede do clube. *"True Love Ways"* tocando na vitrola. Jocelyn nunca mais tornaria a gostar de Buddy Holly, mesmo que o pobre coitado estivesse morto. A namorada chamando: – Bryan? Bryan! – Bryan removeu o dedo e soltou-a. Levantou-se, ajeitou o paletó e alisou o cabelo. Pôs o dedo na boca enquanto ela o observava, retirou-o.

– A gente se fala mais tarde – disse.

Por entre as tochas, Jocelyn percorreu o caminho úmido que conduzia à estrada. O clube ficava no campo, no alto de uma longa encosta. Eram vinte minutos de carro até lá. As estradas serpenteavam, sem calçada e cercadas por árvores. Jocelyn partiu para casa.

Estava usando sandálias de saltos baixos. Havia pintado as unhas dos pés e, ao luar, seus dedos pareciam ter mergulhado em sangue. Já havia um ponto em carne viva no dorso do calcanhar. Ela estava muito assustada porque, desde o acampamento, vivia em um mundo repleto de comunistas, estupradores e assassinos em série. Sempre que ouvia um carro se aproximar, afastava-se da estrada e se agachava até que este passasse. Os faróis pareciam holofotes de busca. Ela fingia ser inocente, alguém que não havia pedido nada daquilo. Fingia que era uma gazela. Fingia que era uma ojíbua. Fingia que estava na Trilha das Lágrimas, um acontecimento que Sylvia havia narrado em detalhes vívidos, ainda que incorretos.

Ela achou que estaria em casa antes que a mãe saísse para buscá-los. Tudo que precisava fazer era descer a encosta. Mas sob os faróis de um carro que passava, de repente ela não reconheceu nada. Ao pé da encosta, havia um cruzamento pelo qual não havia passado e agora ela estava subindo, o que não deveria estar fazendo, mesmo que por curto tempo. Não havia sinalização nas ruas, nem casas. Ela continuou a seguir em frente, apenas por vergonha de voltar. Passaram-se horas. Por fim, ela encontrou um pequeno posto de gasolina, que estava fechado, e um telefone público, que funcionava. Ao discar, Jocelyn teve certeza de que sua mãe não atenderia. Sua mãe devia ter saído, devia estar procurando freneticamente por ela.

Devia ter arrumado todas as suas roupas dentro do carro enquanto Jocelyn estava no baile, e se mudado.

Era meia-noite. Sua mãe criou um caso terrível por causa daquilo, mas Jocelyn convenceu-a de que só queria um pouco de ar fresco, um pouco de exercício, as estrelas.

— Mas o que acho que devemos perceber — disse Prudie — é menos a ausência de paixão que o controle dela. Esse é um dos temas preferidos de Jane. — Ela sorriu e seus lábios diminuíram.

Trocamos olhares secretos. *Jane*. Aquilo era vulgar. Era certamente mais íntimo do que a Srta. Austen gostaria. Nenhuma de nós a chamava de Jane, embora fôssemos mais velhas e a houvéssemos lido por muitos anos mais que Prudie.

Apenas Bernadette era boa demais para reparar.

— É verdade — disse ela. Seus dedos estavam entrelaçados, e ela ocupava-se com qual dos polegares deveria ficar por cima. — *Razão e sensibilidade* tem tudo a ver com isso e é o primeiro livro de Austen, mas então ela volta ao assunto em *Persuasão*, que é o último. É um tema permanente. Bem observado, Prudie. Knightley está violentamente apaixonado, acho que são essas as palavras usadas, violentamente apaixonado, mas é tão cavalheiro que nem mesmo isso consegue fazer com que ele se comporte mal. Ele é sempre um cavalheiro acima de tudo. Jocelyn, seu chá é excelente. Muito saboroso. Eu podia jurar que estava bebendo a própria felicidade.

— Ele é um rabugento — disse Allegra. — Não considero isso muito cavalheiresco.

— Só com Emma. — Grigg sentava-se com o pé apoiado no outro joelho. Sua perna estava dobrada em dois como uma asa de galinha. Apenas um homem se sentaria daquele jeito. — Só com a mulher que ele ama.

— E, naturalmente, isso torna tudo certo! – gritou Prudie. – Um homem pode fazer qualquer coisa à mulher que ele ama.

Dessa vez foi Sylvia quem mudou de assunto, mas agindo como representante de Jocelyn; vimos Jocelyn olhar para Sylvia pouco antes que esta falasse.

— Esqueçam Knightley – disse ela. – Emma é difícil de defender. Ela é uma graça, mas é também uma esnobe impertinente.

— Mas é a única das heroínas de Austen que tem um livro com seu nome – disse Jocelyn –, então acho que deve ser a preferida.

Um dos cães no canil latia sem parar. A pausa entre os acessos era longa o suficiente para nos induzir a pensar que cada vez era a última. Eram latidos irritados – enganosa e astuciosamente cansados. Que idiotas éramos nós, ali preparados, sobre nossos livros, para um silêncio que nunca chegava.

— Acho que o nevoeiro está aumentando. – O tom de Allegra exprimia satisfação, o rosto, gracioso e volúvel, contentamento. A lua brilhava baixa, desimpedida, mas sua hora estava chegando. Nos campos, o ar começava a umedecer. Entre latidos, ouvimos o som de um trem a distância. – Eu não disse, mãe? Não disse que devíamos nos encontrar na cidade em vez de aqui? Agora, vamos ter sorte se chegarmos em casa. Não existe nada mais perigoso que essas estradas com nevoeiro.

Grigg pôs-se de pé no mesmo instante.

— Então eu provavelmente devia ir. Meu carro não é muito confiável. Não estou acostumado a dirigir com neblina.

Bernadette também se levantou.

— Por favor, não – disse Jocelyn. – Ainda não. Nós estamos em uma depressão aqui. Na estrada, não vai haver nevoeiro nenhum. A lua está tão brilhante... Tenho refrescos, por favor, fiquem ao menos para isso. Vou trazer agora mesmo. Ainda nem conversamos sobre Harriet.

...

Em seu primeiro ano do ensino médio, Sylvia transferiu-se para o colégio de Jocelyn. Elas não se viam desde o acampamento, haviam escrito duas cartas cada uma, a primeira bem longa, a segunda muito menos e então ambas pararam de escrever. Mas isso não foi culpa mais de uma que da outra, e elas ficaram entusiasmadas ao encontrarem-se novamente, sentadas na aula de inglês do Sr. Parker a apenas duas fileiras de distância, igualmente perplexas com a questão de Ibsen. Sylvia sentiu um alívio enorme ao descobrir que já conhecia alguém na nova escola.

A essa altura, era Jocelyn a experiente, a que sabia onde era permitido fumar, com quem era legal sair e quem, mesmo que você secretamente gostasse da pessoa, prejudicaria sua reputação. Jocelyn tinha um namorado com carro e logo arranjou um namorado para Sylvia, a fim de que todos fossem juntos ao cinema, ao shopping, ou à praia nos finais de semana, se o tempo estivesse bom o bastante. Quando saíam em quatro, na maioria das vezes eram Sylvia e Jocelyn que conversavam. Daniel e Tony dirigiam e, quando eles iam ao cinema, Daniel e Tony pagavam.

Tony era namorado de Sylvia. Era nadador e, durante a temporada de competições, raspava todos os pelos do corpo para ficar liso como plástico. Sylvia conheceu-o nessa época, de certa forma desvalorizado. Após várias semanas de namoro, ele deixou os pelos tornarem a crescer. Era um pelo lindo, macio e castanho. Ele era um cara bonito.

Jocelyn estava namorando um rapaz chamado Daniel. Daniel possuía um emprego depois do colégio em uma loja de bicicletas chamada Free Wheeling e responsabilidades de adulto. Seu irmão mais novo era retardado, uma criança mongoloide com orelhas grandes, afetos pegajosos e tão pouca noção da gravidade que o restante da família orbitava ao seu redor.

Jocelyn havia desistido do country club logo após o baile. Mesmo assim, ingressou na equipe de tênis no primeiro ano, na quarta vaga. A primeira e segunda meninas classificaram-se em sexto e décimo primeiro lugar no estado; era uma equipe forte. Mas ninguém na escola dava a mínima para esportes femininos. Muito mais gente ia assistir à equipe masculina jogar, ainda que eles estivessem longe de ser tão bons, e ninguém, mesmo entre as garotas, achava que não era desse jeito que deveria ser.

Certo dia, durante uma partida em um local afastado, Jocelyn reparou em Tony sentado na arquibancada. O tempo havia começado a fechar; a partida parou, recomeçou e parou de vez.

— Vim por causa do mau tempo — disse Tony. — Daniel me pediu para levar você para casa, se chovesse.

Era mentira. Dez minutos depois que eles deixaram as quadras, chovia tanto que Tony não conseguia enxergar. Ele parou para esperar a chuva abrandar. Jocelyn ainda estava suada da partida, e ele conservou o aquecimento ligado, temendo que ela sentisse frio. O carro estava enfumaçado como uma chaleira, as janelas embaçadas de forma que ninguém conseguia olhar para dentro. Tony começou a escrever com o dedo na água sobre o vidro. *Eu te amo*, escreveu. Repetidas vezes. Por toda a janela do lado do motorista e acima do volante. Ele não dissera uma palavra. A chuva tamborilava no teto, saltava sobre o capô. O rosto de Tony estava branco, seus olhos anormalmente grandes. Silêncio no interior do carro e ruído do lado de fora.

— Sylvia não pôde vir com você? — perguntou Jocelyn. Ainda tinha esperanças de que as palavras nas janelas não fossem dedicadas a ela.

— Não me importo com Sylvia — disse Tony. — E acho que você não se importa com Daniel.

— Eu me importo — Jocelyn apressou-se a responder. — E Sylvia é minha melhor amiga.

— Acho que você gosta de mim — disse Tony.

Jocelyn estava chocada. Não conseguia pensar em uma única coisa que houvesse feito que pudesse ter dado essa impressão.

— Não gosto.

O tempo não havia melhorado, e as janelas continuavam cobertas de vapor. Mesmo assim, Tony pôs-se novamente a avançar, espreitando através dos *Eu te amo* escritos acima do painel. Estes já estavam desaparecendo. Ele acelerou.

— Não dirija, se não estiver conseguindo ver — disse Jocelyn, sem enxergar nada na estrada, apenas a chuva caindo aos baldes. Houve o estrondo de um trovão logo acima.

— Não consigo ficar aqui sentado e não te beijar — disse Tony. — Se você não vai me deixar te beijar, tenho que dirigir. — Ele tornou a acelerar. O carro inclinou ao deixar o acostamento, endireitou ao começar a avançar em linha reta. — Essa foi por pouco — comentou ele. — Tinha uma árvore bem ali. — Ele acelerou.

Jocelyn foi pressionada de encontro à porta ao seu lado e segurou-se com ambas as mãos. Mais uma vez, mal estava vestida — saiote de tênis muito, muito curto, blusa sem mangas de ombros cavados. Por que, nessas situações, ela estava sempre vestida de forma tão desvantajosa? Tony pôs-se a cantar.

— Nos minutos gelados, paralisados, o chá no forno, quero ficar... — Ele estava completamente perturbado, tão nervoso que não conseguia entoar uma música sequer. A velocidade do carro, o estrondo do trovão, nada deixou Jocelyn tão assustada quanto aquele canto.

Ela ligou o rádio, e a voz nacarada do DJ se fez ouvir: "... para uma mulher muito, muito especial em South Bay." Tony cantando, o aquecedor bafejando, chuva e mais chuva. Trovão.

— Di di, di da la da, di da di di. — Tony acelerou novamente. — Di da dum.

— Pare — disse Jocelyn. — Encoste nesse instante. — Ela usou o mesmo tom que usava com o irmão de Daniel quando era muito importante que fosse obedecida.

Tony não olhava para ela.

— Você sabe o meu preço.

Era óbvio que ele havia elaborado seu plano com cuidado. Ele tinha gosto de pastilha de hortelã.

Jocelyn preparou uma vasilha de mingau de aveia para todos. Uma bela tigela de papinha, disse ela. Apreciamos a piada tão logo percebemos que *era* uma piada, e fatias de bolo de uísque, quadrados, tanto de bolo de limão quanto de *crème de menthe*, e biscoitos meia-lua de amêndoas também nos aguardavam na cozinha. Dissemos a Jocelyn que era o melhor mingau que já havíamos comido, nem muito grosso nem muito fino, nem muito quente nem muito frio. Todos garantimos que só teríamos a ganhar comendo-o, embora apenas Grigg tenha feito isso.

A essa altura, já o havíamos perdoado pelo que quer que houvesse deflagrado nossa irritação; na realidade, não conseguíamos lembrar o que havia sido.

— Você falou muito pouco — dissemos-lhe em tom encorajador. — Fale à vontade! Se manifeste!

Mas ele franzia a testa e ajeitava o casaco.

— Tenho medo que o nevoeiro esteja piorando. Acho que realmente preciso ir. — Ele levou duas meias-luas de amêndoas para a viagem.

Bernadette nos encarou com ar severo. De repente, até seu cabelo despenteado parecia severamente despenteado.

– Espero que ele volte da próxima vez. Espero que não tenha fugido. Acho que nós podíamos ter sido um pouco mais agradáveis. Deve ter sido estranho ser o único homem.

Prudie comeu uma porção diminuta e afetada de mingau de aveia.

– Tenho certeza que *eu* gostei das opiniões interessantes dele. Mas, por outro lado, sempre fui uma pessoa que gosta de um pouco de provocação. Quem me conhece vai dizer isso!

Jocelyn sabia que precisava contar a Daniel e Sylvia o que havia acontecido, mas estava com medo. Na ocasião, parecia ter tido apenas duas escolhas – poderia beijar Tony repetidas vezes, ou morrer em um trágico acidente de carro em um dia chuvoso, como a garota na música *"Last Kiss"*. Mas não conseguia imaginar como contar a história de um jeito que esclarecesse suficientemente a situação. Nem ela mesma acreditava naquilo, e ela havia estado presente.

Dois dias depois, ainda não dissera nada. Ela estava se vestindo para ir à escola quando a campainha tocou. A mãe chamou-a com voz aflita. Alguém, sua mãe não imaginava quem, havia deixado na soleira da porta um cachorrinho em uma caixa laranja, com um grande laço preso a um cartão que dizia "Pertenço a Jocelyn". A letra era inconfundível para quem já vira várias amostras na condensação dos vidros de um carro.

– Quem ia se atrever a dar um cachorrinho a alguém? – perguntou sua mãe. – Pensei que Daniel fosse um rapaz sensato. Confesso que estou bastante surpresa e *não* no bom sentido. – Jocelyn nunca havia recebido permissão para ter cachorro. Um cachorro, na opinião de sua mãe, era apenas uma história com um futuro final infeliz.

O filhote era de linhagem mista, branco e com pelo encaracolado, e ficou tão excitado ao vê-las que se ergueu sobre as patas traseiras e se equilibrou, as patas dianteiras agitando-se no ar. Quando

Jocelyn o pegou, ele se lançou direto sobre seu rosto, enfiando a língua minúscula em sua narina. Ninguém falou em dar o animal. Em dois segundos, Jocelyn estava perdidamente apaixonada.

Sylvia e Tony, Jocelyn e Daniel encontraram-se naquele dia, como de costume, no gramado sul da escola para almoçar.

– Quem te daria um cachorrinho? – Tony não parava de perguntar, muito tempo depois de os outros terem esquecido o assunto.

– Só pode ter sido sua mãe – disse Daniel. – Não importa o que ela diga. Quem mais ia se atrever? Um cachorro é uma responsabilidade grande.

Tony lançou a Jocelyn um sorriso cúmplice e deixou o joelho encostar em sua perna de forma descuidada. Ela recordou a sensação e o gosto de beijá-lo. Quando não estava sorrindo para ela com ar malicioso, ele a encarava com olhar de súplica. Como os outros não notavam? Ela precisava dizer alguma coisa. Quanto mais o tempo passava, mais as coisas pioravam.

Sylvia abriu a lancheira e descobriu que sua mãe havia embrulhado dois pedaços de pão sem nada dentro. Era difícil pensar em coisas novas para guarnecer um almoço dia após dia. Sua mãe havia sucumbido à pressão. Jocelyn tinha um *cupcake* da Hostess e um ovo cozido. Tentou dá-los a Sylvia, mas ela os recusou.

Naquela noite, a caminho de casa vindo do trabalho, Daniel foi conhecer o cachorro.

– Ei, carinha – disse, estendendo os dedos para uma boa lambida e parecendo mais distraído que fascinado. – O negócio é o seguinte – disse ele a Jocelyn e então não falou mais nada por longo tempo. Eles estavam em lados opostos do sofá, para que o filhote corresse entre os dois sobre a superfície florida. Essa distância também impedia que Daniel a beijasse, o que Jocelyn havia decidido que não poderia permitir antes de contar tudo.

— Espero que esse cachorro não esteja em cima dos móveis — gritou a mãe de Jocelyn do andar de cima. Ela respeitava demais a privacidade de Jocelyn para entrar, mas muitas vezes ficava ouvindo.

— O negócio é o seguinte — disse Daniel.

Ele parecia estar tentando contar alguma coisa. Jocelyn não estava preparada para uma troca de segredos. Contou-lhe como o Sr. Parker procurara tratar de questões da turma em *Um inimigo do povo*, de Ibsen, mas eles haviam conseguido fazer com que ele falasse sobre os Smothers Brothers em vez disso. Ela prolongou a história e fechou com a fala "Adolescentes idiotas!". Quando não conseguiu pensar em mais nada para acrescentar ao assunto, passou à aula de matemática. Tinha apenas de continuar a falar sem parar por cerca de vinte minutos. Daniel nunca causaria a sua mãe, que já tinha o suficiente com que lidar, o aborrecimento e a preocupação de se atrasar para o jantar.

A hora de dormir finalmente chegara aos canis. Ainda havia um latido ocasional, mas que não levava a nada, nenhum deles recomeçava. Os cães sonhavam em suas casas. A essa altura, nós, mulheres, estávamos profundamente imersas no nevoeiro, flutuando na varanda quente e luminosa, como que encerradas em uma bolha. Sahara rastejou mais para perto de um dos aquecedores e deitou com a cabeça entre as patas. Víamos o pesponto em sua espinha, subindo e descendo ao ritmo da respiração. Na paz algodoada do exterior, ouvíamos o córrego chapinhar e respingar. Jocelyn nos ofereceu café em xícaras pintadas com diminutas violetas.

— Tenho a impressão — disse ela, passando entre nós com o creme, mas sem parar em Sylvia, visto que sabia como Sylvia gostava de seu café e já o havia preparado desse jeito —, tenho a impressão que Austen está dando duro para nos convencer que o comportamento de Frank Churchill é menos repulsivo do que é. Muita gente boa no livro ficaria magoada se ele fosse considerado tão mau quanto o vilão de praxe, bonito e charmoso. Os Weston ficariam magoados. Jane Fairfax.

– Ele nem é um homem bom como Knightley, nem mau como Elton – disse Bernadette. Quando balançava a cabeça, seus óculos escorregavam ligeiramente no nariz. Não percebíamos isso; sabíamos apenas porque ela tornava a empurrá-los. – Ele é complicado. Gosto disso nele. Ele devia ir ver a Sra. Weston imediatamente, o que não faz, mas é atencioso e gentil quando isso acontece. Não devia incentivar Emma em especulações sobre Jane que vão deixá-la constrangida mais tarde, mas não usa isso contra ela. Não devia flertar com Emma, mas sabe que de alguma forma ela está a salvo das investidas dele. Precisa do subterfúgio e percebe que Emma não vai interpretar mal.

– Isso é justamente o que ele não pode saber! – O tom angustiado de Jocelyn fez Sahara levantar e se aproximar dela, a cauda abanando com hesitação. – Isso é exatamente o que as pessoas estão sempre interpretando mal – acrescentou, diminuindo de intensidade à guisa de desculpas.

Ela ofereceu o açúcar a Allegra, que balançou a cabeça, franzindo a testa e gesticulando com sua colher.

– Harriet acha que Knightley gosta dela. Emma acha que Elton não gosta dela. O livro está cheio de gente que entende isso da forma errada.

– Elton *não gosta* de Emma – disse Prudie. – Seu verdadeiro interesse é dinheiro e posição.

– Mesmo assim. – Jocelyn retornou a seu lugar no sofá. – Mesmo assim.

Pensamos em como o universo dos cães devia ser um grande alívio para uma mulher como Jocelyn, uma mulher preocupada com os interesses de todos, um forte impulso casamenteiro e uma tendência ao asseio. No canil, era só pegar o macho e a fêmea que pareciam mais aptos a favorecer a raça através de seus descendentes. Não era necessário perguntar nada a eles. Era escolher o momento do encontro com cuidado e prender os dois juntos até que o negócio estivesse concluído.

No final de semana subsequente à partida de tênis interrompida, o tempo estava tão bonito que a mãe de Jocelyn sugeriu um piquenique. Elas poderiam ir ao parque com o filhote, a essa altura batizado de Pride e chamado de Pridey, e assim ele poderia mijar e cagar no lugar que preferisse e ninguém que, para início de conversa, jamais quisera ter cachorro teria de limpar. Convide Sylvia, sugeriu ela, posto que Sylvia ainda estava longe de haver se cansado de brincar com Pridey.

No final, todos foram, Pridey, Sylvia, Tony, Daniel, Jocelyn e a mãe de Jocelyn. Sentaram na grama sobre um cobertor de carro xadrez esfarrapado, comeram coxas de frango fritas envoltas em tiras de bacon e encerraram a refeição mergulhando bagas frescas em creme de leite azedo e açúcar mascavo. A comida estava boa, mas a companhia, difícil. Cada palavra que saía da boca de Jocelyn era uma palavra culpada. Tony estava agitado e irritadiço. Sylvia e Daniel mal falavam. E por que diabos a mãe dela havia ido?

Pridey estava tão feliz que seus contornos pareciam difusos. Correu para cima da gangorra, mas não pesava o suficiente para fazê-la inclinar até o fim. O mergulho para baixo o assustou e ele saltou direto para os braços de Jocelyn; dois segundos depois, porém, completamente recuperado, contorceu-se e soltou-se, agarrou uma folha nos dentes e disparou, largando-a apenas ao encontrar um pintarroxo morto na grama. Pridey vivia cada momento e um momento contendo um pintarroxo morto era muito bom. Jocelyn precisou recolher o pássaro com um guardanapo de papel e jogá-lo no lixo, onde este aterrissou sobre um sanduíche de presunto meio comido e uma maçã estragada. Ela não o tocou, mas o peso do pássaro em sua mão lhe pareceu morto, rígido, ainda que borrachudo, e os olhos negros estavam cobertos por uma membrana como uma janela embaçada por vapor. Jocelyn foi até o banheiro e lavou as mãos. Na parede, alguém havia escrito "Embarque nesse trem" em esferográfica azul, desenhado uma locomotiva com o nome Erica e então anotado um número de telefone. Claro que aquilo poderia dizer respeito a um trem, embora Jocelyn soubesse o que Sylvia diria.

Quando ela voltou, Pridey ficou tão feliz ao vê-la novamente que se mijou. Nem isso animou Jocelyn. Sua mãe havia acendido um cigarro e estava soltando a fumaça pelo nariz como se pretendesse ficar até o fim. Por vezes, a mãe deixava Jocelyn louca. Usava chinelos em casa e, em certas noites, o mero ruído deles arrastando no corredor era mais do que Jocelyn conseguia suportar.

– Eu estava pensando – disse Jocelyn. – Não é engraçado eu estar me sentindo tão suja agora por ter pegado uma ave morta, mas uma ave morta foi exatamente o que nós comemos no almoço.

Sua mãe bateu a cinza.

– Sinceramente, querida! Aquilo eram coxinhas.

– E estavam deliciosas – disse Tony. – Gosto delas preparadas daquele jeito.

Ele era um idiota, concluiu Jocelyn. Eles eram todos uns idiotas.

– Você não tem que estar em algum outro lugar? – perguntou ela à mãe. – Não tem coisas para fazer? Uma vida?

Jocelyn viu o rosto de sua mãe desabar. Nunca havia pensado naquela frase antes, mas era exatamente isso. Tudo desabava.

Sua mãe apagou o cigarro.

– Na verdade, tenho sim. – Ela virou-se na direção de Daniel e Sylvia. – Obrigada por me deixarem acompanhar vocês, crianças.

Daniel, você leva Jocelyn para casa para mim? – Ela arrumou as coisas do piquenique e partiu.

– Isso foi meio maldoso, Jocelyn – disse Daniel. – Depois que ela preparou toda essa comida e tudo mais.

– Pedaços de ave morta. Pernas de ave morta. Só fiquei chateada porque ela não admitiu. Você sabe como ela é, Sylvia. – Jocelyn virou-se, mas Sylvia sequer a olhou. – Ela sempre tem que mascarar tudo. Ainda acha que tenho 4 anos.

Pridey a havia perdoado pelo pintarroxo. Pôs-se a roer o cadarço de Jocelyn como um gesto de perdão e esquecimento; foi tão rápido que Jocelyn não percebeu o que estava acontecendo. Teve de ir mancando até o carro de Daniel a fim de conservar o sapato no pé.

Não somos os santos que são os cães, mas a expectativa é que as mães venham logo em segundo lugar.

– Foi divertido. – Foi a única coisa que a mãe de Jocelyn comentou a respeito daquela tarde. – Você tem amigos ótimos.

Daniel levou Jocelyn para casa, Pridey de pé no colo dela com as patinhas mal alcançando a janela, a respiração produzindo uma pequena nuvem pegajosa no dorso de sua mão. A essa altura, ela estava triste por ter sido rude com a mãe. Ela amava sua mãe. Amava o frango frito com tiras de bacon da mãe. A culpa que estava sentindo por causa de Tony começava a ferver, e a coisa mais fácil do mundo teria sido desatar a chorar. E a mais difícil, parar.

– A questão – disse Daniel – é que eu gosto muito de Sylvia. Me desculpe, Jocelyn. – As palavras vinham de longe, como alguma coisa dita vários dias antes, mas que só então Jocelyn começava a entender. – Ela está se sentindo muito mal com isso. – Daniel parou em um cruzamento vazio. Dirigia de forma tão cuidadosa e responsável... – Ela mal consegue olhar para você. Nós dois estamos nos sentindo muito mal com isso. Não sabemos o que fazer.

No dia seguinte na escola, Daniel era o namorado de Sylvia, e Tony, o de Jocelyn. Aquilo foi muito comentado nos corredores. Jocelyn não havia feito nenhuma objeção porque, se concordasse, seria a primeira vez na história do mundo que tal rearranjo satisfaria igualmente todas as partes e também por não estar apaixonada por Daniel. Agora, pensando a respeito, Daniel era realmente perfeito para Sylvia. Ela precisava de alguém mais sério que Tony. Alguém que a acalmasse nas ocasiões em que percebesse que o mundo era um lugar terrível demais para se viver. Alguém que não passaria uma tarde beijando sua melhor amiga.

Além disso, Tony lhe dera Pridey. E beijar Tony não havia sido muito nojento. Mas provavelmente iria piorar, sem a chuva, o vapor e a culpa. Jocelyn já havia entendido de que jeito as coisas funcionavam para saber disso.

— O que me deixa mais triste em *Emma* – disse Allegra – são as questões de classe com relação a sua amiga Harriet. No final, Emma, a nova Emma melhorada, a Emma corrigida, compreende que, apesar de tudo, Harriet não era boa o bastante para se casar com o detestável Elton. Quando existia alguma esperança de que seu pai natural fosse um cavalheiro, ela era adequada, mas assim que fica estabelecido que ele estava no comércio, então Harriet tem sorte por conseguir um fazendeiro.

A essa altura, já fazia muito tempo que os aquecedores não desligavam. Eles zumbiam e soltavam lufadas de ar quente, e aquelas de nós que estavam sentadas ao seu lado sentiam muito calor, e o restante, muito frio. Não havia sobrado café a não ser pelas pequenas porções horríveis no fundo das xícaras, e os quadrados de bolo de *crème de menthe* haviam acabado – sinais evidentes que a noite estava chegando ao fim. Algumas de nós sentiam dor de cabeça.

— A questão da classe em *Emma* é complicada. — Bernadette tornara a se sentar em sua cadeira, a barriga amontoando-se sob o vestido, os pés sob o corpo como os de uma menina. Ela havia feito ioga durante anos e conseguia colocar os pés em locais espantosos. — Em primeiro lugar, existe o fato da ilegitimidade de Harriet, sobre a qual Austen parece bastante liberal.

Bernadette não havia de forma alguma concluído, mas Allegra a interrompeu.

— Ela diz que é uma nódoa se não for clareada pela nobreza ou pela riqueza. — Havíamos começado a desconfiar que Allegra talvez não gostasse tanto de Austen quanto o resto de nós. Até então, era só uma desconfiança; nada do que ela dissera havia sido injusto. Estávamos vigiando, mas *honi soit qui mal y pense*.

— Acho que Jane está sendo irônica aí — sugeriu Prudie, que estava ao lado de um aquecedor. Suas faces pálidas e brilhantes achavam-se delicadamente ruborizadas. — Ela tem um humor irônico; acho que alguns leitores deixam isso passar. Eu mesma muitas vezes sou irônica, especialmente nos e-mails. Às vezes, meus amigos perguntam: Isso foi uma piada?

— Isso foi uma piada? — perguntou Allegra.

Bernadette prosseguiu com toda calma.

— Depois, temos o caso de Robert Martin. Certamente, tendemos a ficar do lado do Sr. Knightley na questão de Robert Martin. É só um fazendeiro, mas no final Emma diz que vai ser um grande prazer conhecê-lo.

— Todos nós temos uma consciência de nível — disse Jocelyn. — Pode não se basear mais em classe exatamente, mas ainda assim temos consciência daquilo a que temos direito. As pessoas escolhem companheiros quase idênticos a elas em termos de aparência. O belo se casa com o belo, o feio com o feio. — Ela fez uma pausa. — Em detrimento da raça.

— Isso foi uma piada? — perguntou Prudie.

Sylvia havia falado muito pouco a noite toda, e Jocelyn estava preocupada.

— O que devemos ler em seguida? — Jocelyn lhe perguntou. — Você escolhe.

— Estou no clima de *Razão e sensibilidade*.

— Adoro esse — disse Bernadette. — Talvez seja meu preferido, com exceção de *Orgulho e preconceito*. Mas adoro *Emma*. Sempre me esqueço de quanto até reler o livro. Minha parte preferida diz respeito aos morangos. A Sra. Elton de chapéu, com sua cesta. — Ela percorreu as páginas. A quina relevante havia sido dobrada, assim como tantas outras; aquilo era de pouca ajuda. — Aqui está — disse ela. — "A Sra. Elton, em todo o seu aparato de felicidade, sua grande touca e sua cestinha, estava inteiramente pronta. [...] Agora só se falava e se pensava em morangos, nada mais que em morangos... 'frutos deliciosos... nutritivos demais para se comer em grande quantidade... inferiores às cerejas...'"\*

Bernadette leu para nós a coisa toda. Era uma passagem maravilhosa, ainda que muito longa para ser lida em voz alta.

O relacionamento de Jocelyn com Tony durou até o último ano, e seu fim foi infelizmente determinado de forma a fazê-la perder o Baile de Inverno. Ela já havia comprado um vestido, um troço prateado em camadas, rendado, de ombros à mostra do qual gostava tanto que teria feito as coisas avançarem por mais algumas semanas se houvesse conseguido. Mas, a essa altura, cada palavra que ele dizia era uma irritação, e ele insistia em continuar a falar.

Três anos mais tarde, Sylvia e Daniel se casaram e foi um evento formal, não exatamente ao estilo deles. Jocelyn sempre desconfiou

---
\* Austen, Jane. *Emma*. Rio de Janeiro: Nova Fronteira, 1996, p. 271. (N. da T.)

que as coisas haviam sido planejadas daquele jeito para que ela por fim tivesse um lugar para usar seu vestido. Ela levou um acompanhante, um de uma série de namorados que não durou mais que os outros, mas que ficou imortalizado nas fotos do casamento – erguendo o copo, de pé com o braço ao redor de Jocelyn, sentado a uma mesa com a mãe de Jocelyn, os dois absortos em uma conversa séria.

Sylvia e Jocelyn estavam na faculdade a essa altura, e ambas ingressaram em um grupo de conscientização que se reunia no campus, no segundo andar da International House. Na terceira reunião, Jocelyn falou sobre o verão de Mike e Steven. Não pretendia tomar muito tempo, mas nunca havia contado muita coisa acerca da noite do baile, nem mesmo a Sylvia. Pegou-se chorando durante todo o relato. Havia esquecido, até estar no meio da narrativa, como Bryan havia olhado para ela para se certificar de que ela estava vendo, em seguida enfiou o dedo na boca para depois retirá-lo.

As outras mulheres sentiram-se ultrajadas. Ela havia sido estuprada, algumas argumentaram. Era uma vergonha ninguém ter prestado queixa.

Uma vergonha. Após o alívio inicial, agora que a história existia a descoberto e era passível de ser examinada, o que Jocelyn mais reparava era no quanto havia sido submissa. Via, como que do alto, seu próprio corpo inerte no vestido sem alça e no casaco fino, reclinado na espreguiçadeira. A sugestão de que Bryan deveria ter sido obrigado a enfrentar algumas consequências lhe chegaram como uma acusação. Ela deveria ter feito alguma coisa. Por que não havia resistido? Durante todo o tempo que Bryan a tocou com o dedo, ela ainda esperava conquistar sua boa opinião!

Ninguém a culpou. Passividade culturalmente programada, disseram elas. O imperativo da princesa dos contos de fadas. Mas Jocelyn sentia-se cada vez mais humilhada. Havia duas mulheres no grupo que haviam de fato *sido* estupradas, uma delas pelo próprio marido e repetidas vezes. Jocelyn tinha a sensação de ter feito uma tempestade em copo d'água. Com seu silêncio, havia concedido a Bryan um poder que ele não merecia. Ela não deixaria que um brutamontes idiota tivesse algo a dizer sobre quem era ela.

Quem era ela?

— O que há de errado comigo? — perguntou a Sylvia mais tarde. Não era uma pergunta para o grupo. — A coisa mais simples. Me apaixonar. Cair de paixão. Por que não consigo fazer isso?

— Você é apaixonada por cachorros.

Jocelyn descartou a resposta com um gesto irritado.

— Isso não conta. É fácil demais. Hitler fazia isso.

Ela não voltou para a quarta noite. Elevar seu grau de conscientização havia acabado por se tornar mais uma coisa que a deixava envergonhada, e ela estava saturada de sentir-se envergonhada.

Daniel tornou-se lobista em Sacramento, para uma tribo indígena, o grupo de um rio selvagem, e o governo japonês. De tempos em tempos, instavam-no a concorrer a algum cargo, ao que ele resistia com facilidade. A política, dizia, era uma atividade exigente. Sylvia trabalhava na biblioteca estadual, na Seção de História da Califórnia. Jocelyn era gerente de contas de um pequeno vinhedo; seu próprio canil ainda se achava alguns anos no futuro e nunca proveria seu completo sustento. Pridey viveu até os 16 anos e, em seu último dia na terra, foram Sylvia e Daniel que largaram o trabalho para levá-lo ao veterinário com Jocelyn. Os dois sentaram-se com ela no trecho de grama diante do consultório, onde Jocelyn o abraçou enquanto ele morria. Então todos se sentaram juntos no carro. Ninguém conseguia parar de chorar por tempo suficiente para enxergar o caminho de casa.

...

— Como vai você? – perguntou Jocelyn a Sylvia. Elas tinham um minuto a sós na cozinha e centenas de coisas a dizer que não podiam ser ditas na frente de Allegra. Allegra era a paixão de Daniel, sua única filha, e, embora ela tenha de imediato tomado o partido da mãe e continuado assim, aquilo era estranho e nos entristecia a todas.

A cozinha, claro, era lindamente executada, com bancadas de ladrilho azul e branco, ornamentos de metal e um fogão antigo. Sahara sentou perto da pia e virou-se para mostrar seu perfil africano. Depois que todos tivessem partido e não houvesse ninguém para ver, Sahara receberia os pratos para lamber, mas isso era segredo, e Sahara sabia guardar segredo.

Jocelyn estava lavando os copos. A água na cidade era tão dura que eles ficavam arranhados se fossem colocados na lava-louças e, portanto, tinham de ser lavados à mão.

— Sou uma morta-viva – respondeu Sylvia. – Sabe como Daniel costumava me deixar louca? Acontece que tive um casamento muito feliz. Durante 32 anos. Sinto falta dele como se meu coração tivesse sido arrancado do peito. Quais são minhas chances?

Jocelyn pousou o copo e tomou as mãos frias de Sylvia nas suas, ensaboadas e escorregadias.

— Sou solteira e feliz por todos esses mesmos anos. Vai ficar tudo bem. — Ocorria-lhe, pela primeira vez, que ela também estava perdendo Daniel. Ela o havia entregado, mas nunca o deixara. Agora, enquanto criava seus cães, espanava suas lâmpadas e lia seus livros, ele havia feito as malas e se mudado. — Eu te amo muito — ela disse a Sylvia.

— Como me permiti esquecer que a maioria dos casamentos termina em divórcio? – perguntou Sylvia. – Não se aprende isso em Austen. Ela sempre tem um ou dois casamentos no final.

Allegra, Prudie e Bernadette surgiram enquanto ela falava, carregando suas xícaras de café, guardanapos e pratos. Havia um quê de procissão nupcial naquilo, talvez gerado pelas palavras de Sylvia. A forma como a luz dourada refletia nas janelas. O silêncio do nevoeiro lá fora. As mulheres entrando na cozinha, uma após a outra, levando os pratos sujos, até estarmos todas reunidas.

– *Le monde est le livre des femmes* – declarou Prudie.

O que quer que isso significasse. Ainda podíamos ver seus lábios, portanto ela devia ter falado totalmente a sério, a menos que aquilo fosse mais uma demonstração de seu humor irônico. De qualquer forma, não conseguimos pensar em nenhuma resposta educada.

– Minha querida e adorada Sylvia – disse Jocelyn. Uma gota de baba, diminuta e feminina, pingou da boca de Sahara no chão de pedra. Nossos garfos e colheres deslizaram para baixo da espuma de sabão na pia. Allegra colocou os braços ao redor da mãe e pousou a cabeça em seu ombro.

– Nós ainda não chegamos ao fim.

---

*Jocelyn explica a exposição de cães:*

O juiz geralmente começa pedindo a todos os treinadores que desfilem com o cão pela borda do ringue e, em seguida, o coloque em uma fila ao longo de um dos lados. Enquanto os cães se deslocam, o juiz fica de pé no centro, avaliando graça, equilíbrio, saúde.

Quando os cães estão enfileirados – em posição destinada a mostrar sua superioridade –, o juiz realiza um exame manual da mordida, da profundidade do peito, da elasticidade das costelas, da angulação dos ombros, da pelagem e das condições corporais. Nos machos, o juiz confirma manualmente os dois testículos.

Depois disso, os treinadores tornam a desfilar com os cães, um de cada vez agora, primeiro se afastando para que o juiz possa avaliar por trás, em seguida voltando para que o juiz veja pela frente. O juiz observa as falhas de movimento: o cão se desloca da forma correta ou as patas se cruzam? A andadura é fluente ou rígida, fácil ou restrita? Nas etapas finais, ele pode pedir a treinadores concorrentes que marchem dois de uma vez, para fazer uma comparação direta antes de escolher o vencedor.

A exposição enfatiza linhagem, aparência e comportamento, mas dinheiro e reprodução nunca estão longe das intenções de ninguém.

# Abril

## CAPÍTULO DOIS

*no qual lemos*
Razão e sensibilidade
*com Allegra*

Uma lista parcial de coisas não encontradas nos livros de Jane Austen:

assassinatos em quartos trancados
beijos punitivos
moças vestidas como rapazes (e raramente o inverso)
espiões
assassinos em série
capas de invisibilidade
arquétipos junguianos, lamentavelmente, *doppelgängers*
gatos

Mas não nos concentremos no negativo.
– Acho que não existe nada melhor em toda a obra de Austen que aquelas páginas onde Fanny Dashwood convence o marido, passo a passo, a não dar dinheiro nenhum nem à madrasta nem às irmãs dele – disse Bernadette. Ela repetiu o mesmo ponto em uma variedade de formas pouco esclarecedoras enquanto Allegra ouvia a percussão da chuva no telhado, nas janelas e no terraço. Bernadette vestia nesse dia algo que lembrava as túnicas do deserto, só que em

azul-mirta. O cabelo havia sido cortado, conferindo-lhe menos espaço para o improviso, e ela estava muito bonita, o que era extraordinário, por ser uma certa magia realizada sem espelhos.

Estava frio e úmido lá fora, do jeito que o tempo ficava em abril exatamente quando as pessoas se convenciam de que a primavera havia chegado. Os últimos estertores do inverno. O clube de leitura circundava o fogão a lenha na imensa sala de estar de Sylvia, com a porta do fogão aberta e as chamas envolvendo as achas de lenha. Em cima, centenas de olhos de pássaro no alto teto de bordo olho-de-pássaro encaravam com desprezo nossa pequena reunião.

O cotovelo de Allegra muitas vezes doía quando chovia, e ela o esfregou sem perceber até ver a mãe olhá-la, o que a fez parar e pensar em alguma coisa divertida para dizer.

– Eu gosto do avanço – disse. – A repetição é tediosa – a fala destinava-se a Bernadette, mas Allegra não diria isso se Bernadette estivesse propensa a entender – porque não tem direção. Gosto especialmente do avanço que inverte tudo por completo. Leva as pessoas de um polo a outro.

Allegra era uma criatura de extremos – ou empanturrada ou faminta, ou congelada ou fervendo, ou exausta ou elétrica de tanta energia. Havia voltado para a casa da mãe no mês anterior quando o pai se mudara. Jocelyn olhou para Allegra com aprovação. Ela era muito boa filha. Sylvia teria ficado muito sozinha ali sem ela.

Ninguém poderia se sentir solitário com Allegra em casa. Com uma presença tão vivaz, sua companhia devia ser um grande conforto. Só que – e Jocelyn não gostava nem mesmo de pensar nisso – Allegra, bem, ela sentia as coisas de forma muito profunda. Uma de suas deliciosas qualidades; ela chorava com aqueles que choravam.

Os filhos de Sylvia também podiam ser muito reconfortantes, sobretudo Diego. Andy não conseguia enfrentar a empatia prolongada, embora fosse bom por uma ou duas horas. Era uma pena Diego não poder ir até lá. Mas era evidente que ele não podia; tinha emprego e família. Contudo, Diego teria animado Sylvia. Como Allegra por vezes sentia as coisas de forma muito profunda, as pessoas acabavam por consolá-la, mesmo quando a tragédia pertencia inteiramente a elas.

Jocelyn imaginava Sylvia sendo forçada a enfrentar a situação com coragem por causa de Allegra. Ter de parecer feliz quando se sentia completamente deprimida. Quem exigiria isso? Ela imaginava Sylvia preparando sopas e banhos para Allegra, Allegra esparramada no sofá, enrolada em mantas e tratada à base de chá. Realmente, aquilo era demais, o fato de Sylvia ter de cuidar de Allegra em uma ocasião dessas. Um olhar dissimulado para as caixas de CD espalhadas perto do aparelho dizia a Jocelyn que alguém vinha chafurdando em um belo lamaçal, e esse alguém não era Sylvia, a menos que ela houvesse desenvolvido um gosto repentino por Fiona Apple. Como Allegra podia ser tão egoísta?

Por outro lado, ela sempre havia sido uma criança difícil. Linda, sem sombra de dúvida. Possuía os olhos escuros de Sylvia e o cabelo claro de Daniel, o rosto com a melhor combinação possível dos dois, o corpo igual ao de Sylvia, porém mais sensual. No entanto, nada da estabilidade e serenidade dos pais. Quando feliz, ela ficava incontrolável, quando triste, inconsolável, até que mudava – rápido como um estalar de dedos – muito depois que a pessoa já havia desistido. Sylvia possuía um repertório de truques que haviam funcionado com os meninos quando estes eram pequenos.

– Se você fosse um cachorro, eu te animava coçando atrás das orelhas – dizia ela, coçando da forma descrita. – Se fosse um gato, eu te coçava embaixo do queixo – e coçava. – Se fosse um cavalo, eu acariciava o nariz. Se você fosse um pássaro, alisava o seu estômago – e fazia isso – mas já – dizia erguendo rapidamente a camisa do filho – que você é um menino – e ela soprava lufadas molhadas e ruidosas de ar na barriga do filho, até este ofegar de tanto rir. A mesma cena deixava Allegra furiosa.

Certo dia, aos 4 anos, enquanto folheava as revistas de beleza de Sylvia, Allegra havia se ofendido com a quantidade de espaço em branco que encontrou.

– Eu não gosto de branco – disse. – É tão comum... – E desatou a chorar. – É tão comum e tem muito. – Ela continuou sentada por mais de uma hora, soluçando, virando as páginas e colorindo os brancos dos olhos e dos dentes das pessoas, os espaços entre os parágrafos, os quadros ao redor dos anúncios. Estava chorando porque percebia que aquilo nunca terminaria; sua vida inteira se consumiria na tarefa impossível e interminável de corrigir esse único deslize em termos de predileção. Ela envelheceria e ainda existiriam folhas em branco, paredes brancas, seus próprios cabelos brancos.

Neve branca.

– A sequência de início tem alguma coisa de conto de fadas – disse Grigg. – Com uma bela reviravolta. Era uma vez uma madrasta bondosa, que, depois da morte de seu amado marido, foi forçada a viver em uma casa governada por sua perversa enteada.

Allegra meio que era nossa anfitriã nesse mês, mas era a casa de Sylvia, a comida de Sylvia, então meio que era Sylvia. Em tal papel, qualquer que fosse ele, Sylvia estava decidida a tratar bem Grigg nesse dia. Ele fora o último a chegar, o que a havia feito se perguntar se viria, tendo ficado, portanto, muito satisfeita quando ele apareceu. Bernadette nunca as perdoaria se ele tornasse a sair mais cedo. Ele acabara de apresentar um argumento muito interessante.

– Um ponto interessante – disse Sylvia. – Na verdade, em uma sociedade onde o dinheiro passa ao filho mais velho, esse não pode ter sido um caso incomum? Mas com que frequência isso aparece nos livros? Os problemas das mulheres mais velhas não interessam à maioria dos escritores. Confiem na Srta. Austen!

– Mas o livro, na verdade, é menos sobre a Sra. Dashwood que sobre suas filhas jovens e bonitas – observou Prudie. Ela havia chegado direto de uma reunião do sindicato dos professores e, portanto, usava excesso de batom e parecia muito politizada. As sobrancelhas haviam tornado a crescer um pouco, ou ela pintara a deficiência; isso era um alívio, mas ela estava usando uma voz discursiva, o que era um aborrecimento. Era, Sylvia imaginava, um risco profissional, que antes suscitava compaixão e assim por diante. Sua enunciação decerto se tornaria mais normal à medida que a noite avançasse. – Assim que começa de fato. O coronel Brandon não é muito mais moço que a Sra. Dashwood, mas se apaixona por sua filha mais velha e não por ela. Um homem mais velho ainda pode se apaixonar. Uma mulher mais velha, de preferência não.

Prudie havia falado sem pensar, mas o pensamento veio logo atrás. Por mais que houvesse dado um *faux pas*, para ser justa, Prudie tinha a impressão de que não era do tipo que tropeçava desse jeito com frequência. Naturalmente, isso só tornava a gafe mais óbvia. Havia rumores de que Daniel estava saindo com alguém; que, na verdade, deixara Sylvia não porque o casamento havia desandado, mas por ter sido atingido por um raio. Prudie procurou alguma coisa para acrescentar que deixaria claro que ela não havia feito referência a Sylvia; não que Sylvia não fosse bastante atraente para sua idade, mas, honestamente, quais eram suas perspectivas aos cinquenta e tantos?

– Não – disse Prudie, mas Bernadette havia falado ao mesmo tempo e Bernadette era a que persistia até o fim. Bernadette era a que assumia o controle. A chuva marcava o tempo enquanto ela falava. O fogo mudou do azul para o laranja, de um polo a outro. A acha no fogão caiu.

Bernadette era capaz de falar e desfrutar a quietude do ambiente ao mesmo tempo. Nada perturbava menos sua paz que o som da própria voz. A casa de Sylvia era muito mais silenciosa que a de Jocelyn. Sylvia morava no Centro da cidade, perto do campus, mas afastada da rua, bem atrás da fraternidade Phi Beta Pi, a menos que fosse Pi Beta Phi. Era um local tranquilo, escondido, a não ser durante a agitação da semana de ingresso, quando as garotas se reuniam no gramado por uma semana, cantando. "Quero ser uma Phi Beta Pi [ou do outro jeito], tum, tum", como sirenes para marinheiros. Claro que o clube não se reuniria lá se fosse a semana de ingresso. Se Daniel houvesse se mudado durante a semana de ingresso, Bernadette teria entendido totalmente. Jocelyn lhe contara que Daniel estava saindo com alguém jovem o bastante para ser irmã dele.

Jocelyn sabia como uma criança se sentia quando seu pai levantava acampamento. Mas era decerto diferente quando a criança era crescida e tinha a própria casa. Allegra tinha todo o direito de sentir falta do pai, só que não do jeito que Sylvia sentia. Sylvia achava-se diariamente abandonada; Allegra tinha apenas tido seus Natais prejudicados. De agora em diante, não haveria lugar para ir onde se sentisse completamente em casa. Seus feriados seriam divididos ao meio, como uma laranja.

Dezembro ainda estava meses à frente, mas Jocelyn conhecia Allegra o suficiente para adivinhar que ela já havia pensado nisso. O Natal sempre havia sido muito importante para ela. Quando criança, passava os dias que o antecediam doente de apreensão, morrendo de medo de não gostar de seus presentes, de que os desejos mais caros a seu coração não fossem atendidos. Chorava até dormir à noite, antevendo a decepção. Na manhã de Natal, a família inteira estaria exausta e mal-humorada.

Na realidade, seus pedidos nunca eram difíceis ou caros, e não havia motivos para que não fossem atendidos. A partir do momento em que a verdadeira recepção começava, Allegra ficava louca de alegria. Adorava surpresas e rasgava os embrulhos de presente com gritos de contentamento para o que quer que houvesse em seu interior.

— Para mim? — perguntava, como se fosse muito para acreditar.
— Mais para mim?

Todos os anos, ela recebia uma quantia em dinheiro para comprar presentes também e gastava-a com ponderação, mas nunca era o suficiente. Então acrescentava coisas que havia feito, desenhos para seus irmãos e álbuns com fotos grampeadas para seus pais e Jocelyn. Cinzeiros e enfeites. Pedras e pinhas pintadas com *glitter*. Suportes para livros e calendários. Quando ficou mais velha, os presentes artesanais suplantavam os comprados em lojas. Ela não era — e insistia bastante nesse ponto — uma artista. Mas era inteligente. Seu pai ensinou-a a usar ferramentas elétricas, e ela optou por compras em vez da turma de culinária no ensino médio. A essa altura, estava desenhando móveis e joias. A mesinha de centro com tampo de vidro na qual Jocelyn havia acabado de colocar a bolsa fora feita por Allegra nessa época e era tão bonita quanto qualquer coisa que se via em qualquer lugar.

Agora ela vendia seus artigos em lojas, online e em feiras de artesanato. Seu projeto atual era recolher joias danificadas nos mercados de quinquilharias, contas soltas e camafeus defeituosos, despedaçá-las e transformar as partes resultantes em mosaicos escamas de peixe. Sylvia estava usando um novo bracelete feito de brincos desiguais presos a uma delicada corrente. Este era muito mais bonito do que poderia parecer e demonstrava que o coração de Allegra, como sempre, estava no lugar certo. Um ano antes, ela havia ingressado em um grupo de canto coral em São Francisco e passado a véspera de Natal cantando como segunda soprano em uma ronda a hospitais e asilos. Sobre a lareira, Sylvia tinha uma foto da filha vestindo túnica violeta e segurando uma vela acesa. Em uma moldura prateada feita pela própria Allegra. Uma madona de faces afogueadas e olhos que pareciam espelhos.

— Os personagens secundários de Austen são realmente maravilhosos — disse Grigg. — Tão bons quanto os de Dickens. — Sylvia estava muito satisfeita por ter Grigg falando daquele jeito. Não discordaria por nada no mundo e, de qualquer forma, o que havia ali para discutir? Existiam autores cujos nomes ela não gostava de usar com o de Austen na mesma frase, mas Dickens havia escrito alguns livros muito bons em sua época. Especialmente *David Copperfield*.

— E por falar em Dickens — disse Grigg (eles nunca parariam de falar em Dickens!) —, eu estava tentando lembrar de escritores contemporâneos que dedicam o mesmo cuidado aos personagens secundários e me ocorreu que isso é um artifício comum nos seriados. Dá para imaginar que hoje Austen estaria escrevendo "O Show de Elinor", com Elinor como o núcleo moral sólido e os outros entrando e saindo de seu apartamento em Nova York com suas vidas malucas.

Sylvia não conseguia imaginar tal coisa. Tudo bem destacar temas dos contos de fadas em Austen; a própria Sylvia havia feito isso. *Orgulho e preconceito* como "A Bela e a Fera". *Persuasão* como "Cinderela" *et cetera*, *et cetera*. Estava tudo certo até mesmo sugerir que Dickens realizava igualmente bem o que Austen realizava de forma admirável. Mas "O Show de Elinor"! *Ela achava que não*. Que desperdício eram aqueles cílios em um homem que assistia a seriados.

Até Bernadette ficou em silêncio como sinal de desaprovação. A chuva tamborilava no telhado, o fogo crepitava. As mulheres olhavam para as próprias mãos ou para o fogo, mas *não* umas para as outras. Foi Allegra quem finalmente falou.

— Por mais que os personagens secundários sejam bons, acho que Austen melhora em relação a eles nos últimos livros. As mulheres, a Sra. Jennings, a Sra. Palmer e aquela outra, são meio que uma mistura. É difícil levar esses personagens a sério. E eu adorava a língua mordaz do Sr. Palmer, mas depois ele se corrige e desaparece, de forma bastante decepcionante.

Na realidade, Allegra havia instantaneamente se reconhecido no desagradável Sr. Palmer. Também ela muitas vezes pensava em coisas afiadas para dizer e as dizia com mais frequência do que desejava. O Sr. Palmer não suportava os tolos e Allegra tampouco, mas não que se orgulhasse disso. Esse fato não derivava, como sugeriu Austen, do desejo de parecer superior, a menos que a falta de paciência fosse uma qualidade superior.

– Além disso – Allegra permitiu-se mais um momento de irritação com o silenciar do Sr. Palmer –, acho que *Razão e sensibilidade* força a nossa credulidade no final. Quer dizer, o repentino casamento de Robert Ferrars e Lucy Steele! Os últimos livros são tramados de forma mais suave.

– Requer alguns acenos de mão – concordou Grigg. (Aquele grave momento de silêncio dirigido a ele totalmente desperdiçado! O que mais seria necessário?) – A gente percebe, é claro, o resultado que Austen está buscando, aquele momento de desorientação, mas a gente deseja que ela não tivesse ido tão longe para isso.

Os ataques a Austen estavam ficando fora de controle. Sylvia olhou para Jocelyn, cujo rosto achava-se impassível, a voz calma, porém firme.

– Acho que Austen explica tudo muito bem. Minha credulidade continua intacta.

– Não tenho nenhum problema com isso – declarou Sylvia.

– Está tudo perfeitamente de acordo com os personagens – disse Prudie.

Allegra franziu a testa do seu jeito bonito, roendo uma unha. Dava para perceber que ela trabalhava com as mãos. Suas unhas eram curtas e a pele ao redor, áspera e seca. E dava para perceber que ela levava as coisas muito a sério. As cutículas haviam sido mordidas e arrancadas, deixando partes esfoladas dolorosas nos polegares. Prudie teria gostado de levá-la a algum lugar para ver uma manicure. Com dedos longos e afilados assim, a pessoa bem que poderia tirar o máximo de proveito deles.

— Acho — cedeu Allegra — que, se o escritor não pudesse tirar um coelho ocasional da cartola, não teria graça nenhuma escrever livros.

Bem, pensou Prudie, Allegra era a única a saber onde os escritores encontravam diversão. Prudie não tinha o menor problema em relação a mulher-com-mulher. Abriu a boca para provocar Allegra acerca de sua namorada escritora, que certamente defenderia esse ponto de vista, bem como alertar Grigg quanto ao modo como as coisas funcionavam.

Mas Grigg estava concordando outra vez. Na realidade, havia se tornado muito cordato no que dizia respeito a Allegra! Estava sentado ao lado dela no sofá, e Prudie tentou lembrar como isso havia acontecido. Era o único lugar que restava ou ele havia planejado tudo?

Em geral, Allegra conseguia insinuar sua sexualidade em qualquer conversa. Esse era um ponto de discórdia com sua mãe, que achava descortês impingir detalhes sexuais a conhecidos.

— O seu entregador de jornais não precisa saber — dizia ela. — O seu mecânico não está nem aí.

Allegra nunca acreditaria que a homofobia não residia no fundo da questão.

— Não vou ser uma enrustida — declarava. — Não é minha natureza. — Mas agora, justamente quando a informação poderia ser compartilhada de forma útil, ela irritantemente se calava sobre o assunto.

— Como vai Corinne? — perguntou Prudie com ar malicioso. — Por falar em escritores.

— Corinne e eu seguimos caminhos separados — respondeu Allegra, do que Prudie então recordou que havia sido informada. O rosto de Allegra havia se transformado em pedra. Mas esse assunto com respeito a Corinne havia ocorrido meses atrás, com certeza. Prudie não acreditava que fosse uma questão delicada para ser abordada *naquele momento*. Ninguém lhe dissera para jamais mencionar o nome de Corinne, pois ela decerto era capaz de segurar a língua quando necessário.

Grigg folheava seu imenso volume das obras completas. Por que os homens sempre tinham de ter os maiores livros? Não ficou claro se sequer havia escutado.

Embora gostasse de descrever-se como uma lésbica comum, Allegra sabia que a verdade era mais complicada. A sexualidade raras vezes é tão simples quanto natural. Allegra não era completamente indiferente aos homens, só ao corpo dos homens. Em muitos casos, sentia-se atraída pelos homens nos livros; via de regra, eles pareciam mais apaixonados que as mulheres nos livros, ainda que as mulheres de verdade parecessem mais apaixonadas que os homens de verdade. Via de regra.

Allegra sentia-se mais estimulada pela paixão em si. Poemas do tipo confessional. Paisagens de todos os tipos, até mesmo as pantanosas. Música intensa. Perigo. A sensação de sentir-se viva.

A adrenalina era sua droga de eleição. Esse *não* era um assunto a respeito do qual falasse muito, e sobretudo não com pessoas que conheciam sua mãe. Sylvia acreditava em ter cuidado, embora também acreditasse que ter cuidado muitas vezes não era o suficiente. Via o mundo como uma pista de obstáculos. A pessoa escolhia seu caminho através dela enquanto o terreno resvalava e coisas caíam, explodiam ou ambos. As catástrofes chegavam sob a forma de acidentes, assassinatos, terremotos, doenças e divórcio. Ela havia tentado criar filhos sensatos, cuidadosos. Durante os anos de colégio, quando Allegra sabia que Sylvia parabenizava-se pelo bom apetite, as boas notas, os amigos gentis e os hábitos sóbrios da filha, Allegra vinha se cortando.

Allegra e Corinne conheceram-se em um pequeno avião no vigésimo oitavo aniversário de Allegra. Ela havia passado a noite com os pais, e seu pai preparara seus waffles pela manhã. Então ela saíra, dizendo-lhes que ia encontrar alguns amigos na cidade. Em vez disso, dirigiu-se a um minúsculo aeroporto em Vacaville para um compromisso que havia agendado meses antes. Seu primeiro salto solo. Allegra hesitou no último minuto, com o céu roncando ao passar por ela – ela não estava louca – e perguntou-se se iria prosseguir com aquilo. Estava com mais medo do que em seu primeiro salto enganchado. Ela havia sido avisada, mas ainda assim ficou surpresa. Se pudesse ter desistido sem que ninguém soubesse, ela o teria feito. Em vez disso, apenas para salvar as aparências, saltou. Puxou a corda cedo demais. No instante em que o fez, desejou estar novamente em queda livre. Essa era a melhor parte, e ela percebeu que teria de fazer aquilo de novo e melhor da próxima vez. O paraquedas se abriu com um solavanco para o alto que lhe tirou o fôlego, as tiras comprimindo seus seios. Ela agarrou as cordas, puxou-se para se posicionar melhor. Que estranho se preocupar com o desconforto das correias no momento em que mergulhava de um avião rumo à terra. "Esse é um pequeno passo para um homem, e o traje espacial é um pouco quente."

A queda tornou-se silenciosa, contemplativa. Allegra surpreendeu-se com o quanto pareceu durar, com a forma como experimentou cada segundo com tanta clareza. Caiu com força, aterrissando sobre o traseiro e batendo de um jeito que lhe quebrou a ponta do cotovelo; o traseiro pôs-se a doer de imediato, mas ela não sentiu o cotovelo a princípio. Ficou deitada, olhando para cima, com o paraquedas esparramado atrás dela. As nuvens deslizavam, os pássaros voavam. Seu sangue continuava a mergulhar de forma deliciosa. Corinne e o instrutor de salto flutuavam acima dela. Allegra via a sola das botas de Corinne, o que significava que Corinne estava na posição errada. Como Mary Poppins.

Allegra tentou se levantar e, quando se inclinou para endireitar o corpo, uma descarga incandescente percorreu-lhe o braço. Seus ouvidos estavam repletos de sons do mar; seus olhos, cheios de luz. Em seguida, sentiu cheiro de piche. Ela deu um passo à frente e despencou no vazio.

Voltou a si com Corinne perguntando:

– Você está bem? Consegue me responder? – As palavras passavam por ela como sombras de pássaros, e então a escuridão se disseminou a partir das sombras. Na próxima vez que acordou, estava nos braços de Corinne.

Foi um jeito irresistível de se conhecerem. Quando chegaram ao hospital, elas eram parceiras no crime. Sylvia não deveria tomar conhecimento do salto, mas Allegra ainda estava muito fraca, recuperando e perdendo a consciência, para confiar em si mesma ao telefone com a mãe.

– Não conte nada a ela – pediu Allegra.

Allegra recordava de haver quebrado o pé anos antes, no jardim de infância, ao cair do trepa-trepa. Havia passado a noite no hospital, e Sylvia permanecera lá o tempo todo, sentada ao lado da cama em uma daquelas cadeiras de plástico horríveis, sem fechar os olhos. Allegra teria dito que era mais chegada a Daniel que a Sylvia – mesmo em família havia certa reserva em relação a Sylvia – mas naquele momento, com o braço doendo terrivelmente, ela queria a mãe.

– Pede a ela para vir.

Allegra estava deitada na maca, com a mente flutuando sobre os sinuosos contornos brancos como neve do teto. Corinne pressionou com força as teclas de seu celular e então pegou a mão ilesa de Allegra enquanto falava, acariciando-a com o polegar.

– Sra. Hunter? – disse Corinne. – A senhora não me conhece, sou amiga de Allegra. Allegra está bem. Achamos que o braço dela está quebrado, mas estou aqui no Vacaville Kaiser com ela, e ela vai ficar bem. – Corinne descreveu, com muitos detalhes, uma desastrosa sequência de acontecimentos. Um cão amistoso, um menino com uma bola, um trecho pedregoso de rua, Allegra em uma bicicleta. Sylvia acreditou em tudo. Tais coisas aconteciam, mesmo quando os cães eram amistosos, mesmo quando a pessoa usava capacete. Allegra sempre tivera o cuidado de usar seu capacete de ciclismo. Mas às vezes, simplesmente não importava o quanto a pessoa tomasse cuidado. Ela e Daniel estariam lá assim que possível. Esperavam agradecer Corinne pessoalmente pelo carinho.

Allegra ficou impressionada. Qualquer um que mentisse com tanta facilidade quanto Corinne era alguém a manter do seu lado direito. A pessoa iria querer que ela mentisse a seu favor e não para ela.

Mas Corinne acabou por não se revelar a buscadora de emoções que Allegra imaginava. Mais tarde, quando Allegra mencionou algumas ideias que talvez acrescentassem um toque de adrenalina à vida sexual das duas, Corinne foi pouco receptiva. Havia saltado de paraquedas apenas como antídoto contra o bloqueio de escritor. Tinha esperanças de liberar alguma coisa. Ela via o espaço como uma página em branco e havia se atirado nele. O salto de paraquedas tinha sido uma metáfora.

Mas o salto não havia ajudado, e ela seria uma idiota se repetisse a experiência.

– Você quebrou o braço – dizia ela, como se Allegra não soubesse disso. Corinne mantinha-se em terra, em velocidades seguras, dentro de seu apartamento, bebendo xícaras de chá insatisfatórias. Era higienista dental, mas não uma entusiasta – havia optado por isso porque parecia um trabalho que lhe concederia tempo para escrever. Na realidade, vivia uma vida maçante, embora Allegra tenha se apaixonado completamente por ela antes de perceber isso. A única parte de Corinne que Allegra enxergou com clareza durante aquelas horas no hospital em que flutuava sob efeito dos analgésicos, sentindo-se mais, mais e mais apaixonada, foi a mentira.

Sylvia havia aberto um ótimo Petit Syrah, que ia bem com queijo e biscoitos, com a chuva e com o fogo. Jocelyn bebera apenas o suficiente para sentir-se sociável, não o bastante para se sentir espirituosa. Segurava a taça de forma que a luz do fogo a atravessasse. Era um cristal facetado, pesado, presente de casamento de outros tempos, agora infelizmente embaçado por 32 anos de água dura na lava-louça. Se Sylvia houvesse ao menos tomado cuidado...

– *Razão e sensibilidade* apresenta um dos personagens preferidos de Austen, o sedutor bonito – disse Jocelyn. – Ela é muito desconfiada de homens bonitos, acho. Seus heróis tendem a ser assiduamente desinteressantes. – E girou a taça de modo a que o vinho da cor de rubi subisse e tornasse a descer. Daniel era um homem desinteressante, embora Jocelyn não fosse dizer isso, e Sylvia jamais admitiria. Evidentemente, no mundo de Austen, isso contava a favor dele.

– A não ser Darcy – disse Prudie.

– Ainda não chegamos a Darcy. – Havia uma advertência na voz de Jocelyn. Prudie não se estendeu.

– Seus heróis têm coração melhor que seus vilões. Eles são merecedores. Edward é gente boa – disse Bernadette.

– Bem, é claro – disse Allegra, em tons dos mais suaves e melodiosos. Provavelmente, apenas sua mãe e Jocelyn perceberiam o quanto uma questão tão óbvia a deixava impaciente. Allegra tomou um gole de vinho tão grande que Jocelyn o ouviu descer.

— Na vida real – disse Grigg –, as mulheres querem os cafajestes, não os bons. – Ele falou com grande amargura, os cílios pulsando. Jocelyn conhecia muitos homens que acreditavam nisso. As mulheres não querem homens gentis, gritavam eles por sobre a cerveja para qualquer mulher boa o suficiente para ouvir. Condenavam-se em voz alta, lamentando sua bondade abominável, incontrolável. Na realidade, ao conhecer melhor esses homens, muitos deles não eram tão gentis quanto acreditavam ser. Não havia uma porcentagem que assinalasse isso.

— Mas Austen não é completamente indiferente a Willoughby no final – disse Bernadette. – Adoro aquela parte onde ele se confessa a Elinor. Dá para sentir que Austen suaviza do mesmo jeito que Elinor, apesar de si mesma. Ela não vai admitir que ele é uma boa pessoa porque ele não é, mas deixa a gente lamentar por ele, só por um momento. Ela tem que equilibrar isso no fio da navalha; em excesso e a gente vai querer que ele fique com Marianne apesar de tudo.

— Estruturalmente, essa confissão encerra a longa história que Brandon conta a ela. – Outra observação autoral por parte de Allegra. Corinne podia ter ido embora, pensou Jocelyn, mas seu fantasma certamente havia permanecido, lendo os livros de Allegra, expressando as opiniões de Allegra. Talvez Jocelyn houvesse sido muito dura com Allegra antes. Deixara de incluir o fator Corinne ao avaliar a perda de Daniel. Pobrezinha.

— Pobre Elinor! Willoughby de um lado, Brandon do outro. Ela está realmente *entre deux feux*. – Prudie tinha um pouco de batom nos dentes se não fosse o vinho. Jocelyn queria se debruçar e limpar aquilo com um guardanapo, do jeito que fazia quando Sahara necessitava de asseio. Mas se conteve; Prudie não lhe pertencia. O fogo esculpia o rosto de Prudie, acentuava as covas em suas faces, iluminava seus olhos fundos. Ela não era bonita como Allegra, mas era atraente de um jeito interessante. Chamava atenção. Provavelmente envelheceria bem, como Anjelica Huston. Se ao menos parasse de falar francês. Ou fosse para a França, onde isso seria menos perceptível.

— E Lucy também — disse Bernadette. — Existe alguma coisa em Elinor. Todo mundo quer contar a ela os seus segredos. Sem querer, ela incentiva a intimidade.

— Eu me pergunto por que Brandon não se apaixona por ela — disse Jocelyn. Ela nunca criticaria Austen, nem em um milhão de anos, mas essa era uma união que ela teria tentado fazer. — Eles são perfeitos um para o outro.

— Não, ele precisa da animação de Marianne — disse Allegra. — Porque ele não tem nenhuma.

Corinne ansiava por confissão. Se Allegra desejava ser intimidada de forma provocante antes de fazer amor, Corinne desejava ser acalmada com segredos depois.

— Quero saber tudo sobre você — disse ela, o que era exatamente o que uma amante diria sem despertar suspeitas. — Especialmente as coisas que você nunca contou a ninguém.

— Assim que eu contar, elas vão mudar — protestou Allegra. — Elas não vão ser mais segredos.

— Não — disse Corinne. — Elas vão ser *nossos* segredos. Confie em mim.

Então Allegra contou:

1. Existia uma turma especial na minha escola de gramática. Uma turma para crianças retardadas. Às vezes, víamos essas crianças, mas geralmente elas ficavam afastadas. Tinham um lugar diferente, uma hora de almoço diferente. Talvez só fossem para passar metade do dia.

Uma dessas crianças era um garoto chamado Billy. Ele carregava uma bola de basquete para onde ia e às vezes falava com ela. Bobagens, tagarelice. Eu achava que ele estava só imitando a conversa humana, que não entendia que conversar envolvia palavras e pessoas de verdade, que respondiam. Ele usava uma touca enfiada na cabeça, o que fazia com que as orelhas ficassem de fora, como o Dunga em *Branca de Neve*. O nariz escorria um bocado. Pensar nele ou em qualquer um deles me deixava triste. Em geral, eu não pensava.

Um dia, vi esse menino na beira do pátio de recreio, onde ele não devia estar. Achei que ele ia arrumar encrenca se alguém o visse ali. O professor da turma especial parecia estar sempre gritando com alguém. Então fui até ele, o tempo todo me parabenizando por ser tão caridosa, por ser capaz de conversar com Billy como se ele fosse um menino de verdade. Mas, quando me aproximei, vi que ele estava com o pênis na mão. Ele mostrou o órgão, estendido na palma da mão, para que eu visse. O órgão se contraía como se estivesse sendo espetado por alfinetes. Voltei para os meus amigos.

Algumas semanas mais tarde, houve um dia em que meu pai foi me buscar depois da aula. Ele estava distraído com alguma coisa; me senti ignorada. Então contei que um garoto na escola tinha me mostrado o pênis dele. Um garoto mais velho. Meu pai ficou mais chateado do que eu pretendia; no mesmo instante, desejei ter ficado de boca fechada. Ele exigiu o nome do garoto, parou para procurar a família no catálogo telefônico da farmácia, foi até a casa deles e bateu na porta da frente. Uma mulher atendeu. Usava tranças como uma criança, mas tinha cabelos grisalhos; achei aquilo estranho. Usava aqueles óculos repuxados. Meu pai começou a falar, e ela começou a chorar. Mas com raiva no princípio. "Vocês estão cagando pra nós", disse ela.

Eu não estava acostumada com gente xingando e fiquei chocada. Então, ela já não estava com raiva; aquilo parecia mais desespero. "O que você espera que eu faça?"

"Espero que você converse com seu filho...", meu pai estava dizendo quando Billy surgiu por trás dela, segurando aquela bola idiota e resmungando. Papai parou no meio da frase.

Ele teve um irmão mais novo que era retardado. Morreu com 15 anos, atropelado por um carro. Sempre tive medo de não amar um filho, a menos que ele fosse lindo. Sempre tive medo de ter filhos por causa disso. Mas meu pai diz que a mãe dele amava mais o filho retardado. Ela sempre dizia que o amor de uma mãe vai onde é necessário.

Depois que seu irmão morreu, papai tentou fazer sua mãe sair mais. Ele e minha mãe tentavam levar vovó ao cinema, a concertos e ao teatro. Mas ela geralmente recusava. Ele passava na casa dela para ver como ela estava, e encontrava minha avó sentada à mesa da cozinha, olhando pela janela. "Não consigo mais imaginar uma maldita coisa que eu ainda queira fazer", ela dizia.

Então Billy ficou parado atrás da mãe, conversando com a bola de basquete com a voz cada vez mais agitada. Meu pai estava se desculpando, mas a mãe de Billy não aceitava. "O que você sabe?", ela perguntou. "Com a sua filhinha bonita indo para a faculdade um dia. Se casando. Tendo mais crianças bonitas para você."

Voltamos para o carro e fomos para casa. Meu pai disse: "Eu nunca teria aumentado os problemas daquela mulher por nada no mundo." Disse: "Você devia saber que tinha deixado de fora uma parte importante da história." E perguntou: "Por que você não me contou? Eu teria lidado com as coisas de forma bem diferente." "Vá para o seu quarto", ele disse. Eu não sabia que podia deixar meu pai com tanta raiva. Senti medo que ele não me amasse mais. Que não fosse mais me pegar pela mão, olhar para mim.

Eu não podia me defender, nem para mim mesma. Bem que tentei. Pensei em como não fazia ideia de que ele ficaria tão chateado, não fazia ideia de que ela ficaria tão chateada. Eu não sabia que ia haver lágrimas. Não teria dito uma palavra se soubesse. Mas por que tinha aberto a boca? Eu só estava ali à toa, querendo atenção. Não tinha contado a meu pai que Billy era retardado porque sabia que ia conseguir mais atenção se fizesse o contrário. Não tinha nem mesmo me importado quando Billy me mostrou seu pênis. Aquilo me pareceu meio amigável.

2. Uma vez fomos a um museu onde havia pinturas de Van Gogh. Gostei delas por serem tão densas. Meu pai disse que os artistas pintavam do jeito que realmente enxergavam, ou talvez tenha dito outra coisa, mas entendi dessa forma. Pensei em Van Gogh enxergando, através de seus olhos, um mundo assim denso. Eu nunca tinha me perguntado se enxergava o mundo do jeito que todos enxergavam, ou se enxergava alguma coisa melhor, errada ou diferente. Como a pessoa ia saber? O que Van Gogh diria: As coisas parecem meio densas para você? Ele sequer pensaria em perguntar isso.

No dia seguinte, deitei na grama em nosso quintal e olhei direto para o sol, do jeito que minha mãe dissera para eu nunca fazer porque prejudicaria meus olhos. Pensei que ia crescer e me tornar uma artista famosa, e tudo e todos que eu visse, tudo e todos que pintasse ofuscariam a visão.

3. Meus pais acreditavam que as crianças deveriam ter muito tempo livre. Eles acreditavam em sonhar. Tive aulas de piano

por curto tempo, mas elas não decolaram, e eu não praticava esportes depois da escola nem nada antes do ensino médio. Lia muito e confeccionava objetos. Procurava trevos de quatro folhas. Observava colônias de formigas. As formigas têm muito pouco tempo não programado. Lugares para ir, pessoas para ver. Adotei um formigueiro especial a um passo do jardim a cargo de minha mãe. Eu era muito boa com minhas formigas no começo. Levava pedaços de biscoitos com granulado; criava paisagens com conchas e pensava em como *gostaria* de encontrar uma concha tão grande que eu conseguiria entrar dentro dela para explorar.

Criei jornaizinhos de eventos de formigas, no começo jornais do tamanho de selos, depois um pouco maiores, grandes demais para as formigas, e aquilo me afligia, mas do contrário eu não conseguia fazer com que as reportagens coubessem e queria reportagens de verdade, não só linhas de alguma coisa que se parecia com escrita. Enfim, imagine quão pequeno um jornal de formigas realmente seria. Mesmo um selo seria como uma quadra de basquete.

Eu imaginava agitações políticas, conspirações e golpes de Estado e relatava tudo. Acho que na ocasião devia estar lendo uma biografia de Mary Stuart, rainha da Escócia. Você leu aquelas biografias laranja quando criança? Aquelas sobre a infância de pessoas famosas e que no último capítulo traziam as realizações que tornaram essas pessoas famosas? Meu Deus, eu adorava aqueles livros. Ben Franklin, Clara Barton, Will Rogers, Jim Thorpe, Amelia Earhart e Madame Curie, e uma sobre a primeira criança branca nascida na colônia de Roanoke – Virginia Dare? –, mas acho que essa deve ter sido inventada.

De qualquer forma, havia um dia de notícias curtas para as formigas. As conspirações políticas tinham se esgotado ou eu me cansara delas. Então, peguei um copo de água e provoquei uma inundação. As formigas lutaram para ficar em segurança, nadaram para salvar a própria vida. Fiquei meio envergonhada, mas aquilo rendeu um bom exemplar. Eu disse a mim mesma que estava levando emoção à sua monotonia habitual. No dia seguinte, deixei cair uma pedra em cima delas. Era um meteorito proveniente do espaço sideral. Elas se reuniram em torno dele e o escalaram às pressas; obviamente, não sabiam o que fazer. Aquilo rendeu três cartas ao editor. Por fim, taquei fogo nelas. Sempre me interessei muito por fósforos. As coisas ficaram meio fora de controle, e o fogo se espalhou do formigueiro para o jardim. Só um pouco, não foi tão ruim quanto parece. Diego foi até lá, pisoteou tudo, e lembro de ter chorado e tentado impedir porque ele estava pisando nas minhas formigas.

Mas que rainha cruel e terrível acabei por me tornar. Nunca vou almejar a presidência.

4. Quando tinha 22 anos, transei com um garoto só porque ele queria muito. Ele era estudante em Galway; nos conhecemos em Roma e viajamos por três semanas. Na nossa última noite juntos, na noite antes de eu ir para casa, estávamos em Praga. Fomos jantar, depois fomos a alguns bares e bebi até ficar sentimental e exigir a troca de lembranças. Ele me deu uma foto sua segurando um gato. Enfiei meu anel de prata no dedo dele. O anel prendeu na articulação, mas o empurrei para baixo.

Ele disse que estava muito comovido. Jurou que nunca tiraria o anel do dedo, então tentou tirar e não conseguiu. O dedo começou a inchar e a ficar com cor estranha. Fomos até o banheiro do pub e tentamos soltar o anel com sabão, mas era tarde demais, o dedo estava muito inchado. Pedimos manteiga e trouxeram a manteiga, mas também não deu certo. A essa altura, o rosto dele também estava ficando com cor estranha, de um branco duvidoso. Você sabe como os irlandeses são pálidos; eles nunca ficam ao ar livre por lá. Voltamos ao albergue e tentei afastar a mente dele daquilo, transando com ele, mas foi só uma distração temporária. O dedo estava redondo como uma salsicha, e ele não conseguia mais dobrá-lo.

Então fomos procurar um táxi para nos levar a um hospital. A essa altura, eram cerca de três da manhã; as ruas estavam escuras, frias e silenciosas. Caminhamos vários quarteirões, e ele estava de fato começando a ganir, como um cachorro. Quando finalmente encontramos transporte, o motorista não falava inglês. Fiz sons de sirene e apontei várias vezes para o dedo. Gesticulei para representar um estetoscópio. Quando imagina isso, você tem que me imaginar muito bêbada. Não sei o que o motorista pensou no início, mas ele por fim entendeu e acaba que o hospital ficava a menos de um quarteirão de distância. Ele parou mais à frente e nos deixou saltar. Estava dizendo alguma coisa quando se afastou. Não conseguimos entender, mas dava para adivinhar.

O hospital estava fechado, mas havia um interfone e conversamos com alguém que não falava inglês. Ele implorou que nos fizéssemos entender, então desistiu e nos deixou entrar. Todos os corredores estavam às escuras, e percorremos vários até que vimos luzes em uma sala de espera. Eu costumava ter sonhos assim, corredores escuros, passos ecoando. Labirintos que serpenteavam e davam voltas e orientações impressas nas paredes em algum alfabeto estranho. O que estou querendo dizer é que tive os sonhos antes que isso acontecesse e às vezes ainda tenho: estou perdida em uma cidade estrangeira; as pessoas falam, mas não consigo entender.

Então, seguimos a luz e encontramos um médico; ele falava inglês, o que foi realmente uma sorte. Explicamos sobre o anel, e ele olhou para nós. "Vocês estão na medicina interna", disse. "Sou cirurgião cardíaco." Eu estava disposta a voltar para o albergue em lugar de aturar esse tipo de constrangimento, mas, por outro lado, não era o meu dedo. (Ainda que fosse o meu anel.) Mas Conor – era esse o nome dele – não ia embora.

"Dói mais do que dá para expressar", ele disse. O que é uma espécie de *koan*, se você pensar a respeito. Enfim, eu estava pensando a respeito.

"Vocês estão bêbados, não estão?", o médico perguntou. Ele levou Conor embora e removeu o anel à força. Aparentemente, isso foi extraordinariamente doloroso, mas, nesse meio-tempo, dormi na sala de espera.

Mais tarde, perguntei a Conor onde estava o anel. Ele o havia deixado no consultório do médico. Imaginei o anel em uma daquelas vasilhas azuis em forma de rim. Conor disse que ele havia ficado muito amassado na retirada, mas era uma criação minha, então fiquei um pouquinho magoada pelo esquecimento. Eu teria voltado para pegar o anel, se o médico não tivesse ficado tão zangado. "Eu queria que você guardasse como lembrança", eu disse a Conor.

"Acho que vou me lembrar muito bem de você", ele disse.

O telefone tocou na cozinha, e Allegra foi atender. Era Daniel do outro lado.

– Como vai sua mãe, querida? – perguntou ele.

– *Bueno*. Ela está linda. Estamos dando uma festa. Mas pergunte a ela você mesmo – disse Allegra. Ela pousou o fone e voltou para a sala. – É papai – disse a Sylvia. – É um telefonema culpado.

Sylvia dirigiu-se ao telefone, levando seu vinho.

– Oi, Daniel. – Ela apagou a luz da cozinha e se sentou no escuro, com a taça em uma das mãos e o telefone na outra. A chuva soava alto; uma das calhas do telhado escoava bem em frente à cozinha.

— Ela mal fala comigo — disse ele.

Sylvia esperava que aquilo não fosse um pedido para que intercedesse. Isso seria demais. Mas ela sabia o quanto Daniel amava Allegra; não pôde deixar de sentir pena dele e de se determinar a parar. A geladeira deu uma de suas sacudidelas engraçadas. A familiaridade e domesticidade do som quase a despedaçaram. Ela pressionou a taça contra o rosto. Um momento se passou antes que confiasse em si mesma para falar.

— Dê um tempo a ela.

— Alguém vai até aí no sábado para ver o chuveiro lá em cima. Vocês não precisam ficar, eu vou e resolvo isso. Só estou avisando. A você e Allegra. Caso não queiram me ver.

— Essa não é mais a sua casa.

— É, sim. Estou deixando o casamento, não você. Enquanto você estiver na casa, vou cuidar da casa.

Houve uma explosão de risadas na sala.

— Vou deixar você voltar para seus convidados — disse Daniel. — Vou estar aí entre dez e meio-dia no sábado. Vá até o mercado comprar aquele pistache de que tanto gosta. Você não vai nem saber que passei por aí, a não ser pelo fato de que o chuveiro vai estar consertado.

Corinne ingressou em um grupo de escrita que se encontrava uma vez por semana. Esperava que isso funcionasse como uma espécie de prazo, forçando-a a trabalhar. Ela parecia estar passando mais tempo no computador e, por vezes, Allegra ouvia o ruído das teclas. O humor de Corinne havia melhorado e, a essa altura, ela falava muito no jantar, sobre ponto de vista, ritmo e estrutura profunda. Tudo muito abstrato.

O grupo de escrita reunia-se em um salão quacre e inicialmente tinha havido alguma controvérsia, tendo sido os quacres tão gentis ao permitir a utilização de seu espaço sem remuneração, acerca de se o grupo não deveria honrar os princípios quacres nos trabalhos que levassem para lá. Era correto aceitar aquela contribuição e então compartilhar trabalhos com temas violentos ou imorais? O grupo decidiu, após muita discussão, que um trabalho talvez precisasse ser violento a fim de efetivamente defender a não violência. Eles eram escritores. Eles, entre todas as pessoas, deveriam resistir a qualquer tipo de censura. Os quacres não esperariam menos deles.

Os outros escritores do grupo tornaram-se importantes para Corinne, tanto que Allegra observou que, evidentemente, nunca iria conhecê-los. Ouvia falar deles, mas apenas em versões resumidas. O círculo crítico construía-se com base na confiança; havia uma expectativa de confidencialidade, explicou Corinne.

Corinne não era boa em guardar segredos. Allegra ficou sabendo que uma mulher havia levado um poema sobre aborto, escrito em tinta vermelha para representar o sangue. Um homem estava criando uma espécie de farsa de alcova francesa, só que sem qualquer humor, e o texto repleto de anotações desordenadas com setas e traços, o que tornava a leitura desagradável; ainda assim, semana após semana, ele entregava, com confiança, mais um capítulo penoso de asneiras e cônjuges adúlteros. Outra mulher estava escrevendo um romance fantástico com um bom enredo, bem marcado, só que todos os personagens tinham olhos cor de âmbar, esmeralda, ametista ou safira. Nada que os outros membros diziam conseguia persuadi-la a substituí-los por castanhos, azuis ou a não mencionar de maneira nenhuma os malditos olhos.

Uma noite, Corinne disse casualmente no jantar que ia sair para uma sessão de leitura de poesia. Lynne, de seu grupo de escrita, ia ler uma coletânea erótica na Good Vibrations, a loja de brinquedos sexuais.

– Vou com você – disse Allegra. Corinne certamente não esperava que ela ficasse em casa enquanto poemas indecentes eram lidos em voz alta em um cenário repleto de chicotes e vibradores.

– Não quero você tirando sarro de ninguém. – Era evidente que Corinne estava muito constrangida. – Você pode ser muito severa quando acha que a pessoa não tem gosto. Todos nós somos só novatos no grupo. Se eu ouvir você tirando sarro de Lynne, vou saber que provavelmente sou ridícula também. Não consigo escrever se achar que estou sendo ridícula.

– Eu nunca acharia você ridícula – protestou Allegra. – Eu não poderia. E adoro poesia. Você sabe disso.

– Você adora o seu tipo de poesia – disse Corinne. – Poemas sobre árvores. Não é isso o que Lynne vai ler. – Corinne não havia de fato dito que Allegra podia ir, mas Allegra foi, posto que, a essa altura, estava ansiosa para provar que era capaz de se comportar, além de dar uma olhada na outra vida de Corinne. A vida real de Corinne, como por vezes pensava. A vida da qual ela não fazia parte.

A Good Vibrations havia instalado cinquenta cadeiras, das quais sete estavam ocupadas. Virilhas infláveis pendiam das paredes atrás do palco em estágios variados de abertura, como borboletas. Armários exibiam espartilhos e acessórios juntos. Lynne estava graciosamente nervosa. Leu, mas também discutiu as questões pessoais e artísticas que sua poesia havia gerado.

Acabara de concluir um poema no qual um seio de mulher enumerava, em várias estrofes, seus últimos admiradores. O poema possuía uma estrutura formal, e Lynne confessou que se perguntava se era realmente esse o caminho a percorrer. Implorou a seu público que o considerasse um trabalho em andamento.

O seio falava até mesmo com voz de leitura de poesia, com aquela cadência no final de cada verso, como Pound, Eliot ou quem quer que houvesse iniciado essa prática infeliz. A plateia aplaudia nas partes mais apimentadas, e Allegra também tratou de aplaudir, embora o que considerasse apimentado fosse aparentemente diferente do que os demais consideravam. Depois disso, foi com Corinne cumprimentar Lynne. Disse o quanto havia apreciado a noite, declaração tão inocente quanto qualquer pessoa faria, mas Corinne lançou-lhe um olhar frio. Ela percebeu que sua presença estava deixando Corinne infeliz. Havia forçado a barra, mesmo sabendo que Corinne não a queria ali. Allegra desculpou-se, dizendo que precisava usar o banheiro. Demorou-se, lavando o rosto, penteando o cabelo, tudo de propósito para que Corinne conversasse com Lynne sem ela ali para ouvir.

Naquele fim de semana, Sylvia e Jocelyn foram a uma exposição de cães no Cow Palace, e Allegra reuniu-se a elas para almoçar. Corinne havia sido convidada, mas de repente as palavras estavam fluindo, explicou, e ela não podia se arriscar a parar. Jocelyn estava de muito bom humor. Thembe havia tirado Melhor da Raça, tendo o juiz notado suas excelentes proporções e energia, assim como sua linda crista. Ele iria competir em Caça à tarde. Além disso, Jocelyn tinha no bolso os cartões de vários machos promissores. O futuro parecia luminoso. O Cow Palace estava ensurdecedor e fedorento. Elas levaram o almoço para as mesas de piquenique para não comer em frente aos cães.

Foi um imenso alívio para Allegra o fato de finalmente poder comentar com alguém a sessão de leitura de poesia. Recordou, em particular, versos especiais; Sylvia riu tanto que cuspiu seu sanduíche no colo. Depois, Allegra ficou arrependida.

– Quem me dera Corinne deixasse eu me envolver um pouco – disse. – Ela tem medo de ser ridicularizada. Como se eu fosse rir *dela*.

— Uma vez terminei com um garoto porque ele me escreveu um poema horrível – disse Jocelyn. – "Seus dois olhos." A maioria das pessoas não tem dois olhos? Todas, a não ser umas poucas azaradas? Você acha que isso não devia ter importância. Pensa no quanto o sentimento é bom, quanto trabalho foi investido naquilo. Mas da próxima vez que ele vai te beijar, tudo em que consegue pensar é em "Seus dois olhos".

— Tenho certeza que Corinne é uma escritora maravilhosa – disse Sylvia. – Não é?

E Allegra respondeu claro! Ela era! Maravilhosa! Na realidade, Corinne ainda precisava mostrar a Allegra alguma palavra. Mas os livros que gostava de ler eram todos livros muito bons.

— A questão é – disse Allegra, e na experiência de Jocelyn raramente coisas boas vinham no encalço de tais palavras – que se tivesse que escolher entre mim e a escrita, sei que ela escolheria a escrita. Devo me preocupar com isso? Não devo me preocupar com isso. Eu mesma sou meio que uma pessoa que dá tudo de si.

— A questão é – retrucou Sylvia – que ela não tem que escolher. Então você nunca vai precisar realmente saber.

Quando Allegra chegou em casa, para sua surpresa, encontrou Lynne saindo do apartamento. Elas pararam por um momento na escada para trocar gentilezas. Allegra havia caminhado vários quarteirões ladeira acima desde a única vaga que havia conseguido encontrar – bem que poderia ter deixado o carro em Daly City – e estava com calor, irritada e sem fôlego. Mas conseguiu dizer novamente o quanto havia apreciado a poesia de Lynne, o que não era mentira. Ela havia gostado muito.

— Eu trouxe uns *cookies* para agradecer a vocês duas por terem ido – disse Lynne. – Fiquei tão feliz de encontrar Corinne trabalhando... Ela tem tanto talento.

Allegra sentiu uma pontada de ciúme por Lynne ter visto o trabalho de Corinne. Até mesmo a mulher que havia escrito poemas sobre o aborto em tinha vermelha vira o trabalho de Corinne.

– Contos maravilhosos – disse Lynne, fazendo a primeira sílaba de "maravilhosos" soar como se estivesse batendo em um gongo. – A composição sobre o menino retardado? "A bola de Billy"? Parece Tom Hanks naquele filme do náufrago, só que realmente comovente.

– Corinne escreveu um conto sobre um menino retardado? – perguntou Allegra. E sequer havia mudado o nome? Corinne não faria uma coisa dessas. *Nossos segredos. Confie em mim.*

Lynne cobriu a boca com a mão, sorrindo por entre os dedos.

– Ah! Tudo que acontece na crítica é absolutamente confidencial. Eu não devia ter dito isso. Claro que pensei que ela tivesse mostrado a *você*. Você tem que me prometer que não vai dizer nada. Por favor, não me dedure. – Ela insistiu com um jeito de menina tão desagradável e sedutor, que Allegra fez a promessa só para que ela parasse.

Allegra entrou, encaminhou-se ao escritório, onde Corinne ainda trabalhava no computador e viu-a apertar a tecla Hibernar, as palavras desaparecendo da tela no intervalo que Allegra levou para atravessar o cômodo.

– Acabou o bloqueio do escritor? – perguntou ela. Um toque em qualquer das teclas traria as palavras de volta.

– Acabou – respondeu Corinne. – A musa voltou para mim.

Naquela noite, Corinne pediu uma história mesmo que elas não houvessem feito amor. Allegra apoiou-se no travesseiro e olhou para ela. Corinne tinha os olhos fechados, a orelha projetada através dos cabelos de um dos lados da cabeça. O queixo conservava-se erguido, e o pescoço era um declive branco como neve. Os mamilos eram visíveis através da camiseta. Inocência sedutora.

Allegra disse:

5. Uma garota que conheci no ensino médio ficou grávida. Simpatizei com ela quando nos conhecemos e senti pena dela quando ficou grávida – você devia ter ouvido as coisas que os garotos diziam sobre ela. Mas, a essa altura, eu já não gostava muito dela. Tem todo um miolo nessa história, mas estou muito cansada para contar.

Allegra havia ficado bêbada. Ela não achava que era a única. Via que Prudie tinha as faces coradas e os olhos vidrados. O Petit Syrah havia desaparecido como que por encanto, e Jocelyn lhe pedira que fosse até a cozinha pegar uma garrafa de Graffigna Malbec e ver o que estava acontecendo com Sylvia, visto que ela não voltara após o telefonema de Daniel. Ao se levantar, Allegra soube que estava bêbada.

Sylvia estava sentada na cozinha escura, com o fone de volta ao gancho.

– Ei, querida – disse ela com voz boa.

Aquela farsa era desnecessária, especialmente na frente de Allegra.

– Como você leva isso com tanta calma? Você mal parece se importar. – Ela sabia que estava sendo inconveniente. Ouviu a própria voz, bêbada e inconveniente, sair de sua boca.

– Eu me importo.

– Não precisa esconder. Ninguém lá fora vai pensar mal de você se quebrar um copo, gritar, for para a cama ou mandar todo mundo dar o fora.

– Você vai ter que me deixar ser quem eu sou, querida – disse Sylvia. – Sabe onde estávamos quando Daniel me informou que queria o divórcio? Ele tinha me levado para jantar. No Biba's. Eu sempre quis ir ao Biba's, mas nunca conseguimos entrar. Então foi isso o que me ocorreu. Que ele teve que fazer uma reserva com muita antecedência e depois fingir durante semanas que estava tudo bem. Um jeito bastante atencioso de terminar com a sua mulher.

— Tenho certeza que ele não estava planejando a noite assim! Tenho certeza que não sabia o que ia dizer nem quando ia dizer. Algumas pessoas fazem as coisas sem planejar tudo como você.

— Você deve ter razão. Uma pessoa não fica mais sã ao se desapaixonar do que quando se apaixona, acho. Graças a Deus está chovendo. Não tivemos chuva suficiente este ano.

O rosto de Sylvia estava vagamente refletido na janela da cozinha. Allegra pensou em como estava vendo ambos os lados de seu rosto ao mesmo tempo. Sua mãe havia sido uma mulher muito bonita, mas, depois de permanecer algum tempo conservada, envelhecera de repente nos últimos anos. Agora dava para perceber como o envelhecimento iria avançar; dava para perceber onde o martelo iria bater em seguida.

Allegra ajoelhou-se de forma instável e pousou a cabeça no colo da mãe. Sentiu as mãos dela passarem por seu cabelo.

— O que sabemos sobre isso, você e eu? — perguntou Allegra. — Não somos do tipo que se desapaixona, somos?

Allegra levantou-se quando teve certeza de que Corinne estava dormindo e foi até o escritório. Esvaziou a cesta de papéis no chão. Não havia muita coisa e o que havia tinha sido rasgado em pedaços minúsculos, desesperadores, nenhum deles parecendo ter saído da impressora de Corinne. Allegra encontrou a palavra "Zyzzyva". Insistiu, separando os pedaços por cor, até obter três montes. Não estava vestindo nada além da camiseta que ia até os joelhos e ela usava para dormir, então pegou um cobertor no armário e sentou no chão, enrolada nele, juntando os pedacinhos de papel.

...

"Recusamos, com pesar, o conto que você nos enviou", leu ela por fim. "'A bola de Billy' tem muito a recomendá-lo e, ainda que não pareça exatamente apropriado para nós, dispomo-nos a ver outros trabalhos seus no futuro. Boa sorte nos seus esforços, os Editores."

Quinze minutos depois: "Estamos devolvendo seu conto, 'Adeus, Praga', visto que só nos interessa material lésbico. Sugerimos que você se familiarize com nossa revista. Anexamos um formulário de inscrição. Nosso muito obrigado, os Editores."

Dez minutos depois: um impresso de recusa – "não condiz com nossos projetos neste momento" – mas alguém havia escrito em esferográfica uma única frase na parte inferior: "Quem de nós já não atormentou formigas?"

Allegra arrebatou os pedaços, tornou a misturá-los, despejando-os na cesta de papéis. Sentia-se roubada e explorada. Então o desejo de Corinne de mantê-la longe de seus amigos do grupo de escrita nada tinha a ver com a língua sarcástica de Allegra. Que crueldade de Corinne fazê-la se sentir como se fosse ela a culpada.

Claro que essa pequena crueldade não era nada comparada à traição da confiança. Havia começado a chover, mas Allegra não soube disso até sair de casa. Mal percebeu mesmo então, embora só vestisse sua camiseta. Caminhou três quarteirões até o carro, dirigiu duas horas até a casa de seus pais – mais tempo que de costume, pois havia esquecido de levar dinheiro para o pedágio da ponte (havia esquecido até a carteira de motorista) e teve de encostar o carro, saltar com as roupas caseiras e explicar o fato. Por fim, autorizaram-na a passar com um aceno de mão, tal o poder de persuasão de a pessoa chorar incontrolavelmente estando praticamente nua.

Passava das três da manhã quando ela chegou em casa, encharcada. Seu pai lhe preparou um copo de leite quente; sua mãe a colocou direto na cama. Durante três dias, ela só levantou para ir ao banheiro. Corinne telefonou várias vezes, mas Allegra recusou-se a falar com ela.

Como Corinne se atrevia a escrever as histórias secretas de Allegra e enviá-las a revistas para serem publicadas?

Como Corinne se atrevia a escrevê-las tão mal que ninguém queria aceitá-las?

Não era culpa de Austen o amor dar errado. Ninguém podia nem mesmo dizer que ela não havia avisado. Suas heroínas se saíam bastante bem, mas sempre havia outros personagens no livro que não tinham final feliz – a Eliza de Brandon em *Razão e sensibilidade*; em *Orgulho e preconceito*, Charlotte Lucas, Lydia Bennet; em *Mansfield Park*, Maria Bertram. Era nessas mulheres que era necessário prestar atenção, mas ninguém o fazia.

Allegra estava tentando com todas as forças não expressar nenhuma das opiniões de Corinne, mas sempre que falava, as palavras de Corinne saíam. Corinne não se disporia a enaltecer uma escritora como Austen, que escrevia demais sobre o amor quando o mundo estava repleto de outras coisas.

– Tudo em Austen está na superfície – disse Allegra. – Ela não é uma escritora que usa imagens. A imagem é a maneira de trazer o não dito para dentro do texto. Em Austen, tudo está dito.

Prudie balançou vigorosamente a cabeça; o cabelo esvoaçou por sobre as bochechas.

– Metade do que Jane diz é dito de forma irônica. A ironia é uma maneira de dizer duas coisas ao mesmo tempo. – Prudie estava tentando exprimir algo que ainda não havia elaborado por completo. Abriu as mãos como as duas metades de um livro, fechou-as batendo as palmas. Allegra ficou perplexa com o gesto, mas percebeu que Prudie acreditava profundamente no que quer que estivesse tentando dizer. – Aquilo que você falou e o oposto do que você falou ao mesmo tempo – gritou ela. Prudie exibia a dignidade cuidadosamente construída das pessoas bêbadas. A dignidade de Prudie sempre parecia meio fabricada, portanto a diferença era sutil. Um pequeno gaguejar, um pouco de cuspe.

– É claro. – Era evidente que Bernadette não fazia mais ideia que Allegra daquilo que Prudie estava dizendo. Só estava preferindo concordar porque parecia mais educado que se opor, mesmo que não tivesse a menor noção do conceito que estava sendo apresentado. – E acho que é o humor o que faz com que a gente continue lendo os livros dela dois séculos depois. Pelo menos, é o que mais me afeta. E acho que não sou só eu. Me digam se sou só eu.

– As pessoas gostam de romances – disse Grigg. – De qualquer forma, as mulheres gostam. Isto é, eu também gosto. Não quis dizer que não gostava.

Sylvia voltou para a sala. Atiçou o fogo, que emitiu faíscas que giraram como cata-ventos chaminé acima. Acrescentou outra acha, o que aniquilou a vitalidade das poucas chamas que haviam restado.

– Brandon e Marianne – disse. – No final, não dá a sensação de que Marianne foi vendida? Sua mãe e Elinor, as duas pressionando tanto. Dá a impressão que ela se apaixonou por Brandon, mas só *depois* de se casar com ele. Ele foi um homem tão bom que sua mãe e Elinor estão decididas a fazer com que ele seja recompensado.

– Mas é essa a minha opinião – disse Prudie. – Jane *pretende* que a gente sinta esse mal-estar. O livro termina com o casamento e o que Jane não está dizendo sobre ele.

Sylvia sentou-se ao lado de Allegra, o que obrigou Grigg a se deslocar para o lado.

— Isso só me deixa triste. Marianne pode ser egocêntrica e tudo mais, mas quem realmente quer que ela seja sóbria e sossegada? Ninguém. Ninguém jamais iria querer que Marianne fosse outra coisa que não exatamente o que ela é.

— Você quer que ela fique com Willoughby então? — perguntou Allegra.

— E você não? — retrucou Sylvia. Ela inclinou-se para frente, dirigindo-se a Prudie. — Acho que você devia deixar Jocelyn te levar para casa esta noite. Não se preocupe com o carro. Daniel leva para você de manhã. — Fez-se silêncio. Sylvia levou a mão à boca.

— Eu faço isso — disse Allegra. — Levo o carro para você.

Quando por fim levantou da cama, apenas três dias depois de haver fugido de seu apartamento só de camiseta, Allegra dirigiu-se à escola de paraquedismo de Vacaville. A princípio foi informada de que ninguém iria levá-la. Ela não havia marcado hora; ela conhecia as regras. E se houvesse voltado por causa do braço quebrado, eles não eram responsáveis por isso; havia certos formulários, que ela talvez se lembrasse de ter assinado. Precisava voltar para casa e pensar naquilo, disseram eles. Precisava marcar hora e voltar depois de haver pensado mais no assunto.

Allegra argumentou. Riu muito, para que ninguém adquirisse a ideia errada sobre seu humor e suas intenções. Flertou. Permitiu que os homens correspondessem ao flerte. Explicou que aquilo era um salto de emergência, e Marco, que havia sido um de seus instrutores e que, ao que tudo indicava, ainda tinha dúvidas sobre a sexualidade dela — não que ela já não houvesse esclarecido várias vezes, mas era evidente que seu comportamento naquele dia levantara novamente a questão — por fim concordou com um salto conjunto. Um salto conjunto não era o que ela desejava; sentia-se definitivamente propensa a um solo, mas o solo não iria acontecer.

Allegra vestiu o macacão laranja ridículo, e eles subiram. Marco enganchou-se na parte posterior de seus ombros e quadris.

– Pronta? – perguntou e, antes que ela pudesse responder, empurrou-a para fora. Havia um adesivo *smiley-face* no interior do avião, exatamente onde a pessoa colocava a mão antes de saltar. As palavras "Aja Grande" haviam sido escritas mais abaixo com pincel atômico.

Eles deslizaram no ar. O vento estava violento, Marco, próximo. Mas ela conseguiu o que queria. Céu azul em cima, colinas marrons embaixo. Atrás dela, a universidade estendendo seus vastos campos agrícolas de tomate enxertado, corujas-buraqueiras e vacas leiteiras. Em algum lugar a leste, seus pais estavam almoçando. Seus pais, que a amavam. Marco puxou a corda, e ela ouviu o paraquedas girar para fora, sentiu-o agarrar. Seus pais que a amavam, e a seus irmãos, suas sobrinhas, um ao outro e sempre amariam.

---

*Cara Srta. Austen:*
*Informamos, com pesar, que seu trabalho não satisfaz nossas atuais necessidades.*

Em 1797, o pai de Jane Austen enviou *Primeiras impressões* a um editor em Londres, chamado Thomas Cadell. "Como estou bem ciente das consequências de um trabalho desse tipo ser lançado sob a égide de um nome respeitável, recorro a você", escreveu. Perguntou quanto custaria publicá-lo "por conta e risco do Autor" e que adiantamento poderia ser oferecido caso o manuscrito fosse apreciado. Estava preparado para pagar ele mesmo se necessário.

O pacote voltou imediatamente, com um "Recusado por Devolução Postal" escrito no topo.

O livro foi publicado 16 anos mais tarde. O título havia sido mudado para *Orgulho e preconceito*.

Em 1803, um editor londrino chamado Richard Crosby comprou de Jane Austen um romance (mais tarde intitulado *A abadia de Northanger*) por dez libras. Anunciou-o em um folheto, mas nunca o publicou. Seis anos se passaram. Austen então escreveu a Crosby, oferecendo-se para substituir o manuscrito se este houvesse se perdido e caso Crosby pretendesse publicá-lo prontamente. Do contrário, disse ela, iria procurar outro editor.

Crosby escreveu em resposta, negando encontrar-se sob qualquer obrigação de publicar o livro. Ele o devolveria, disse, apenas se ela lhe devolvesse as dez libras. *A abadia de Northanger* só foi publicado cinco meses após a morte de Austen.

Os livros de Austen também se acham ausentes desta biblioteca. Só essa única omissão lograria uma biblioteca de valor, ainda que esta não contivesse um livro sequer.

MARK TWAIN

Acho difícil entender por que as pessoas têm os romances da Srta. Austen em tão alta conta, pois me parecem vulgares no tom, estéreis em invenção artística, confinados nas infelizes convenções da sociedade inglesa, sem genialidade, inteligência, nem conhecimento do mundo. Nunca a vida foi tão limitada e estreita. [...] Tudo que interessa em qualquer personagem [é]: ele (ou ela) tem dinheiro para ser desposado?... O suicídio é mais respeitável.

RALPH WALDO EMERSON

# Maio

# CAPÍTULO TRÊS

*no qual lemos*
Mansfield Park
*com Prudie*

*A total segurança que experimentava nesses colóquios [...] funcionava como um bálsamo para sua mente, proporcionando-lhe uma rara trégua em seus temores e constrangimentos.*
(MANSFIELD PARK)\*

Prudie e Jocelyn haviam se conhecido dois anos antes em uma matinê de domingo de *Mansfield Park*. Jocelyn estava sentada na fileira atrás de Prudie quando a mulher à esquerda de Prudie deu início a um monólogo sussurrado para uma amiga acerca de certas travessuras em um estábulo de equinos local. Alguém estava dormindo com um dos ferradores – um tipo que parecia um verdadeiro caubói, com botas, jeans e um charme natural, mas qualquer pessoa que conseguia domar cavalos sabia perfeitamente bem como levar uma mulher para cama. Claro que eram os cavalos que saíam no prejuízo. Rajah não estava comendo nada.

– Como se ele achasse que é *dela* – disse a mulher – só porque deixo ela montar nele de vez em quando.

---

\* Austen, Jane. *Mansfield Park*. São Paulo: Penguin Classics. Cia. das Letras, 1ª ed., 2014, p. 123. (N. da T.)

Prudie tinha certeza de que aquilo se referia ao cavalo. Não protestou. Continuou ali sentada, fervendo sobre seu pacote de Red Vines, e pensou em mudar de lugar, mas só se isso pudesse ser feito sem uma acusação implícita; ela era delicada diante de uma falta, perguntassem a qualquer um. Começava a sentir um interesse indesejável e inoportuno pelo apetite de Rajah quando Jocelyn se inclinou para a frente.

– Vá fofocar na sala de espera – disse. Dava para perceber que ela era uma mulher que não estava para brincadeiras. Boa para lidar com os tipos caubói. Para alimentar cavalos ai-tão-sensíveis.

– Perdão? – retrucou a mulher em tom ressentido. – Como se o seu filme fosse muito mais importante que a minha vida real. – Mas se calou, e Prudie realmente pouco se importou que estivesse ofendida, sendo um silêncio ofendido tão silencioso quanto o satisfeito. O silêncio durou o filme inteiro, que era tudo o que interessava. As fofoqueiras saíram nos créditos, mas a fã de Austen foi realmente graciosa e ficou para o acorde final, a tela branca. Prudie sabia sem olhar que Jocelyn ainda estaria ali quando se virasse para agradecer.

Elas conversaram mais enquanto passavam por entre os assentos. Tanto quanto Prudie, Jocelyn não gostava que modificassem a história original. O que os livros tinham de bom era a resistência da palavra escrita. A pessoa podia mudar, e sua leitura talvez mudasse como resultado disso, mas o livro permanecia o que sempre havia sido. Um bom livro era surpreendente na primeira vez, menos na segunda.

Os filmes, como todos sabiam, não respeitavam isso. Todos os personagens haviam sido alterados – a horrível tia de Fanny, a Sra. Norris, fora diminuída simplesmente por falta de tempo na tela; seu tio, o Sr. Bertram, um herói no livro, agora era acusado de tráfico de escravos e predações sexuais; e todo o restante era retratado em pinceladas grosseiras ou reinventado. Mais provocante era o amálgama de Fanny com a própria Austen, o que por vezes era extraordinariamente difícil de engolir, visto que as duas não se pareciam em nada – sendo Fanny tão retraída e Austen tão divertida. O que resultava era uma personagem que falava e pensava como Jane, mas agia e reagia como Fanny. Não fazia o menor sentido.

Não que não desse para entender a motivação do roteirista. Ninguém gostava mais de Austen que Prudie, perguntassem a qualquer pessoa. Mas até mesmo Prudie achava o personagem de Fanny Price difícil de engolir. Fanny era a pedante da turma de primeiro ano que nunca, jamais se comportava mal e que dava informações ao professor quando ninguém mais fazia isso. Como impedir o público de detestá-la? Já Austen, segundo alguns relatos, havia sido bastante namoradeira, cheia de vida e de charme, mais como a desprezível Mary Crawford, de *Mansfield*.

Portanto, Austen havia cedido a Mary toda a sua inteligência e vivacidade e nada disso a Fanny. Prudie sempre se perguntara por que motivo, então, não apenas Fanny, mas também Austen pareciam gostar tão pouco de Mary.

Dizer tudo isso levou tempo. Prudie e Jocelyn pararam no Café Roma para tomarem juntas uma xícara de café e analisar suas reações com mais detalhe. Dean, marido de Prudie, deixou-as lá e foi para casa para rever o filme sozinho enquanto pegava o segundo tempo do jogo 49er-Viking.

À primeira leitura, *Mansfield Park* havia sido, entre os seis romances, aquele de que Prudie menos gostou. Sua opinião havia melhorado ao longo dos anos. Tanto assim que, quando Sylvia o escolheu para maio, Prudie ofereceu-se para sediar a discussão, mesmo que ninguém fosse mais ocupado que um professor de ensino médio em maio.

Ela esperava um colóquio animado e tinha tanto a dizer que fazia vários dias que vinha tomando notas em fichas a fim de se lembrar de tudo. Prudie era uma grande adepta da organização, uma escoteira por natureza. Tinha listas de coisas a serem limpas, coisas a serem cozidas, coisas a serem ditas. Estava levando a sério a recepção. Com competência – responsabilidade.

Mas o dia começou de forma preocupante, com algo inesperado. Ela parecia ter adquirido um vírus em seu e-mail. Havia um bilhete de sua mãe: "Estou com saudades da minha querida. Estou pensando em aparecer para uma visita." Mas depois havia mais dois bilhetes com o endereço de remetente de sua mãe, com anexos, quando sua mãe ainda não tinha domínio dos anexos. Os e-mails, em si, diziam: "Eis uma ferramenta porosa. Espero que você goste" e "Eis uma coisa da qual você talvez goste". Uma mensagem idêntica à da "ferramenta porosa" chegou novamente em outro e-mail. Este parecia ser de Susan, no escritório de atendimento.

Por causa do calor, Prudie havia planejado enviar um lembrete para que o clube de leitura se encontrasse às oito em vez de às sete e meia naquela noite, mas não quis correr o risco de propagar a infecção. Fechou o computador sem responder nem mesmo ao bilhete de sua mãe.

A temperatura prevista para o dia era de 41 graus. Isso também era má notícia. Prudie havia planejado servir uma compota, mas ninguém tocaria em nada quente. Seria preferível passar no mercado depois do trabalho e comprar algumas frutas para um *sorbet*. Talvez *ice cream soda*. Fácil, mas divertido!

Dean cambaleou para fora da cama justamente a tempo de dar-lhe um beijo de despedida. Não vestia nada além da camiseta, o que lhe caía bem, e de quantos homens era possível dizer o mesmo? Dean havia permanecido acordado à noite para assistir ao futebol. Estava treinando para a Copa do Mundo, para os jogos que em breve seriam exibidos ao vivo de quaisquer que fossem os fusos horários que Japão e Coreia ocupavam.

– Vou chegar tarde hoje – disse ele. Dean trabalhava em um escritório de seguros.

– Tenho clube de leitura.

– Qual livro?

– *Mansfield Park.*

– Acho que vou dispensar esse – disse Dean. – Talvez alugue o filme.

– Você já viu o filme – retrucou Prudie, um pouco angustiada. Eles haviam assistido juntos. Como ele podia não lembrar? Só então percebeu que ele estava brincando. Era um indicador de quão distraída se achava, pois em geral era rápida para entender piadas. Qualquer pessoa confirmaria isso.

> "Faz tanto tempo que a gente decorou a lista dos reis da Inglaterra em ordem cronológica, com a data em que cada um subiu ao trono e com os principais acontecimentos do reinado de cada um deles!"
>
> "[...] e a lista dos imperadores romanos desde Severo; e os deuses da mitologia, e todos os metais, os semimetais, os planetas, os grandes filósofos." (MANSFIELD PARK)\*

Prudie deu a seus alunos do terceiro tempo um capítulo de *Le Petit Prince* para traduzir – *"La seconde planète était habitée par un vaniteux"* – e sentou no fundo da sala para concluir suas anotações para o clube de leitura. (O segredo de lecionar era se colocar onde você podia vê-los, mas eles não podiam ver você. E nada era mais mortal que o inverso. Quadros-negros eram para idiotas.)

Já estava muito quente. O ar estava parado, com um leve odor de vestiário. O pescoço de Prudie achava-se raiado de suor. O vesti-

---

\* Ibidem, p. 106. (N. da T.)

do grudava nas costas, mas seus dedos deslizavam na caneta. Os chamados prédios temporários (que não durariam mais que as peças de Shakespeare), nos quais ela lecionava, não tinham ar-condicionado. Era difícil prender a atenção dos alunos em maio. Era sempre difícil prender a atenção dos alunos. A temperatura tornava isso impossível. Prudie percorreu a sala com o olhar e viu vários deles murchos sobre a carteira, moles como velhas folhas de alface.

Avistou poucos sinais de trabalho em andamento. Em vez disso, os alunos dormiam, sussurravam entre si ou olhavam pela janela. No estacionamento, o ar quente formava ondas enjoativas sobre o capô dos carros. Lisa Streit mantinha os cabelos sobre o rosto e o trabalho no colo. Naquele dia, ela parecia especialmente frágil, a aura de quem havia levado um fora recente. Ela vinha saindo com um aluno do último ano e, Prudie não tinha dúvidas, sendo diariamente pressionada a transar com ele. Prudie esperava que ela houvesse sido descartada por não ter feito isso, em vez de descartada por ter feito. Lisa era uma menina meiga, que desejava que todos gostassem dela. Com sorte, sobreviveria até a faculdade, quando ser agradável torna-se um caminho plausível para isso. Trey Norton disse alguma coisa indecente em voz baixa e todos que o ouviram puseram-se a rir. Caso se levantasse para ir ver, Prudie acreditava, encontraria Elijah Wallace e Katy Singh jogando forca. Elijah provavelmente era gay, mas nem ele nem Katy sabiam disso ainda. Seria demais esperar que a palavra secreta fosse francesa.

Na verdade, por que se preocupar? Por que se preocupar em mandar adolescentes para a escola? A mente deles estava tão entupida de hormônios que era impossível que conseguissem aprender um sistema complexo como cálculo ou química, muito menos o emaranhado louco de uma língua estrangeira. Por que imputar a todos o aborrecimento de obrigá-los a tentar? Prudie achava que poderia fazer apenas o restante – vigiá-los atrás de sinais de suicídio, armas, gravidez, dependência de drogas, violência sexual – mas ser solicitada, ao mesmo tempo, a lhes ensinar francês era realmente demasiado.

Havia dias em que só de ver acne fresca, viva, rímel mal aplicado ou a pele inflamada e infeccionada ao redor de um piercing novo em folha, Prudie sentia-se profundamente tocada. A maior parte dos alunos era muito mais bonita do que jamais perceberia. (Também havia dias em que os adolescentes pareciam uma invasão em sua vida, fora isso tranquila. Muitas vezes, os dias eram os mesmos.)

Trey Norton, por outro lado, era bonito e sabia disso – olhar ofendido, roupas desconjuntadas, andar pesado e cheio de ginga. *Beauté du diable.*

– Vestido novo? – ele havia perguntado a Prudie ao ocupar seu lugar naquele dia. Ele a examinara, e aquela avaliação franca foi tanto inquietante como irritante. Prudie decerto sabia como se vestir profissionalmente. Se estava expondo mais pele que o habitual era por causa dos malditos 41 graus. Ela deveria usar um terno?

– Sensual – ele dissera.

Ele estava querendo uma nota melhor do que merecia, e Prudie dificilmente era velha demais para se deixar enganar. Desejou ter idade suficiente para ser imune. De repente, no final da casa dos vinte, pegava-se desejando irritantemente dormir com quase todos os homens que via.

A explicação só podia ser química, pois Prudie não era esse tipo de mulher. Ali na escola, cada respiração sua era uma sopa de feromônios adolescentes. Três anos de exposição diária concentrada – como isso não produziria certo efeito?

Ela tentara neutralizar tais pensamentos voltando-os, de forma medicinal, quando necessário, para Austen. Rendas e chapéus. Estradas de terra e danças folclóricas. Propriedades rurais escondidas com perspectivas agradáveis. Mas a estratégia havia saído pela culatra. Agora, na metade das vezes, quando pensava no uíste, sexo também lhe vinha à mente. De tempos em tempos, imaginava-se mencionando tudo isso na sala dos professores. "Você já se pegou...", começaria ela. (Como se fosse possível!)

Na realidade, ela havia sido mais sexualmente estável em sua primeira passagem pelo ensino médio, fato que, a essa altura, apenas a desanimava. Nada havia naqueles anos para recordar com satisfação. Ela crescera cedo e, no sexto ano, era alta demais.

– Eles vão te alcançar – sua mãe dissera (sem que ela houvesse perguntado, de tão óbvio era o problema). E estava completamente certa. Quando Prudie se formou, a maioria dos garotos a havia ultrapassado no mínimo em cinco centímetros.

O que sua mãe não sabia, ou não disse, era a pouca importância que isso teria quando ocorreu. Na propriedade feudal que era a escola, o status era determinado no início. A pessoa podia mudar seu cabelo e suas roupas. Podia, tendo aprendido a lição, não escrever um ensaio inteiro sobre *Julius Caesar* em pentâmetro iâmbico, ou não contar a ninguém, caso houvesse feito isso. Podia passar a usar lentes de contato, compensar sua inteligência deixando de fazer a lição de casa. Todos os rapazes da escola podiam crescer trinta centímetros. O sol podia sofrer uma maldita explosão nuclear. E a pessoa continuaria a ser a mesma grotesca que sempre foi.

Nesse meio-tempo, em restaurantes, na praia, nos cinemas, os homens que deveriam estar olhando para a mãe dela começaram a olhar para Prudie em vez disso. Ao passar por ela na mercearia, roçavam deliberadamente seus seios. Sentavam-se perto demais nos ônibus, deixavam a perna encostar na dela no cinema. Homens velhos, na casa dos trinta, assoviavam quando ela passava. Prudie ficava envergonhada, e parecia ser essa a intenção; quanto mais vergonha sentia, mais satisfeitos os homens pareciam ficar. A primeira vez que um rapaz pediu para beijá-la (na faculdade), ela pensou que ele estivesse debochando.

Portanto, Prudie não era bonita nem popular. Não havia motivo para que não fosse legal. Para reforçar sua posição social na escola, ao contrário, ela por vezes participava quando os verdadeiros excluídos recebiam sua dose diária de tortura. Na época, considerava isso uma tática diversiva, vergonhosa, porém necessária. Agora era insuportável lembrar. Ela realmente havia sido tão cruel? Outra pessoa podia ter derrubado Megan Stahl no asfalto e chutado seus livros para longe. Megan Stahl, Prudie agora enxergava, talvez fosse meio retardada, assim como desgraçadamente pobre.

Como professora, Prudie estava atenta àquelas crianças, fazia o melhor por elas. (Mas o que um professor podia fazer? Sem dúvida, ela piorava as coisas com a mesma frequência com que as tornava melhor.) Essa expiação devia ter sido o verdadeiro motivo para ter optado pela carreira, embora, na época, parecesse ter a ver com o fato de ela adorar a França e não ter nenhuma inclinação para o mundo acadêmico vigente. Provavelmente, todos os professores do ensino médio chegavam com pontos a esclarecer, parâmetros a derrubar.

Muito pouco em *Mansfield Park* sustentava a possibilidade de uma reforma fundamental. "O caráter é definido no início." Prudie escreveu a frase em uma ficha, acrescida de exemplos: Henry Crawford, o libertino, melhora temporariamente, mas não consegue sustentar essa situação. Tia Norris e prima Maria são, ao longo do livro, tão constantes em sua mesquinhez e transgressões quanto Fanny e primo Edmund o são em sua decência. Apenas o primo Tom, após esbarrar com a morte e bem no finalzinho do livro, consegue se emendar.

Isso era o suficiente para dar esperanças a Prudie. Talvez ela não fosse tão horrível quanto temia. Talvez não estivesse além do perdão, mesmo de acordo com Jane.

Mas no exato momento em que pensou nisso, os dedos deslizando para cima e para baixo na caneta, lembrou-se de uma coisa que, decidida e imperdoavelmente, nada tinha a ver com Austen. Ergueu os olhos e descobriu que Trey Norton havia se virado e a observava. Aquilo não foi uma surpresa. Trey era tão sensível a pensamentos lascivos quanto um rabdomante à água. Ele sorriu para ela, um sorriso que nenhum rapaz deveria oferecer a sua professora de ensino médio. (Ou nenhuma professora de ensino médio deveria atribuir tais coisas ao mero ato de alguém mostrar os dentes. Foi mal, Jane. *Pardonnez-moi.*)

– Você precisa de alguma coisa, Trey? – perguntou Prudie, largando a caneta e enxugando as mãos na saia.

– Você sabe do que eu preciso – respondeu ele, fazendo uma pausa deliberada. Ele ergueu seu trabalho.

Ela levantou-se para ir ver, mas a campainha tocou.

– *Allez-vous en!* – disse Prudie alegremente, e Trey foi o primeiro a ficar de pé, o primeiro a sair porta afora. Os outros alunos puseram-se a reunir seus papéis, seus fichários, seus livros. E foram dormir na aula de outra pessoa.

"*Esta capela, tal como estão vendo-a, data do reinado de Jaime II.*" (MANSFIELD PARK)*

Prudie dispunha de um tempo livre e atravessou a quadra até a biblioteca, que tinha ar-condicionado, bem como duas estações de

---

\* Ibidem, p. 174. (N. da T.)

computador com acesso à Internet. Ela enxugou o suor do rosto e do pescoço com a mão, secou-a na bainha e olhou seus e-mails. Bum nas ofertas para consolidar seus débitos, aumentar seu pênis, enfeitiçá-la com atividades pornográficas em um estábulo, fornecer dicas de artesanato, receitas, piadas, pessoas desaparecidas, produtos farmacêuticos baratos. Bum em qualquer coisa com um anexo suspeito; havia mais seis desses. Deletar tudo isso levou apenas um minuto, mas foi um minuto perdido com má vontade, pois quem havia pedido alguma coisa? Quem tinha tempo para isso? E no dia seguinte, tudo teria voltado. Prudie tinha *la mer à boire*.

Cameron Watson acomodou-se no terminal ao seu lado. Cameron era um garoto de costas curvas, nariz pontiagudo e parecia ter cerca de 11 anos, mas, na realidade, tinha 17. Dois anos antes, havia frequentado a classe de Prudie e era também seu vizinho, três casas adiante. A mãe dele e Prudie eram membros do mesmo grupo de investimento. Em outros tempos, esse grupo de investimento vira alguns rendimentos embriagantes. Antes, as empresas de fibra ótica e as ações de tecnologia de grande capitalização pendiam como uvas de uma videira. Agora era tudo um pandemônio de desespero e recriminação. Ultimamente, Prudie pouco via a mãe de Cameron.

Cameron havia contado a Prudie que possuía um amigo na França. Os dois trocavam e-mails, portanto ele queria aprender a língua, mas não demonstrara a menor aptidão, embora sua excelente lição de casa tenha levado Prudie a desconfiar que o amigo francês a houvesse feito. Perspicaz como uma abelha, Cameron possuía a mistura peculiar de competência e incompetência que marca o viciado em computador suburbano. Prudie recorria a ele em todos os seus problemas com a informática e, em troca, fazia o possível para gostar sinceramente dele.

— Agora estou com medo de enviar qualquer coisa a partir de casa — disse ela — porque tenho recebido e-mails que parecem ter vindo de pessoas na minha lista de endereços, mas não vieram. As mensagens têm anexos, que não baixei. Nem li.

— Não importa. Você foi infectada. — Ele não olhava para ela, pois estava debruçado sobre a própria tela. Clicando o mouse. — É autorreplicante. Complicado. O trabalho de algum garoto de 13 anos em Hong Kong. Posso ir lá limpar isso para você mais rápido do que ia conseguir explicar.

— Isso seria ótimo — disse Prudie.

— Se você tivesse DSL, eu podia fazer isso de casa. Você não detesta ser tão... geográfica? Você devia ter DSL.

— Você mora a *três* casas de mim — disse Prudie. — E gastei muito dinheiro da última vez. — (Cameron a havia aconselhado em todas as compras. Conhecia as configurações de seu equipamento melhor que ela.) — Só dois anos atrás. Dean vai achar desnecessário. Você acha que consigo um upgrade substancial sem comprar um computador novo?

— Nem *pense* nisso — respondeu Cameron, aparentemente não a Prudie, mas à tela. Ainda que talvez houvesse se dirigido a Prudie. Cameron gostava um bocado de Dean e não ouviria críticas sobre ele.

Mais três estudantes entraram, com pretensos trabalhos de pesquisa. Abriram o catálogo, escreveram coisas em seus cadernos, consultaram a bibliotecária. Um desses estudantes era Trey Norton. Havia um segundo rapaz, que Prudie não conhecia. Uma garota, Sallie Wong. Sallie possuía longos cabelos brilhantes e óculos minúsculos. Bom ouvido para línguas, uma pronúncia agradável. Vestia uma camiseta azul com alças cruzadas na parte de trás, e seus ombros brilhavam de suor e da loção com *glitter* que todas as garotas estavam usando. Não vestia sutiã.

Quando se dirigiram às estantes de livros, tomaram três direções diferentes. Trey e Sallie reuniram-se imediatamente em algum lugar na seção de poesia. Pela janela de vidro da estação de computador, Prudie tinha uma visão clara de quatro dos corredores. Ela viu Trey tomar o cabelo de Sallie nas mãos. Sussurrar alguma coisa. Eles mergulharam no corredor seguinte pouco antes que o outro garoto, um rapaz forte com expressão séria e desconcertada, surgisse. Era óbvio que estava procurando por eles. Era óbvio que eles o estavam descartando. O rapaz tentou o corredor seguinte. Os dois voltaram.

Cameron estava falando esse tempo todo, falando com entusiasmo, embora continuasse a rolar para baixo a própria tela. Multifuncional.

– Você precisa de banda larga – ele estava dizendo. – Seu upgrade agora não tem mais nada a ver com processadores e armazenamento. Você precisa se *situar* na rede. Esse paradigma do desktop... está encerrado. Está encalhado. Pare de pensar desse jeito. Posso te arranjar programas gratuitos incríveis.

Trey e Sallie haviam surgido na seção de revistas. Sallie estava rindo. Ele deslizou a mão por baixo de uma das alças da camiseta dela, abriu os dedos em cima de seu ombro. Eles ouviram o outro rapaz se aproximar; Sallie riu ainda mais, e Trey puxou-a para outro corredor, fora das vistas de Prudie.

– Como uma linha gratuita de longa distância – dizia Cameron. – Que roda vídeos ao vivo em tempo real, IRC. Você vai conseguir dobrar seu computador como um lenço. Vai viver dentro dele. Vai ser global.

De alguma forma, eles haviam se transformado em *The Matrix*. Prudie não havia prestado atenção e talvez não tivesse tomado conhecimento de quando isso ocorreu, mesmo que houvesse prestado. O ar-condicionado começava a deixá-la com frio. Nada que uma ligeira caminhada até a sala de aula não curasse.

Trey e Sallie reapareceram na seção de revistas. Ele a empurrou para trás, em direção à *National Geographic*, e os dois se beijaram.

— Seu computador não é mais um substantivo — disse Cameron.
— Seu computador é um m-maldito *verbo*.

O rapaz forte entrou na estação de computador. Se houvesse se virado, teria visto os lábios de Sallie fechando-se sobre a língua de Trey Norton. Ele não se virou.

— Você não devia estar aqui — disse a Cameron, em tom acusador. — Devíamos estar trabalhando juntos.

— Vou daqui a um minuto. — O tom de Cameron não pareceu escusatório nem preocupado. — Encontre os outros.

— Não consigo. — O rapaz sentou-se. — Não vou fazer nada sozinho.

Sallie pendurava-se à nuca de Trey, ligeiramente arqueada. O ar-condicionado não era mais problema para Prudie. Ela forçou-se a parar de olhar e tornou a se virar para Cameron.

— Não vou fazer todo o trabalho sozinho e depois colocar o nome de vocês, se é isso o que estão pensando — disse o rapaz.

Cameron continuou a digitar. Conseguia identificar uma fraude em segundos, mas não tinha o menor senso de humor. Achava as imagens gráficas em Doom totalmente incríveis — seus dedos contorciam-se em movimentos espasmódicos quando as mencionava — mas quase desmaiou quando *Sangue na estrada* foi exibido na turma de educação para o trânsito. Embora esse tenha sido um passo fatal para sua reputação no ensino médio, Prudie sentiu-se confortada ao tomar conhecimento disso. Esse não era um garoto que abriria fogo a qualquer momento no corredor. Era um garoto que ainda sabia a diferença entre o que era real e o que não era.

Por um instante, como uma emboscada, uma cena surgiu na mente de Prudie. Nesta cena, ela estava apoiada nas *National Geographic*, beijando Cameron Watson. Ela deletou instantaneamente a imagem (pelo bom Deus!), conservou o rosto inexpressivo, concentrou-se no que Cameron estava dizendo. Que era...

– E se eles mudassem o paradigma e ninguém aparecesse? – Cameron fazia alguma coisa estranha com as mãos, as pontas dos polegares se tocando, os dedos curvados no alto.

– O que é isso? – perguntou Prudie.

– Uma *smiley face*. *Emoticon*. Para você saber que estou brincando.

Ele não olhava para ela, mas, se houvesse feito isso, ela não teria conseguido devolver o olhar. Que geração de sorte a dele, por fazer muitos amigos que eles não conheciam de fato. No ciberespaço, ninguém era pego de calça curta.

*"Se há uma faculdade de nossa natureza que podemos considerar mais maravilhosa que as outras, acho que é a memória. [...] A memória é, às vezes, tão tenaz, tão prestativa, tão obediente... e, outras vezes, tão confusa, tão frágil... e, ainda outras, tão tirânica, tão incontrolável!"* (MANSFIELD PARK)\*

Prudie gostava especialmente do início de *Mansfield Park*. Era a parte que dizia respeito à mãe e às tias de Fanny Price, as três lindas irmãs e como todas se casaram. Tinha certa semelhança à história dos Três Porquinhos. Uma das irmãs havia se casado com um homem rico. Uma havia se casado com um homem respeitável, com renda modesta. Uma, a mãe de Fanny, havia se casado com um espantalho. Sua pobreza tornou-se tão acentuada que Fanny Price foi despachada, sozinha, para morar com a tia e o tio ricos. Em seguida, tudo se transformava em "Cinderela", e a verdadeira história começava. Alguém havia mencionado os contos de fadas da última vez. Teria sido Grigg? Prudie havia lido um milhão de contos de fadas quando criança. E relido. Seu preferido era "Os cisnes selvagens".

---

\* Ibidem, p. 299. (N. da T.)

Uma coisa que ela havia notado no início – pais e aventuras não se misturavam. Prudie não tinha pai, apenas uma foto no corredor, de um jovem vestindo uniforme. Seu pai havia morrido, ela fora informada, em uma missão secreta no Camboja, quando Prudie contava nove meses. Prudie não tinha motivos para acreditar nisso e, apesar dos atrativos óbvios, não acreditava. Sua mãe era o problema; independentemente do que Prudie fizesse, ela não mostrava nenhuma disposição para dizer a verdade.

A mãe de Prudie era doce, afetuosa, tolerante e alegre. Sentia-se, também, estranhamente cansada. O tempo todo. Alegava que trabalhava em um escritório e que era esse trabalho o que a esgotava ao ponto de por vezes tornar desgastante até mesmo o ato de se deitar no sofá para assistir à televisão. Ela passava os fins de semana cochilando.

Prudie desconfiava disso. Era verdade que sua mãe saía de casa depois do café da manhã e não voltava até a hora do jantar, era verdade que Prudie tinha ido visitá-la no prédio de escritórios (ainda que nunca sem aviso prévio), e ela estava sempre lá, mas nunca de fato trabalhando quando Prudie a visitava. Em geral, estava falando ao telefone. Sua mãe deveria experimentar um dia em uma creche! "Estou muito cansada" não daria conta do recado em um lugar desses.

No quarto aniversário de Prudie, sua mãe foi incapaz de se animar para as exigências de uma festa em que muitos dos convidados supostamente teriam 4 anos. Por vários dias, disse a Prudie que o aniversário dela estava chegando – depois de amanhã, ou talvez depois de depois de amanhã – até que por fim deu de presente a Prudie (sem embrulhar) um disco de *Vila Sésamo* e desculpou-se pelo atraso. O aniversário de Prudie, ela então admitiu, achava-se em algum vago ponto atrás delas.

Prudie atirou-se e ao disco no chão. Tinha todas as prerrogativas da justiça a seu lado, assim como a tenacidade dos 4 anos. Sua mãe contava apenas com a astúcia dos 23. Tudo deveria ter-se resolvido alegremente em menos de uma hora.

Assim, foi com considerável confiança que Prudie continuou deitada no tapete, martelando com os dedos dos pés, batendo com os punhos, mal conseguindo ouvir o que a mãe estava dizendo por sobre o próprio choro. Mas as partes que captou ao parar para respirar foram tão ultrajantes que a silenciaram por completo. Sim, o aniversário de Prudie havia passado, sua mãe sustentava a essa altura. Mas claro que tinha havido uma festa. A mãe de Prudie descreveu a festa. Bolas, *cupcakes* com glacê rosa e confeitos, uma *piñata* em forma de morango. Prudie vestira sua camisa de unicórnio e apagara todas as velas. Havia sido muito boa anfitriã, uma criança maravilhosa, tão excepcional que abrira todos os presentes e então insistira para que os convidados os levassem de volta, ainda que um deles fosse um esquilo de pelúcia que chupava o dedo, que Prudie tinha visto na seção de brinquedos na Discovery e tenha desatado a chorar depois disso. Nenhum dos outros pais podia acreditar no quanto ela era altruísta. A mãe de Prudie nunca sentira tanto orgulho.

Prudie ergueu os olhos através do anteparo de cabelo molhado e embaraçado.

– Quem eram os convidados? – perguntou.

– Ninguém que você conhece – respondeu a mãe de Prudie, sem perder o rebolado.

E sua mãe recusou-se a voltar atrás. Ao contrário, nos dias seguintes, pôs-se a enfeitar. Dificilmente transcorria uma refeição (um jantar apreciado era pão com manteiga, que deixava apenas uma única faca a ser lavada depois) sem uma vívida descrição de uma caça ao tesouro, chapéus de pirata como lembrancinhas, pizza como as crianças de 4 anos gostavam, sem nada em cima a não ser muito,

muito queijo. Ela chegou até mesmo a pegar um pacote aberto de guardanapos com joaninhas que estava na parte de trás do armário.

– São sobras – sua mãe dissera.

As outras crianças não haviam se comportado tão bem quanto Prudie. Alguém havia sido empurrado, escorregara e necessitara de um Band-Aid. Alguém havia sido chamado de fracote e chorara. E sua mãe fornecia todos esses detalhes com uma piscada conspiradora.

– Você não lembra? – perguntava a intervalos, convidando Prudie a juntar-se a ela no mundo rico e gratificante da imaginação.

Prudie resistiu menos de uma semana. Estava bebendo o suco de laranja de uma laranjinha plástica que sua mãe dissera que elas iriam lavar e Prudie poderia guardar depois. Essa perspectiva a havia seduzido quase ao ponto da sedação.

– Lembro de um palhaço – propôs Prudie em tom cauteloso. – No meu aniversário. – Ela começava, na verdade, a recordar a festa, ou partes dela. Fechava os olhos e via: papel de presente estampado com estrelas; uma camada de queijo deslizando de sua fatia de pizza; uma menina gorda com óculos cintilantes, que certa vez ela vira vencer o jogo de argolas no parque. Prudie já contara a Roberta, da creche, sobre a *piñata*. Mas o palhaço era uma artimanha, uma última tentativa de resistir. O que Prudie mais detestava eram os palhaços.

Mais uma vez, sua mãe escapou da armadilha. Deu um abraço em Prudie, o queixo pressionando o alto da cabeça da filha e então se retraindo, como a ponta de uma caneta.

– Eu nunca traria um palhaço para dentro de casa – disse ela.

O estratagema havia sido tão bem-sucedido que foi reutilizado no Halloween e depois, sempre que convinha às finalidades de sua mãe.

– Comprei leite no mercado de manhã – ela podia dizer. – Você já bebeu.

Ou:

– Já vimos aquele filme. Você não gostou. – Sempre com um sorriso, como se aquilo fosse um jogo que as duas jogavam juntas. (Quando de fato jogavam, a mãe de Prudie deixava-a lançar os dados e mover a pedra para ela. Sempre deixava Prudie vencer.)

Por vezes, Prudie tinha a impressão de possuir uma infância repleta de festas maravilhosas, viagens ao Marine World, jantares no Chuck E. Cheese, onde roedores do tamanho de adultos tocavam guitarra e cantavam músicas de Elvis para ela. Algumas dessas coisas certamente deviam ter acontecido. Mas, muitas vezes, Prudie não sabia bem quais. Começou a manter um diário, tornou-se uma elaboradora de listas, mas anotar os fatos com exatidão revelou-se surpreendentemente difícil.

Era difícil, sobretudo, ser honesta a respeito de seu próprio comportamento, e ela começou a sentir, muito antes de conseguir colocar isso em palavras, que havia nela algo de fabricado, não apenas nos diários, mas no mundo real. (O que quer que fosse isso.) Os anos estendiam-se atrás dela como um mapa sem pontos de referência, um punhado de ar, outro de água. De todas as coisas que Prudie tinha de construir, a mais difícil era ela mesma.

Certa noite, quando Prudie contava 8 ou 9 anos, durante um intervalo comercial no meio de *Super-herói americano* (a mãe de Prudie era fanática pela vida triste e dominada pela culpa dos super-heróis. Em *Super-herói americano*, um professor do ensino médio ganhava uma roupa vermelha mágica e superpoderes, que ele usava para combater espiões e criminosos; como se a sala de aula não fosse o lugar onde os superpoderes eram de fato necessários), sua mãe recordou um Natal em que elas tinham ido conhecer o Papai Noel na Macy's.

— Tomamos o café da manhã lá — disse ela. — Você comeu panqueca com pedaços de chocolate. O Papai Noel veio e sentou na mesa com a gente, e você pediu a ele os carrinhos da Matchbox.

Prudie hesitou, com seu jantar (colheradas de manteiga de amendoim com leite) amolecendo na boca. Uma coisa desconhecida cresceu dentro de seu peito, expandindo-se até ocupar todo o espaço vazio ao redor do coração. Essa coisa era convicção. Nunca, em toda sua vida, ela quis carrinhos da Matchbox. Prudie engoliu, e a manteiga de amendoim desceu-lhe pela garganta como uma massa potencialmente letal.

— Não fui eu — disse ela.

— Os cardápios tinham o formato de flocos de neve.

Prudie lançou à mãe o que imaginava que fosse um olhar duro como aço.

— Sou uma pobre órfã. Ninguém me leva para ver Papai Noel.

— Papai Noel tinha acabado de comer um biscoito de Natal. Tinha açúcar vermelho e verde espalhado por toda a barba. *Eu sou* sua mãe — disse a mãe de Prudie, piscando uma, duas, três vezes. E deu o golpe baixo. — O que eu faria sem o meu docinho?

Mas crianças de 8 ou 9 anos não têm coração, exceto talvez no que diz respeito a filhotes. Prudie continuou inabalável.

— Minha mãe morreu.

— De quê?

— Cólera. — Prudie tinha em mente, em grande medida, *O jardim secreto*. Se estivesse lendo *Irish Red*, o livro de Jim Kjelgaard sobre o setter irlandês, teria sido a raiva. (Não que alguém em *Irish Red* houvesse contraído raiva. Eles quase morreram de fome em uma tempestade de neve nas montanhas quando foram caçar marta. A raiva não foi sequer mencionada. Só que qualquer livro sobre cães a fazia lembrar de *Meu melhor companheiro*.)

Sua mãe não estava com disposição para pequenas indulgências.

– Entendi – disse devagar. Seu rosto achava-se tristemente abatido ao redor dos olhos e lábios. – Cólera. É uma morte horrível. Vômitos, diarreia. Muito, muito dolorosa. Como se a pessoa estivesse virando pelo avesso. Vomitando as tripas.

Prudie havia imaginado coisa menos violenta.

– Eu gostava muito dela – sugeriu, mas era tarde demais, sua mãe já estava se levantando.

– Eu não sabia que você gostava de fingir que era órfã – disse ela; na mosca! Quantas vezes Prudie havia imaginado sua mãe morta? De quantas maneiras? Afogada, em acidentes de carro, sequestrada por bandidos, em acidentes no zoológico. Ela começou a chorar de vergonha por ser uma filha tão terrível.

Sua mãe foi para o quarto e fechou a porta, ainda que o seriado houvesse recomeçado – William Katt, que sua mãe sempre chamava de gostoso, gostoso, gostoso, e alguém que preferia que Tom Selleck não usasse os olhos que Deus deu a eles. Se aquilo *fosse* um jogo, Prudie não saberia dizer se acabava de vencer ou perder. Mas, se fosse um jogo, era esse o tipo de jogo que seria, o tipo que deixa a pessoa sem saber.

Para o décimo aniversário, Prudie economizou sua mesada durante quatro meses, a fim de comprar seus próprios convites, que endereçou a si mesma, e um bolo de sorvete, que serviu em pratos dos Ewok com guardanapos compatíveis. Convidou sete meninas que conhecia da escola e, no dia em que distribuiu os convites, teve um almoço em que foi o centro das atenções. Isso se revelou mais alarmante que agradável.

No dia da festa, como sua mãe havia tirado suas medidas para um vestido que vira no catálogo da Sears, mas não encontrou tempo para encomendá-lo, ela permitiu que Prudie usasse seu pingente de pérola do Havaí. A corrente era muito comprida para Prudie, então elas enfiaram o pingente em um cordão preto que podia ser amarrado em qualquer comprimento que lhe agradasse.

Prudie ganhou três livros, todos muito atrasados para ela, uma pipa, um Trivial Pursuit para crianças, uma buzina de bicicleta, um peixinho de plástico em um aquário de plástico, nenhum dos quais devolveu. Achou os presentes e a festa fracos. As meninas se comportaram muito bem. Foi tudo uma triste decepção, por causa daquilo a que estava acostumada.

> *Foi uma cerimônia muito bonita. A noiva estava elegantemente vestida; as duas damas de honra usavam trajes mais modestos... a mãe levava os sais na mão para o caso de emocionar-se demais; a tia se esforçou para chorar...* (MANSFIELD PARK)\*

Prudie havia levado uma revista para ler na sala dos professores na hora do almoço. Estava disposta a se socializar caso houvesse alguma conversa interessante, mas dois dos professores haviam desenvolvido joanetes e lamentavam isso. Prudie era jovem demais para ouvir que comprar sapatos poderia se tornar um pesadelo. Sapatos de enfermagem foram sugeridos. Órteses. Era horrível. Prudie abriu a revista. Viu que Dean já havia feito o teste, um conjunto de perguntas para determinar com qual das garotas em *Sex and the City* a pessoa mais se parecia. Ela examinou as respostas dele:

Para causar boa impressão em um sábado à noite, Dean "(a) usaria uma blusa provocante e saia justa". Se um cara gostoso parasse ao seu lado em um bar, Dean "(d) diria que ele tem bíceps incríveis e lhe pediria para contraí-los".

Prudie e Dean haviam se conhecido em um bar. Ela estava na faculdade, saíra com suas amigas Laurie e Kerstin para comemorar

---
\* Ibidem, p. 293. (N. da T.)

alguma coisa. As provas finais, a semana anterior às provas finais ou a semana anterior a isso.

— Precisamos de um tempo só das meninas — Kerstin dissera a ele à guisa de advertência, mas tais palavras não surtiram efeito. Dean passou por ela sem um olhar sequer e convidou Prudie para dançar.

Todos estavam dançando rápido. Dean colocou os braços ao seu redor e puxou-a. Sua boca ficou bem perto da orelha dela; seu queixo roçava-a no pescoço. Estava tocando *"Don't Look Back"*, de Al Green.

— Vou casar com você — disse ele. Laurie achou aquilo estranho. Kerstin achou assustador. Não era a orelha delas; não era o pescoço delas.

Dean possuía aquela confiança característica, oriunda unicamente do fato de ter sido popular no ensino médio. Ele havia sido atleta no colégio, entrara para o time de futebol da faculdade como calouro e era um lateral esquerdo com boa marca de gols e uma comunidade de fãs. Era o tipo de cara que, alguns anos antes, sequer teria enxergado Prudie de pé a sua frente. Agora a havia escolhido em um bar lotado. Prudie sentiu-se lisonjeada, embora tenha presumido que não era a primeira mulher com quem ele jurava se casar dessa forma. (Descobriu mais tarde que era.)

Não importava. Seus olhos de pálpebras pesadas, suas maçãs do rosto, as pernas de atleta, os dentes ortodônticos — nada disso importava. Esqueça o fato de que ele faria muito *boa figura* entrando ao lado dela nas reuniões do colégio. Algumas pessoas ficariam bastante surpresas.

Não, a única coisa que acabou importando foi que na primeira vez que pôs os olhos nela, ele a achou bonita. Amor à primeira vista era tão ridículo quanto irresistível. Na realidade, Prudie não era bonita. Apenas fingia ser.

Ela havia pressuposto, por esse início, que Dean era um tipo de cara romântico. Sua mãe o enxergava com mais clareza.

— Eis um rapaz que tem os pés no chão — dissera. A mãe de Prudie não se interessava muito por rapazes com os pés no chão. (Embora tenha acabado por gostar muito de Dean. Ambos assistiam a *Buffy: a caça-vampiros* toda terça à noite e telefonavam um para o outro depois para discutir os acontecimentos da semana. Dean era fanático pela vida triste e cheia de culpa dos super-heróis. A essa altura, havia conseguido fazer com que sua mãe torcesse desesperadamente pelo time de futebol dos Estados Unidos, desprovido de superpoderes, e conversasse sobre armadilhas de impedimento como se soubesse o que eram e quando utilizá-las.)

Prudie ouvia a crítica implícita na avaliação de sua mãe e a torcia a favor de Dean. O que havia de errado com um cara do tipo sólido? A pessoa deveria querer um casamento cheio de surpresas ou um sujeito do qual pudesse depender? Alguém que, quando a pessoa olhava para ele, sabia que aparência teria dali a cinquenta anos?

Ela perguntou a Laurie, pois Laurie possuía teorias a respeito de tudo.

— A mim me parece — Laurie dissera — que você pode casar com alguém que tem a sorte de conseguir, ou pode casar com alguém que tem a sorte de conseguir você. Eu achava que a primeira opção era a melhor. Agora não sei. Não seria melhor passar a vida com alguém que acha que tem sorte por estar ali?

— Por que ambos não podem ter sorte? — perguntou Prudie.

— Você pode esperar por isso se quiser. — (Mas Laurie era a única que ainda não havia casado.)

Claro que a própria Prudie teve de planejar o casamento. Foi um evento modesto no quintal de sua mãe. Ela soube mais tarde que a comida estava boa, os morangos, laranjas e cerejas com calda de chocolate branco e preto. Ficou muito ocupada para comer qualquer coisa. Muito deslumbrada. Quando viu as fotos – o vestido plissado, as flores, os amigos educadamente bêbados de Dean –, ela mal lembrava de ter estado presente. Foi um casamento muito bonito, as pessoas disseram depois, e, no instante em que falaram, Prudie percebeu que não queria um casamento muito bonito. Queria um acontecimento memorável. Eles deviam ter fugido sem dizer nada a ninguém.

Mas o casamento foi o importante; Jane Austen raras vezes se deu o trabalho de escrever sobre a cerimônia. Prudie havia se casado com Dean que, por motivos que Prudie não conseguia enxergar, achava que tinha a sorte de a ter conseguido.

Ela ainda estava descobrindo o quanto era afortunada. Dean era muito mais que sólido. Era generoso, amigo, despreocupado, trabalhador, bonito. Dividia o trabalho doméstico, nunca se queixava, e a pessoa não precisava pedir. Como presente de aniversário de casamento, havia comprado duas passagens para Paris. Naquele mesmo verão, Prudie e Dean iriam para a França.

E era esse o problema. Prudie adorava a França; havia preenchido toda uma vida como resultado de amar a França. Nunca tinha estado lá, mas conseguia imaginá-la com perfeição. Claro que não desejava realmente ir. E se a viagem fosse uma decepção? E se, uma vez lá, ela não gostasse nem um pouco do país? E depois? Parecia-lhe que seu marido, o amor de sua vida, deveria entendê-la bem o suficiente para saber disso.

O marido de Kerstin fazia estampas. Estampava pessoas, mas também estampava objetos – cortadores de grama, saca-rolhas, batedeiras. Conseguia estampar todo o elenco de *Star Wars*, especialmente um excelente Chewbacca. Dean era um amante atencioso, sem objeções ao sexo oral, mesmo quando a boca era a *dele*. Ainda assim, se uma noite Prudie sentisse tesão por Chewbacca, Dean não poderia fazer nada a respeito. Ele era sempre ele mesmo.

Prudie havia achado que era isso o que queria. Alguém confiável. Alguém sem pretensões. Na maior parte do tempo, sentia-se profundamente apaixonada por Dean.

Mas só ocasionalmente, sentia-se mais afortunada que satisfeita com o casamento. Ela podia imaginar coisa melhor. Sabia a quem culpar por isso, e não era Dean. A garota em *Sex and the City* com quem Dean mais se parecia era Miranda.

*Muito provavelmente seria a última cena a ter lugar nesse palco; mas com certeza não haveria outra melhor. O teatro fecharia com chave de ouro.* (MANSFIELD PARK)\*

Prudie sentia uma dor de cabeça horrível. O ar estava tão quente que todo o oxigênio parecia ter desaparecido. Ela tomou duas aspirinas com água morna do único bebedouro cujo bocal não se achava obstruído por uma massa de chiclete. Sem se importar com a maquiagem, jogou um pouco de água no rosto. Quando chegou ao quinto tempo, a dor de cabeça era suportável, embora ainda sentisse as têmporas como um tambor distante.

Karin Bhave estava esperando por ela com um bilhete: a Sra. Fry, professora de teatro, pedia que Karin fosse dispensada da aula. A produção escolar de *A lenda dos beijos perdidos* teria seu primeiro ensaio geral naquela tarde, o segundo naquela noite, e o fechamento de algumas cenas ainda não estava funcionando.

Karin havia representado Maria, em *A noviça rebelde*, no segundo ano, e Marian, a bibliotecária, no primeiro. No dia em que a lista do elenco de *A lenda dos beijos perdidos* surgiu, Prudie a havia surpreendido chorando sozinha no banheiro, as lágrimas riscando

---

\* Ibidem, p. 272. (N. da T.)

o blush em suas bochechas, transformando-o em pintura de guerra. Prudie naturalmente supôs que o papel principal havia ido para outra pessoa. Disse algumas palavras bem-intencionadas, que uma pessoa não ia querer fazer a mesma coisa repetidas vezes, mesmo que se tratasse de uma coisa boa. Prudie havia falado em francês, pois tudo soava melhor em francês. Prudie era uma pessoa melhor em francês – mais inteligente, mais sensual, mais sofisticada. "*Toujours perdrix*", ela concluíra, embriagada pelo idioma. (Quando tornou a pensar naquilo mais tarde, percebeu que as chances de que Karin a houvesse entendido eram poucas. O caminho direto, a versão em inglês, teria servido melhor. Seu ego havia interferido em seu objetivo. *Tout le monde est sage après le coup.*)

De qualquer forma, quis o acaso que ela houvesse julgado mal o problema. Karin mais uma vez havia obtido o papel principal. Claro que sim. Ninguém mais possuía sua voz nítida, sua silhueta esbelta e seu rosto inocente. Karin estava chorando porque o papel principal masculino havia ido para Danny Fargo e não, como ela secretamente esperava, para Jimmy Johns, que, em vez disso, estava representando o papel de Charlie Dalrymple. Portanto, Karin teria de se apaixonar por Danny Fargo diante de toda a escola. Eles se beijariam com todos assistindo e, para isso, teriam de praticar o beijo. Era o que o futuro lhe reservava – inúmeros beijos de Danny Fargo, enquanto a Sra. Fry ficava em seus calcanhares, exigindo mais e mais paixão.

– Olhe nos olhos dele primeiro. Mais devagar. Com um desejo puro e simples. – Karin já havia beijado muitas vezes sob a direção da Sra. Fry.

Além disso, não havia outras circunstâncias imagináveis sob as quais uma garota como Karin poderia esperar beijar um garoto como Jimmy. Ele surpreendera a todos até mesmo por fazer os testes, quando o espetáculo representaria um conflito evidente com a temporada de beisebol. O treinador de Jimmy havia informado à equipe que eles não poderiam praticar nenhum outro esporte. Nem em seus sonhos mais loucos teria lhe ocorrido proibir o musical.

Jimmy era seu único finalizador confiável. Os ajustes foram feitos, ainda que a opção pelo musical em detrimento do beisebol tenha deixado o treinador Blumberg a princípio surpreso, depois deprimido.

— Não me restam muitas temporadas — ele dissera a um grupo de mulheres na sala dos professores.

Tudo aquilo havia aumentado cruelmente as esperanças de Karin. Se Jimmy houvesse conseguido o papel de Tommy, eles teriam passado muito tempo juntos. Ele poderia realmente ter olhado para ela. Poderia ter percebido que ela conseguia, maquiada e de cabelo feito, parecer exatamente como uma estrela de um musical de Bollywood. Danny Fargo poderia ter a mesma revelação, mas quem iria querer isso?

— Você vem assistir? — Karin perguntou a Prudie, e ela garantiu que não faltaria. (Mas quão quente estaria o teatro? Como ela mesma reagiria ao espetáculo de Jimmy Johns, com seus braços de arremessador, cantando *"Come to Me, Bend to Me"*?)

No sexto tempo de aula, ela deu aos alunos a mesma parte de *O pequeno príncipe* para traduzir, mas, por se tratar de terceiranistas, do inglês para o francês, em vez do contrário. "O segundo planeta, um vaidoso o habitava."

Prudie voltou a suas fichas. Havia lhe ocorrido, no almoço, que as outras heroínas de Jane estavam longe de ser tão religiosas quanto Fanny. O clube de leitura sequer havia chegado a mencionar religião.

Os outros livros de Austen achavam-se repletos de vidas de clérigos — prometidas, oferecidas, desejadas —, mas estas representavam preocupações antes financeiras que espirituais. Nenhuma heroína, a não ser Fanny, falava com tanta veneração ou parecia admirar tanto o clero. Seis livros. Muitas cenas da vida nos povoados, muitos bailes e jantares cuidadosamente descritos. Nem um único sermão. E o próprio pai de Jane havia sido clérigo. Havia tanto aí a ser discutido! Bernadette certamente teria o que dizer sobre isso. Prudie encheu cinco fichas antes que o calor a incomodasse.

A dor de cabeça estava voltando. Ela apertou as têmporas e olhou para o relógio. Sallie Wong havia escrito um bilhete, que dobrara como um gancho e empurrara para fora da mesa com o cotovelo. Teri Cheyney o recolheu, desdobrou e leu. Ah, meu Deus, balbuciou ela. (E não *Mon Dieu*.) Provavelmente, o nome de Trey achava-se em alguma parte daquele bilhete. Prudie pensou em confiscá-lo, mas isso exigiria que se levantasse. Ela estava com tanto calor que achou que poderia de fato desmaiar se ficasse de pé. O que os alunos não fariam se ela ficasse inconsciente? Que brincadeiras e travessuras? Pequenas manchas pretas nadavam em seu campo de visão como girinos. Ela pousou a cabeça na mesa, fechou os olhos.

Graças a Deus, estava quase na hora de ir para casa. Ela faria uma limpeza leve antes que o clube de leitura chegasse. Uma rápida passada de aspirador. Tirar o pó de forma casual. Talvez às oito estivesse fresco o bastante para que eles se reunissem no terraço. Seria agradável se entrasse a brisa do delta. O nível de ruído na sala de aula havia aumentado discretamente. Ela devia endireitar o corpo antes que aquilo ficasse fora de controle, abrir os olhos, pigarrear alto. Estava decidida a isso quando a campainha soou.

E então, em vez de ir direto para casa, Prudie pegou-se diante da sala multifuncional. As crianças que faziam teatro formavam um grupo interessante. A maioria fumava maconha, o que as distinguia das que atuavam em liderança estudantil (álcool), praticavam esportes (esteroides) ou produziam o anuário (cola). Eram muitos grupos e subgrupos distintos. A complexidade daquilo se assemelhava muito ao mandarim. Prudie às vezes desejava ter estudado antropologia. Teria sido obrigada a escrever artigos. Claro que isso era tanto a má quanto a boa notícia. Escrever artigos teria sido uma dificuldade. Ela não era filha de sua mãe por nada.

Prudie ouviu música, abafada pela porta da sala multifuncional. Atrás dessa porta, ficavam as terras altas escocesas. Nevoeiros, montes, urze. Parecia fascinante e frio. Ao passo que ir para casa, desejável em todos os outros sentidos, acarretava em entrar em um carro que havia permanecido no estacionamento com as janelas levantadas desde às oito da manhã. Ela teria de cobrir a mão com sua saia para abrir a porta. O assento estaria quente demais para que se sentasse, o volante quente demais para que o segurasse. Na realidade, ela passaria vários minutos tecnicamente assando enquanto dirigia.

Nada disso melhoraria com o adiamento, mas a perspectiva era tão desagradável que Prudie preferiu a porta B. Foi recompensada com um banho de ar refrigerado sobre o rosto. Um garoto que nunca havia cursado francês tocava gaita de foles. No palco, os atores ensaiavam a perseguição a Harry Beaton. A Sra. Fry os fazia correr pelo cenário, primeiro em câmera lenta, depois mais acelerados. De seu lugar, Prudie via o palco e também os atores que aguardavam nos bastidores. Nesse meio-tempo, ao fundo, a gaita de foles ensaiava para o funeral de Harry. Sem realmente gostar do instrumento, Prudie admirou a execução. Onde um garoto da Califórnia teria aprendido a soprar e pressionar daquele jeito?

Os rapazes saltaram do palco, os *kilts* voando. Jimmy Johns envolveu com o braço a segundanista loura que estava representando o papel de sua noiva. Em *A lenda dos beijos perdidos*, o amor dos dois havia deixado Harry de coração partido; em Valley High, o coração partido era o de Karin. Ela se sentava sozinha algumas fileiras atrás, a uma distância cuidadosa de Danny.

Prudie sentiu uma repentina simpatia pelo treinador Blumberg. Era sensato, afinal, incentivar aquelas crianças a representar um grande amor? Para dizer-lhes que valia a pena morrer por um romance, que a firmeza pura e simples era mais forte que qualquer outra força no mundo? Aquilo em que o treinador Blumberg acreditava – que nove garotos lançando, rebatendo e ultrapassando outros nove garotos era importante – parecia, em contrapartida, uma mentira inofensiva. Jane Austen escreveu seis grandes romances, e ninguém morreu por amor em nenhum deles. Prudie fez um minuto de silêncio em homenagem a Austen e seu comedimento impecável. Depois ficou em silêncio sem nenhuma intenção nesse sentido.

Trey Norton deslizou para o assento ao lado dela.

– Você devia estar aqui? Não tem aula? – perguntou ela.

– Estava fazendo 45 graus no barracão. Um nerd levou um termômetro de verdade, nos deixaram sair. Vim pegar Jimmy. – Trey sorria para Prudie de um jeito perturbador, que não era o jeito perturbador habitual. – Vi você na biblioteca. Você estava me observando.

Prudie sentiu-se corar.

– Uma demonstração pública de afeto é pública.

– Tudo bem, pública. Mas eu não chamaria aquilo de afeto.

A hora de mudar de assunto havia passado fazia tempo.

– O rapaz que está tocando gaita de foles é muito bom – disse Prudie.

Se ao menos houvesse dito isso em francês! Trey produziu um ruído de satisfação.

– Nessa Trussler. É uma garota. Ou coisa parecida.

Prudie tornou a olhar para Nessa. Havia, ela agora percebia, certa ambiguidade rechonchuda. Talvez Trey não contasse a ninguém o que ela dissera. Talvez Nessa se sentisse perfeitamente à vontade com quem era. Talvez fosse admirada na escola por seu talento musical. Talvez as galinhas tivessem dentes.

A melhor coisa que alguém poderia dizer a Nessa era que ela passaria apenas três anos ali. Depois poderia ir para tão longe quanto lhe aprouvesse. Poderia nunca mais voltar se fosse esse o seu desejo. Era Prudie quem tinha de ficar. Prudie teve a súbita revelação de que aquilo era *A lenda dos beijos perdidos*, onde nada mudaria. As únicas pessoas que envelheceriam seriam os professores. Era uma coisa terrível de pensar.

Ela teve uma ideia mais prática.

– Não estou usando minhas lentes de contato – tentou. De forma pouco convincente e tardia.

– Claro que está. – Trey a olhava fundo nos olhos; ela podia sentir seu hálito, que parecia meio estranho, mas não no mau sentido. Como o de um gatinho. – Estou vendo. Pequenos anéis ao redor das suas íris. Como pratinhos.

Os batimentos cardíacos de Prudie estavam rápidos e superficiais. Trey ergueu o queixo.

– E uma coisa boa. Demonstração pública de afeto a estibordo.

Prudie girou. Ali, bem ali nos bastidores, com o palco vazio, mas um número considerável de crianças ainda espalhadas pelo auditório, o Sr. Chou, professor de música (solteiro), deslizou as mãos sobre os seios da Sra. Fry (casada) e os apertou como se avaliasse melões. E evidentemente, não pela primeira vez; aquelas mãos conheciam aqueles seios. Qual era o problema daquela escola! A dor de cabeça de Prudie elevou sua cadência. A gaita de foles exalou tristemente.

A segunda reação de Prudie foi se acalmar. Talvez aquilo não fosse tão ruim. Distrairia Trey do *faux pas* acerca de Nessa. Nessa era uma inocente ali; Prudie não lamentou a permuta.

Quanto à Sra. Fry e ao Sr. Chou, Prudie sequer conseguiu fingir surpresa. A Sra. Fry tinha seios grandes. Se se pegassem feromônios, acrescidos de música, ensaios dia e noite, pessoas morrendo de amor. O que se poderia esperar?

Uma das questões que preocupavam Prudie em *Mansfield Park* era a forma como as coisas haviam terminado entre Mary Crawford e Edmund. Edmund havia desejado casar com a Srta. Crawford. A Prudie parecia que, quaisquer que fossem as outras desculpas que poderia oferecer, ele a havia finalmente descartado porque ela desejava perdoar seu irmão e a irmã dele por um caso de adultério. Edmund acusou Mary de não levar a sério o pecado. Mas ele mesmo preferiu perder a irmã para sempre em vez de perdoar-lhe.

Prudie sempre quis ter um irmão. Teria sido bom ter alguém com quem comparar lembranças. Eles alguma vez haviam estado em Muir Woods? Em Dillon Beach? Por que não havia fotos? Ela havia imaginado que amaria muito esse irmão. Havia imaginado que ele a amaria em troca, enxergaria suas deficiências — quem conheceria alguém melhor que um irmão? —, mas com afeto e tolerância. No final, Prudie antipatizou muito mais com Edmund que com sua irmã escandalosa, egoísta, surpreendida pelo amor.

Evidentemente, as atitudes mudavam ao longo dos séculos; era necessário levar isso em conta. Mas um imbecil inflexível era um imbecil inflexível.

— Ôoo-lá-lá — disse Trey.

Os sentimentos da própria Prudie acerca do adultério haviam sido extraídos do francês.

*"Sempre-verdes! — Tão lindas, tão úteis, tão maravilhosas!"*
(MANSFIELD PARK)*

---

* Ibidem, p. 299. (N. da T.)

O clima em Valley classificava-se como mediterrâneo, o que significava que tudo morria no verão. As gramíneas nativas ficavam marrons e duras. Os riachos desapareciam. Os carvalhos ficavam cinza.

Prudie entrou em seu carro. Baixou o vidro das janelas e ligou o ar-condicionado. O assento queimava o dorso de suas pernas descobertas.

Um pássaro cagara no para-brisa; o cocô havia cozinhado o dia inteiro e teria de ser esfregado para sair. Prudie não conseguia enfrentar essa tarefa em pleno sol. Em vez disso, foi para casa espreitando ao redor de um grande continente – Grécia talvez, ou a Groenlândia. Usar água e o limpador de para-brisas só tornaria tudo pior. Ela não pegaria a autoestrada e tinha espelhos, então, na realidade, aquilo não era tão temerário quanto parecia.

*Sem nenhuma estima especial pelo primo mais velho, a ternura de seu coração não lhe permitia pensar em perdê-lo; e a pureza de seus princípios redobrava-lhe a solicitude, quando ela refletia sobre a vida de escassa utilidade e pouca abnegação que Tom (aparentemente) levara até então.* (MANSFIELD PARK)\*

As cortinas estavam fechadas e o ar-condicionado ligado, portanto Prudie entrou em uma casa escura e razoavelmente fresca. Tomou mais duas aspirinas. Agora que o momento havia chegado, ela não teve energia para limpezas adicionais. Suas listas eram um conforto, uma ilusão de controle em um mundo de pernas para o ar, mas Prudie não era prisioneira delas. Coisas surgiam, planos mudavam. Holly, a faxineira, havia passado por lá na semana anterior. O lugar estava limpo o bastante pelos padrões de qualquer pessoa que não

---

\* Ibidem, p. 525. (N. da T.)

Jocelyn. Prudie teria de sair para fazer compras novamente, não havia meios de evitar, ou serviria uma salada de alface-romana já marrom nas bordas.

Tomou uma ducha fria, na esperança de que isso a animasse, e vestiu uma camiseta sem mangas e calça de pijama de algodão estampada com vários tipos de sushi. Alguém tocou a campainha quando ela estava secando o cabelo.

Cameron Watson achava-se na varanda, com suor escorrendo da ponta do nariz pronunciado.

– Cameron – disse Prudie. – O que foi?

– Eu falei que ia limpar a sua máquina.

– Não sabia que você quis dizer hoje.

– Você quer ter condições de enviar e-mails – disse ele, surpreso. Como alguém podia passar vinte e quatro horas sem enviar e-mails?

Houve um tempo em que Prudie se preocupou com a possibilidade de Cameron ter uma queda por ela. Agora, sabia das coisas. Cameron tinha uma queda por seu computador que, claro, ele mesmo havia escolhido. Cameron tinha outra queda, pelos videogames de Dean. Cameron sequer percebia que ela não estava vestindo nada além de pijama. Se aquilo fosse um livro de Jane Austen, Prudie seria a moça cortejada por suas posses.

Ela se afastou para o lado a fim de deixar Cameron entrar. Ele tinha cabos e periféricos pendurados pelo corpo como um bandoleiro, discos em uma caixa de plástico. Foi direto para a sala familiar, começou a fazer seu diagnóstico e sua mágica. Prudie havia pensado em tirar um cochilo, mas a essa altura isso não seria possível, não com Cameron na casa. Em vez disso, pôs-se a espanar com indiferença, até mesmo com raiva. Era decerto uma troca ruim para quem tinha esperanças de dormir.

Por não sentir a gratidão que Cameron merecia – aquilo era realmente muito legal da parte dele –, ela armou uma demonstração. Levou-lhe um copo de limonada.

— Estou baixando alguns antimalware – disse ele. – Emuladores de programas. – Ele bebeu a limonada e deixou-a de lado para que o copo molhasse o tampo da mesa. – A gente também devia conseguir o Linux para você. Ninguém usa mais o Windows. (Nunca.)

Ela olhou para a linha branca do couro cabeludo, que aparecia no local em que ele dividia o cabelo. Viu grandes flocos baços de caspa. Sentiu o impulso de espaná-lo.

— O que fazem os emuladores de programas?

— Você pode jogar jogos antigos neles.

— Pensei que o objetivo fossem os jogos novos – disse Prudie. – Pensei que os jogos fossem ficando cada vez melhores.

— Para você poder jogar os *clássicos* – explicou Cameron.

Talvez fosse um pouco como reler. Prudie retornou à sala de estar. Estava atrás de um pensamento sobre releitura, sobre memória, sobre a infância. Tinha algo a ver com como Mansfield Park parecia um lugar frio e desconfortável para Fanny até esta ser expulsa e enviada de volta à casa dos pais. A propriedade dos Bertram tornou-se o lar de Fanny apenas quando ela já não estava mais lá. Até então, ela não havia compreendido que a afeição de sua tia e seu tio no final se revelaria mais verdadeira que a de sua mãe e seu pai. Quem mais, senão Jane, pensaria em transformar o conto de fadas dessa forma? Prudie pretendia apanhar as fichas em sua bolsa, anotar parte dessas reflexões. Em vez disso, a despeito de Cameron, pegou no sono no sofá.

Acordou com Dean acariciando seu braço.

— Tive um sonho muito estranho – comentou ela e então não conseguiu lembrar o que havia sido. Sentou-se. – Pensei que você tivesse dito que ia chegar tarde. – Ela olhou para o rosto dele. – Qual é o problema?

Dean segurou suas duas mãos.

— Você precisa ir para casa rápido, querida – disse. – Sua mãe sofreu um acidente.

— Não posso ir para casa. – A boca de Prudie estava seca; a cabeça, confusa. Dean não conhecia sua mãe como ela, ou saberia que não havia nada com que se preocupar. – Tenho a reunião do meu clube de leitura.

— Eu sei. Sei que você está ansiosa por isso. Vou ligar para Jocelyn. Você tem um voo reservado para daqui a uma hora e meia. Sinto muito, querida. Sinto muito mesmo. Você realmente tem que se apressar.

Ele colocou os braços em torno dela, mas estava muito calor para ser abraçada. Ela o empurrou.

— Tenho certeza que ela está bem. Eu vou amanhã. Ou no fim de semana.

— Ela está inconsciente desde o acidente. Os Baileys ligaram para o meu escritório. Ninguém conseguiu falar com você. Fiquei tentando durante todo o caminho até em casa. Só dava sinal de ocupado.

— Cameron está no computador.

— Vou pedir a ele para ir embora.

Dean fez a mala de Prudie. Disse-lhe que, quando chegasse a San Diego, haveria um carro a sua espera, que ela procurasse um motorista com seu nome em um cartaz na área de recolhimento de bagagem. Disse que telefonaria para a escola para que arranjassem um substituto e cancelaria seus próprios compromissos. Encontraria alguém mais responsável que Cameron para alimentar o gato. Ele havia pensado em tudo. Ela deveria pensar apenas em sua mãe. E nela mesma.

Ele a seguiria assim que pudesse. Estaria com ela no hospital no dia seguinte pela manhã, o mais tardar. Mais tarde nessa mesma noite se conseguisse.

— Sinto muito — ele não parava de dizer —, sinto muito mesmo — até que ela por fim entendeu a mensagem; ele achava que sua mãe estava morrendo. Como se fosse verdade!

Um ano antes, Dean a teria acompanhado até o portão, segurado sua mão enquanto ela esperava. A essa altura, não fazia sentido nem mesmo entrar. Ele a deixou no meio-fio na área de embarque e foi para casa tomar o restante das providências. Um homem passou pela segurança na frente dela. Levava uma bolsa de ginástica, um celular e caminhava como Trey Norton. Foi puxado para o lado e obrigado a tirar os sapatos. Os cortadores de unha de Prudie foram confiscados, assim como seu canivete suíço. Ela desejou ter lembrado de entregá-los a Dean; gostava do canivete.

Sua reserva era pela Southwest. Ela havia recebido um cartão de embarque do grupo C. Ainda podia esperar um assento no corredor, mas só se estivesse bem na frente, e talvez nem assim.

Enquanto tornava a procurar sua identificação na bolsa para embarcar no avião, suas fichas caíram.

— Você quer jogar 52? — ela havia perguntado à mãe certa vez. Aprendera esse truque na creche.

— Claro que sim — sua mãe havia respondido e então, depois que Prudie espalhara as cartas, perguntou se Prudie seria seu elfo-ajudante e as recolheria para ela.

Prudie ficou de joelhos para recolher suas fichas. As pessoas passavam por cima dela. Algumas dessas pessoas foram impacientes, desagradáveis. A essa altura, já não havia esperanças de um assento no corredor. Quando entrou aos trancos no avião, ela estava chorando. Mais tarde, ao tomar a Coca-Cola grátis, como um exercício zen para se acalmar, Prudie contou as fichas. Fazia tanto tempo que vinha se preparando, que possuía 42 delas. Contou-as duas vezes para ter certeza.

Fez as palavras cruzadas da revista de bordo durante um tempo. Depois olhou pela janela, para o céu vazio. Tudo estava bem. Sua mãe estava perfeitamente *sain et sauf*, e Prudie recusava-se a ser induzida a fazer de conta que era o contrário.

---

*O sonho de Prudie:*

No sonho de Prudie, Jane Austen mostra-lhe os cômodos de uma grande propriedade. Jane não se parece em nada com seu retrato. Ela se parece mais com Jocelyn e por vezes é Jocelyn, mas é predominantemente Jane. É loura, elegante, moderna. Sua calça é de seda e tem pernas folgadas.

Elas encontram-se em uma cozinha decorada nos mesmos tons de azul, branco e cobre da cozinha de Jocelyn. Jane e Prudie concordam que só é possível cozinhar bem em fogão a gás. Jane conta a Prudie que ela própria é considerada uma chef francesa decente. Promete preparar alguma coisa para Prudie mais tarde e, mesmo que ela diga isso, Prudie sabe que ela vai esquecer.

As duas descem a uma adega de vinhos. Uma armação gradeada contém várias garrafas, mas outros cubículos contêm gatos em seu interior. Os olhos deles brilham como moedas no escuro. Prudie quase faz menção a isso, mas decide que seria uma grosseria.

Sem subir escada nenhuma, Prudie encontra-se no andar de cima, sozinha, em um corredor com muitas portas. Tenta algumas delas, mas estão todas trancadas. Entre as portas, há retratos em tamanho natural intercalados com espelhos. Os espelhos acham-se dispostos de forma que cada retrato se reflete em um espelho do outro lado do corredor.

Prudie pode ficar na frente desses espelhos e posicionar-se de modo a parecer estar em cada retrato, junto ao sujeito original.

Jane aparece novamente. Está com pressa agora, empurrando Prudie, fazendo-a passar por várias portas, até que as duas param de repente.

– Foi aqui que colocamos sua mãe – diz ela. – Acho que você vai ver que fizemos algumas melhorias.

Prudie hesita.

– Abra a porta – diz Jane, e Prudie obedece. Em lugar do quarto, há uma praia, um veleiro, uma ilha ao longe e oceano até onde a vista de Prudie consegue alcançar.

# Junho

## CAPÍTULO QUATRO

*no qual lemos*
A abadia de Northanger
*e nos reunimos na casa de Grigg*

Prudie perdeu nossa reunião seguinte. Jocelyn levou um cartão para que todos assinassem. Disse que era um cartão de condolências e tivemos de aceitar sua palavra, pois estava tudo em francês. A frente era sóbria – uma paisagem marinha, dunas, gaivotas, vento. O tempo e as marés, ou algum magro conforto do gênero.

– Fiquei tão triste ao saber que ela teve que cancelar a viagem à França – disse Sylvia e então desviou o olhar, envergonhada, pois essa estava longe de ser a parte mais triste.

Jocelyn apressou-se a falar.

– Vocês sabem que ela nunca esteve lá.

A maioria de nós também havia perdido a mãe. Passamos um momento sentindo saudades. O sol florescia em tons de rosa no oeste. As árvores achavam-se em plena folhação. O ar estava luminoso, agradável e provido do aroma de ervas, café e *brie* derretido. Como nossas mães teriam adorado!

Allegra inclinou-se, tomou a mão de Sylvia, desenhou ao redor dos dedos e soltou-a. Sylvia estava parecendo excepcionalmente elegante nessa noite. Havia cortado o cabelo curto como o de Allegra e vestia saia longa com uma camiseta justa vermelho-chinês. Havia aplicado batom cor de ameixa e feito as sobrancelhas. Ficamos satisfeitos ao ver que ela havia alcançado aquele estágio sensacional do processo de divórcio. Estava de pé e vestida para matar.

Allegra, como sempre, estava fulgurante. Jocelyn, clássica. Grigg, informal – calça de veludo e camisa verde de rúgbi. Bernadette já havia derramado *homus* na calça de ioga.

A calça era pontuada de flores azuis e verde-oliva e agora também havia uma mancha cor de *homus* na protuberância do estômago. Mas a pessoa podia passar muito tempo sem notar a mancha. Podia passar muito tempo sem olhar para a própria calça. Isso porque ela havia quebrado os óculos em algum momento após nossa última reunião e os havia remendado com uma massa surpreendentemente grande de clipes e fita crepe.

Era possível que os óculos nem mesmo estivessem quebrados. Era possível que ela houvesse apenas perdido o parafusinho.

A reunião foi realizada na casa de Grigg. Algumas de nós haviam se perguntado se Grigg chegaria a nos receber, algumas de nós achavam que não e estavam contrariadas devido aos arranjos especiais com os quais os homens sempre contavam: como nunca preparavam as grandes refeições, as refeições das festividades, como suas mulheres escreviam para eles os agradecimentos e enviavam os cartões de aniversário. Já começávamos a aceitar a situação quando Grigg anunciou que a reunião de *A abadia de Northanger* deveria ocorrer em sua casa, pois provavelmente era ele o único do grupo que gostava mais de *A abadia de Northanger* do que de todos os livros até então.

Não imaginávamos que alguém pudesse assumir um posicionamento desses. Esperávamos que Grigg não estivesse dizendo isso apenas por ser provocante. Austen não era ensejo para manifestações de ego.

Ficamos curiosas acerca da administração doméstica de Grigg. A maioria de nós não via um apartamento de solteiro desde os anos 1970. Imaginávamos bolas espelhadas e Andy Warhol. Tínhamos luzes decorativas em forma de pimenta e Beatrix Potter. Grigg havia alugado uma casinha de tijolos acolhedora em uma parte cara da cidade. Com telhado metálico e uma varanda coberta de trepadeiras. No interior, havia um quarto no sótão e o menor fogão a lenha que já havíamos visto. Grigg informou que, em fevereiro, havia aquecido a casa inteira com ele, mas ao acabar de reduzir a lenha às diminutas achas que cabiam lá dentro, já não necessitava mais de fogo; estava suando feito um porco.

Havia um tapete ao lado do sofá, que muitas de nós reconhecemos do catálogo da Sundance como algo que havíamos desejado, com papoulas nas bordas. O sol resvalava por uma fileira de panelas de cobre na janela da cozinha.

Cada panela continha uma violeta africana, algumas brancas, algumas roxas, e é preciso admirar um homem que conserva suas plantas domésticas vivas, especialmente tendo sido transferidas para panelas sem orifícios de drenagem. Isso fez com que nos ressentíssemos menos dele pelo tapete. Era evidente que as violetas poderiam ser novas, compradas apenas para nos impressionar. Mas, por outro lado, quem éramos nós para precisar ser impressionadas?

A parede ao longo da escada era revestida por estantes embutidas, e estas achavam-se repletas de livros, não apenas em pé, mas também deitados por cima dos outros. A maioria eram brochuras e pareciam bem lidas. Allegra foi examiná-las.

– Você tem muito foguete nessa coleção – disse ela.

– Você gosta de ficção científica? – Sylvia perguntou a Grigg. Por seu tom de voz, seria possível pensar que ela se interessava por ficção científica e as pessoas que a liam.

Grigg não se deixou enganar.

– Sempre gostei – foi tudo que respondeu. Continuou a ajeitar triângulos de queijo em uma travessa. Estes formavam uma espécie de rosto quando ele terminou, um sorriso de triângulos de queijo, dois olhos de *crackers* de pimenta. Mas talvez estivéssemos apenas imaginando. Talvez ele houvesse arrumado o queijo sem nenhuma pretensão artística.

Grigg havia crescido em Orange County, o único menino em uma família com quatro filhos, e o mais novo. Sua irmã mais velha, Amelia, tinha 8 anos quando ele nasceu, Bianca tinha 7, e Caty, chamada Catydid quando pequena e Cat quando mais velha, tinha 5.

Sempre foi muito fácil provocá-lo. Às vezes, elas diziam-lhe para não ser tão menino e às vezes, para não ser tão bebê. Ao que tudo indicava, não lhe restava muita coisa para ser.

Se Grigg fosse menina, seu nome seria Delia. Em vez disso, havia recebido o nome do pai de seu pai, que morrera perto da época em que Grigg nasceu, e ninguém parecia mais recordar dele muito bem.

– Um verdadeiro homem – disse o pai de Grigg –, um homem tranquilo – que era um filme que Grigg tinha visto na televisão e, portanto, sempre imaginava o avô como John Wayne.*

Mesmo assim, era difícil perdoar o nome. Todos os anos na escola, na primeira vez em que a nova professora fazia a chamada, dizia Harris Grigg em vez de Grigg Harris. Todos os anos, Grigg antevia a humilhação do ano seguinte. E então descobriu que o verdadeiro nome de seu avô era Gregory e que seus pais sempre souberam disso. Grigg era apenas um apelido e não um sobrenome, não até que os próprios pais de Grigg o houvessem transformado em um. Ele perguntou-lhes várias vezes por quê, mas nunca recebeu uma res-

---

* *The Quiet Man*, de John Ford, EUA, 1952. Título no Brasil: *Depois do vendaval*. (N. da T.)

posta que sentisse que esclarecia a pergunta. Informou-lhes que, dali em diante, também ele se chamaria "Gregory", mas ninguém nunca lembrava, mesmo que conseguissem facilmente se lembrar de chamar Caty de Cat.

Vovô Harris havia trabalhado para a companhia elétrica como instalador. Era um trabalho perigoso, o pai de Grigg contou-lhe. Grigg tinha esperanças de conseguir ele mesmo um trabalho perigoso algum dia, ainda que mais como agente secreto que como funcionário de uma boa empresa de utilidade pública. Seu próprio pai era leitor de medidor e tinha ido parar quatro vezes no hospital com mordidas de cão. Possuía duas cicatrizes brilhantes na panturrilha de uma das pernas e outra em algum lugar que ninguém via. Os Harris nunca tinham tido cachorro e, enquanto seu pai vivesse, nunca teriam. Grigg tinha 5 anos da primeira vez que lhe explicaram isso e ainda recordava sua reação, como havia pensado com seus botões que seu pai não poderia viver para sempre.

Grigg era a única das crianças com seu próprio quarto. Isso era fonte constante de ressentimento. O quarto era tão minúsculo que a cama mal cabia, e sua cômoda tinha de ficar no corredor. Ainda assim, era só dele. O teto era inclinado; havia uma única janela e papel de parede com botões de rosas amarelas, que Amelia escolhera porque o quarto havia sido dela até Grigg chegar. Se ele fosse menina, ela teria continuado com o quarto.

Quando ventava, um ramo batia no vidro como se fossem dedos, mas isso decerto não teria assustado Amelia. Grigg ficava deitado no escuro, sozinho, e a árvore rangia e batia de leve na janela. Ele ouvia suas irmãs rindo no corredor. Sabia quando era Amelia, Bianca ou Cat rindo, mesmo que não conseguisse ouvir as palavras. Imaginava-as falando de garotos, assunto sobre o qual não tinham nada de agradável a dizer.

– Meninas, podem ir dormir agora – gritava sua mãe do andar de baixo. Ela não raro tocava piano depois que as crianças estavam na cama e, se continuasse a ouvi-las acima de seu adorado Scott Joplin, então elas estavam fazendo muito barulho. As meninas podiam responder com um silêncio temporário, ou não dar importância. Individualmente, elas eram controláveis. Como grupo, nem tanto.

O pai de Grigg não conseguia de modo algum enfrentá-las. Elas detestavam o cheiro de seu cachimbo, então ele só fumava no galpão de ferramentas. Elas detestavam esportes, então ele ia até o carro para ouvir os jogos no rádio. Quando queriam dinheiro, elas o bajulavam, endireitando-lhe a gravata e beijando-o nas bochechas até que, indefeso como um gatinho, ele puxava a carteira do bolso de trás. Certa vez, Grigg fez a mesma coisa e pôs-se a piscar com seus cílios pesados e a fazer beicinho. Cat riu tanto que engasgou com um amendoim, que poderia tê-la matado. Amelia ficou sabendo que isso havia acontecido a alguém e como Grigg teria se sentido então?

Grigg estava sempre sendo ridicularizado. Era o único menino em sua turma de primeiro ano que conseguiria dar a volta ao mundo pulando corda, mas também isso acabou por se tornar um passo em falso em termos sociais.

Certo dia, quando Grigg estava no quinto ano, seu pai o interceptou depois do café.

– Vamos lá atrás comigo – disse em voz baixa. – E não conte às meninas.

"Lá atrás" significava o quartinho que seu pai havia ajeitado para si no velho galpão de ferramentas. Lá atrás eles iam estritamente com convite. Havia um cadeado na porta e uma poltrona xadrez da La-Z-Boy que a mãe de Grigg detestava e não queria ter em casa. Havia uma travessa da Tupperware com um estoque interminável de balas de canela. Grigg não gostava muito de bala de canela, mas comia quando lhe ofereciam; era doce no final das contas. Ele ficou feliz ao saber que as meninas não haviam sido convidadas, sequer deveriam ser informadas. Não era uma coisa fácil esconder um segredo de três irmãs mais velhas e ao mesmo tempo se certificar de que todos soubessem que havia um segredo guardado, mas Grigg havia estudado com os mestres, que eram as próprias meninas.

Grigg dirigiu-se ao galpão de ferramentas. Seu pai o esperava, fumando um cigarro. Não havia janelas no galpão, então este estava sempre às escuras, mesmo com a luminária acesa, e a fumaça era densa; como ninguém sabia nada sobre fumo passivo, ninguém pensava a respeito. A luminária tinha haste dobrável e uma lâmpada incandescente, como se alguém estivesse prestes a ser interrogado. Seu pai estava sentado na La-Z-Boy com uma pilha de revistas no colo.

– Isso é coisa só para meninos – disse seu pai. – Ultrassecreta. Entendeu?

Grigg sentou-se em uma caixa de maçãs na vertical, e seu pai entregou-lhe uma revista. Na capa, havia a foto de uma mulher de roupas íntimas. Seus cabelos negros voavam sobre o rosto em cachos longos e soltos. Os olhos estavam muito abertos. Possuía seios enormes, que o sutiã dourado mal continha.

Mas o melhor de tudo, incrivelmente melhor, era a coisa que desenganchava o sutiã. Tinha oito braços tentaculados e o torso com formato de lata de Coca-Cola. Era azul. O olhar em seu rosto – que artista para transmitir tamanha emoção em uma criatura com tão poucos traços! – era faminto.

Foi essa a tarde que fez de Grigg um leitor.

Em breve, ele havia aprendido:

Com Arthur C. Clarke, que "a arte não pode ser apreciada senão quando abordada com amor".

Com Theodore Sturgeon, que "por vezes o mundo é mais do que aquilo que uma pessoa consegue aguentar e ela precisa se afastar para descansar".

Com Philip K. Dick, que "pelo menos metade das pessoas famosas na história nunca existiram" e que "qualquer coisa pode ser falsificada".

Do que Grigg mais gostava em ficção científica era que esta parecia ser um lugar onde ele nem estava sozinho, nem cercado de meninas. Ele não teria continuado a gostar disso ao crescer, se esta realmente houvesse se revelado um universo livre das garotas como ele havia inicialmente pensado. Seu primeiro autor preferido foi Andrew North. Mais tarde, descobriu que Andrew North era o pseudônimo de Andre Norton. Mais tarde ainda, descobriu que Andre Norton era uma garota.

Grigg não nos contou nada disso, pois achou que não nos interessaríamos.

— Esses livros com foguetes na lombada foram os primeiros pelos quais me apaixonei — foi o que Grigg declarou. — A gente nunca esquece o primeiro amor, esquece?

— Não — respondeu Sylvia. — A gente nunca esquece.

— Com algumas exceções — disse Bernadette.

— Eu estava em uma convenção de ficção científica quando conheci Jocelyn — contou Grigg.

Todas nos viramos para olhar para Jocelyn. Talvez uma ou duas de nós de boca aberta. Nunca teríamos imaginado que ela lesse ficção científica. Ela certamente nunca dissera isso. Não havia visto nenhum dos novos filmes de *Guerra nas estrelas* e nunca entrara na fila para ver nenhum dos antigos.

— Ah, façam-me o favor. — Ela fez um gesto impaciente com a mão. — Eu estava em um simpósio sobre cães de caça. No mesmo hotel.

A noite mal começara e já havia uma segunda história que não nos tinham contado.

Quase um ano antes, Jocelyn havia ido a Estocolmo para o encontro anual do Inland Empire Hound Club. Em comemoração a uma semana inteira livre de pelo de cachorro (não que leões da Rodésia perdessem muito pelo: conservavam-no mais que a maioria dos cães, o que era uma de suas características mais atraentes), Jocelyn havia levado grande quantidade de roupas pretas. Vestiu um colete preto enfeitado com contas sob um casaco preto. Calça preta e meias pretas. Participou de painéis intitulados "Galgos: O que os torna especiais?" e "Como apaziguar um animal selvagem: Novas técnicas de transformação de comportamentos agressivos". (O que foi uma pena, visto que a citação correta tinha a ver com peitos selvagens. Esse sim teria sido um belo painel!)*

No mesmo fim de semana e no mesmo hotel, estava ocorrendo uma convenção de ficção científica conhecida como Westernessecon. Nas salas de conferência inferiores, fãs de ficção científica reuniam-se para discutir livros e prantear programas de TV extintos ou agonizantes. Houve painéis sobre "Por que antes adorávamos *Buffy*", "A Última Fronteira: O destino manifesto torna-se intergaláctico" e "Papai Noel: Deus ou Demônio?".

---

* Referência à primeira linha do Ato I, Cena I, da peça de 1697 *The Mourning Bride* [A noiva de luto], de William Congreve, poeta e dramaturgo neoclássico inglês: *Music has charms to soothe a savage breast* [A música tem encantos que suavizam o peito mais selvagem]. A frase, não raro, é erroneamente citada: *Music has charms to soothe the savage beast* [A música tem encantos que suavizam o animal selvagem]. (N. da T.)

Jocelyn estava pegando o elevador no saguão para ir até seu quarto no décimo sétimo andar quando um homem entrou. Não era novo, mas era consideravelmente mais novo que Jocelyn; essa era uma categoria em rápida expansão. Nada havia no sujeito que chamasse a atenção de Jocelyn, e ela não reparou muito nele.

Um trio de mulheres jovens entrou logo atrás. Todas as três tinham correntes no nariz, cravos nos pulsos. Usavam aros nas orelhas, como se o Serviço de Pesca e Vida Selvagem as houvesse etiquetado e depois libertado. Os rostos estavam cobertos de pó da cor de giz, e seus braços achavam-se cruzados sobre o peito, os cravos dos pulsos por cima. O homem apertou o botão do décimo segundo andar e uma das mulheres o do oitavo.

O elevador tornou a parar e mais gente entrou. Justamente quando as portas estavam se fechando, alguém do lado de fora as abriu, e mais pessoas forçaram a entrada. Jocelyn viu-se espremida no fundo do elevador. Os cravos da pulseira de uma das jovens prenderam no suéter de Jocelyn e deixaram um fio puxado. Alguém pisou em seu pé sem parecer se dar conta; Jocelyn precisou se contorcer para escapulir da pisada e ainda assim não houve um pedido de desculpas. O elevador parou outra vez.

– Não tem lugar! – disse em voz alta alguém na frente, e a porta se fechou.

A mulher com cara de giz à direita de Jocelyn usava a mesma coleira vermelha que Sahara exibia em ocasiões elegantes.

– Tenho uma coleira igualzinha a essa – disse Jocelyn. Ela pretendia que aquilo soasse como um gesto amigável, como se sua mão houvesse se estendido por sobre as águas. Jocelyn tentava não se incomodar com o fato de estar presa no fundo do elevador. Normalmente, ela não sofria de claustrofobia, mas poucas vezes havia ficado tão espremida, e sua respiração chegava rápida e superficial.

A mulher não deu resposta. Jocelyn esperou, então uma sensação de humilhação, breve e sem importância, a afetou. Qual era o seu crime? A idade? Suas roupas? Seu crachá com os dizeres "O cão é meu copiloto"? Todos, menos Jocelyn e o homem já não tão jovem, porém mais jovem que Jocelyn, saltaram no oitavo andar. Jocelyn deu um passo à frente, catucou o fio puxado em seu suéter, tentando colocá-lo para dentro, onde não apareceria. O elevador reiniciou a subida.

– Ela estava invisível – disse o homem.

Jocelyn virou-se.

– Perdão?

Ele parecia um homem normal, agradável. Com cílios bonitos e pesados mas, fora isso, bastante comum.

– É uma brincadeira. Elas são vampiros e quando você vê uma delas de braços cruzados assim – o homem demonstrou –, então deve fingir que não viu. Ela está invisível. Foi por isso que não respondeu. Não foi nada pessoal.

Aquilo dava a impressão de que tudo havia sido culpa de Jocelyn.

– Ser vampiro não é desculpa para ser rude – retrucou Jocelyn. – Todos os professores de etiqueta dizem isso. – Claro que os professores de etiqueta jamais haviam declarado tal coisa, mas não seria provavelmente o que responderiam, se alguém perguntasse?

Eles chegaram ao décimo segundo andar. O elevador zumbiu e emitiu seu sinal sonoro. O homem saltou e virou-se para olhar para ela.

– Meu nome é Grigg.

Como se alguém fosse saber se Grigg era o primeiro ou o último nome sem ser informado. A porta se fechou antes que Jocelyn pudesse responder. Melhor assim.

– Que bando de malucos – disse. Jocelyn falou em voz alta para o caso de ainda haver alguém no elevador. Os sentimentos das pessoas invisíveis não tinham a menor importância para ela, ainda que um professor de etiqueta provavelmente não fosse gostar disso; os professores de etiqueta eram pessoas rígidas.

Jocelyn desistiu de uma monótona demonstração por parte de um paranormal de animais – "Ele quer que você saiba que é muito grato por você cuidar tão bem dele"; "Ela está dizendo que gosta muito de você" – e foi para o quarto. Tomou um banho, só para usar o sabonete e o creme do hotel, sacudiu a cabeça para secar o cabelo, colocou o vestido de linho preto, deixou o crachá no casaco em cima da cama e tomou o elevador para o último andar. Parou na porta do bar do hotel, olhando ao redor à procura de algum conhecido.

– Estive na Holanda, Itália e Austrália no ano passado – dizia uma mulher atraente que ocupava uma mesa perto da porta – e sempre que ligava a televisão, estava passando alguma versão de *Jornada nas estrelas*. Estou dizendo, esse filme está em toda parte.

Havia um banco vazio no bar. Jocelyn ocupou-o e pediu um *dirty* martíni. Não encontrou nenhum rosto familiar. Em geral, não se importava em sair sozinha; fazia tempo demais que era solteira para se importar. Mas ali, sentiu-se pouco à vontade. Tinha a sensação de que seu vestido estava errado, era elegante demais, caro demais. Sentiu-se velha. Seu martíni chegou. Ela deu um gole. Outro gole. E outro. Terminaria o mais rápido possível e sairia para procurar os cachorreiros no saguão ou no restaurante. O bar estava dando dor de cabeça de tão barulhento. Havia dezenas de conversas, risadas estridentes, um jogo de hóquei na televisão, mangueiras esguichando e máquinas de gelo triturando.

– O que estou dizendo é que levaria uns mil anos para trazer uma espécie animal à plena consciência – disse um homem perto de

Jocelyn. — Se você insinuar outra coisa, estou fora. — Ele falava tão alto que Jocelyn achou que não havia necessidade de fingir que não tinha ouvido.

Ela debruçou-se para entrar na conversa.

— Na verdade, eu teria apreciado alguma coisa mais tipo cérebro de lagarto — disse. — A gramática perfeita, o sotaque britânico, pelo amor de Deus. A lista monótona e interminável de agradecimentos. Como se eles não estivessem só esperando a chance de trepar com a sua perna.

Ora, dizer aquilo foi deselegante. Talvez ela já estivesse um pouquinho bêbada. A sala deu uma girada vagarosa. Beber depressa era se arrepender depois, sua mãe sempre dissera. O anúncio de um tênis de corrida de estilo poético surgiu na televisão.

O homem havia se virado em sua direção. Era um homem grande, com barba cerrada e um uísque pequeno. Parecia um urso, mas bem-humorado, o que os ursos de verdade nunca pareciam. Jocelyn achou que ele fosse criador de bassês; não havia grupo mais agradável no mundo que o contingente dos bassês. Ela mesma só recentemente havia aprendido a gostar dos bassês, e ter levado tanto tempo para isso causava-lhe um constrangimento secreto. Todas as outras pessoas pareciam se apaixonar por eles sem o menor esforço.

— Fiquei ofendido principalmente pelos invertebrados — disse o homem-urso. — Nós não somos crustáceos. Não se aplicam as mesmas regras.

A essa altura, Jocelyn lamentou ter saído cedo da demonstração. Quanta gratidão um crustáceo conseguiria expressar? E se algum deles fizesse isso, bem, ela certamente desejaria estar presente para ver.

— Ele apresentou um crustáceo? — perguntou ela. Com ar pensativo.

— Que livros dele você leu?

— Não li os livros dele.

— Ah, meu Deus! Você devia ler os livros dele — disse o homem. — Eu reclamo, mas sou um grande fã. Você realmente devia ler os livros dele.

— Bem, você é grande. Essa parte você acertou. — A voz era insignificante, um mosquito no ouvido de Jocelyn. Ela virou-se e encontrou o rosto de Roberta Reinicker pairando acima dela, seu irmão Tad logo atrás. Os Reinicker possuíam um canil em Fresno e uma Rodésia sedutora chamada Beauty, pela qual Jocelyn periodicamente se interessava. Beauty tinha bons papéis e uma boa confirmação. Temperamento doce, ainda que volúvel. Dava seu coração a quem quer que estivesse por perto. Em um cão, esse era um traço bastante interessante.

— Chega pra lá — disse Roberta, ocupando metade do banco de Jocelyn, pressionando-a com força de encontro ao balcão. Roberta era uma loura fria de seus quase 40 anos. Tad era mais velho e não tão bonito. Ele debruçou-se por cima de Jocelyn para fazer seu pedido.

— Tenho um carro novo — disse-lhe. Ergueu acentuadamente as sobrancelhas e tentou esperar o clímax da conversa. Não conseguiu. — Um Lexus. Ótima quilometragem. Assentos lindos. O motor... parece manteiga batendo.

— Que bom — disse Jocelyn. Ele continuava a pairar acima dela. Se Jocelyn olhasse direto para cima, veria a pele branca, macia como pele de rã, na base de seu queixo. Essa não era uma visão que se tivesse com frequência, tampouco era muito agradável.

— Bom! — Tad balançou a cabeça; seu queixo foi para a direita e para a esquerda, para a direita e para a esquerda. — Espero que você consiga dizer coisa melhor que "bom". É um Lexus.

— Muito bom — propôs Jocelyn. Um Lexus era, segundo a opinião geral, um carro muito bom. Jocelyn nunca tinha ouvido falar o contrário.

— Usado, claro. Consegui um ótimo negócio. Posso te levar para dar uma volta mais tarde. Você nunca deu um passeio mais suave.

Enquanto ele falava, a voz de mosquito de Roberta penetrou novamente no ouvido de Jocelyn.

— Que bando de malucos — disse Roberta.

Jocelyn não aprovava que chamassem as pessoas de malucas. Nem achava que as pessoas no bar fossem particularmente bizarras. Havia um Klingon, um ou dois elfos lá embaixo no saguão, mas aparentemente os alienígenas não estavam bebendo. Que pena. Uma noite que começava com a leitura da mente de um crustáceo agradecido e terminava com elfos bêbados era uma noite inesquecível.

— Não sei de quem você está falando.

— É, certo — disse Roberta. Em tom conspirador.

— Então, de que autores você gosta? — O homem-urso perguntou a Roberta.

— Ah! — disse Roberta. — Não! Eu não leio ficção científica. Nunca. — E em seguida, no ouvido de Jocelyn: — Meu Deus! Ele acha que sou um deles.

Meu Deus. O homem-urso era fã de ficção científica. Não criador de bassês. Então, perguntou-se Jocelyn, a respeito do que ela e ele haviam conversado? Como os crustáceos haviam entrado na conversa?

E ele certamente não conseguia ouvir Roberta acima dos outros ruídos do bar, mas podia vê-la sussurrar. Jocelyn estava mortificada com seu próprio erro e a falta de educação de Roberta.

— Sério? — perguntou a Roberta, alto o bastante para que o homem-urso ouvisse. — Nunca? Isso me parece um pouco mesquinho. Eu mesma adoro um bom romance de ficção científica.

— Quem você já leu? — perguntou o homem-urso.

Jocelyn tomou outro gole, pousou o copo, cruzou os braços. Isso não resultou em nada. Roberta, Tad e o homem-urso observavam-

-na com atenção. Ela fechou os olhos, o que os fez desaparecer, mas não de forma muito proveitosa.

Pense, ordenou a si mesma. Ela decerto sabia o nome de um autor de ficção científica. Quem era aquele dinossauro? Michael alguma coisa.

– Ursula Le Guin. Connie Willis? Nancy Kress? – Grigg havia surgido enquanto ela mantinha os olhos fechados e estava parado bem atrás de Roberta. – Acertei? – perguntou ele. – Você parece uma mulher de gosto impecável.

– Acho que você deve ser vidente – disse ela.

Tad revelou a todos o que era realmente um bom livro (não ficção e contendo barcos – *A tormenta*) e também o que não era um bom livro (qualquer coisa com malditas árvores falantes como *O senhor dos anéis*). Ao que se constatou, Tad na realidade não havia lido nenhum dos dois. Havia visto os filmes. Isso deixou o homem-urso tão irritado que ele derramou uísque na barba.

Jocelyn foi ao banheiro e, quando voltou, tanto Grigg quanto o homem-urso haviam partido. Roberta guardara para ela a cadeira do homem-urso, e Tad havia pedido um segundo *dirty* martíni, o que foi simpático da parte dele, ainda que ela não quisesse, e ele devesse ter perguntado primeiro. E claro, a banqueta onde Roberta estava sentada era na verdade de Jocelyn, não que Jocelyn preferisse uma à outra. Só que ninguém precisaria guardar lugar para ela se, para início de conversa, seu lugar não houvesse sido ocupado.

– Consegui me livrar deles – disse Tad. Ele estava gritando para se fazer ouvir. – Falei que íamos sair para dar um giro no meu Lexus novo.

– Eu não vou – disse Roberta. – Estou exausta. Honestamente, estou tão cansada que nem sei se consigo chegar até a cama. – Ela ilustrou a afirmação deixando-se cair graciosamente em cima do bar.

— O que fez você pensar que eu queria me livrar deles? — Jocelyn perguntou a Tad. Realmente, que homem chato! Ela detestava seu Lexus. E estava começando a detestar Beauty. A cadela mais linda que se poderia imaginar, mas Jocelyn queria esse gene "venha me pegar, venha me pegar" no *pool* Serengeti?

— Eu consigo perceber quando alguém só está sendo educado — disse Tad, provando, se ele ao menos soubesse, o quanto isso não era verdade. Tad piscou.

Jocelyn explicou, educadamente, que tinha de chegar cedo a um painel na manhã seguinte e daria a noite por encerrada. ("Eu também", disse Roberta.) Jocelyn agradeceu Tad pela bebida intacta, insistiu em pagar e saiu.

Procurou por Grigg e pelo homem-urso por algum tempo. Temia que aquilo parecesse uma combinação — ela desaparece no banheiro; Tad se livra dos hóspedes indesejáveis. Independentemente de como Tad houvesse lidado com a dispensa, esta não podia ter ocorrido de forma delicada. Ela queria explicar que não sabia de nada. Queria explicar que havia desfrutado sua companhia. Seria estranho, sem dúvida, e pouco convincente, mas era verdade; Jocelyn tinha isso a seu favor.

Ela viu um aviso no elevador para a festa de lançamento de um livro no sexto andar, então desceu e passou por lá, fingindo que possuía um quarto no andar e estava ali tratando de seus assuntos inocentes. A suíte da festa estava tão lotada que as pessoas haviam se espalhado pelo corredor. As garotas-vampiros sentavam-se no meio delas. Duas estavam visíveis, bebendo vinho tinto e atirando Cheetos uma na outra. A terceira mantinha os braços cruzados atrás do pescoço de um rapaz e a língua em sua boca. Ele conservava as mãos no traseiro dela, portanto estava visível, mas Jocelyn não tinha certeza acerca da garota. Teria de perguntar a Grigg quando o encontrasse: você está invisível se seus braços estiverem cruzados, mas houver um cara magro, de capa, no meio deles, sugando seu rosto?

Jocelyn abriu caminho pelo corredor, passando pela porta da suíte. Luzes piscavam no interior; havia música e dança. A festa pulsava. Ela ficou surpresa ao ver Roberta, sacudindo os cabelos e o traseiro, movendo-se de uma posição a outra sob a luz intermitente. Ora suas mãos se achavam nos quadris. Ora ela se contorcia para um lado. Ora dava o mergulho do hip-hop. Jocelyn não conseguia ver seu parceiro, o quarto estava muito lotado.

Jocelyn desistiu. Voltou para o quarto, ligou para Sylvia e relatou a noite irritante.

– Qual deles é Tad? – perguntou Sylvia. – É aquele que está sempre dizendo "Boa menina" para todo mundo? – Não era ele, Sylvia estava pensando em Burtie Chambers. De qualquer forma, gostou da ideia de alguém ser capaz de desaparecer ao cruzar os braços. – Meu Deus, isso seria incrível! – disse. – Daniel vai adorar. Ele está sempre querendo desaparecer.

Jocelyn não tornou a ver Grigg até a noite do dia seguinte.

– Fiquei com medo que você tivesse ido embora – disse ela – e queria me desculpar pela noite passada.

Ele foi gentil o suficiente para interrompê-la.

– Comprei uma coisa para você na lojinha – disse. Vasculhou sua bolsa da convenção e extraiu duas brochuras: *A mão esquerda da escuridão* e *O flagelo dos céus*. – Tente esses dois.

Jocelyn pegou os livros. Ficou comovida pelo presente, embora ele também estivesse, ela achou, tirando sarro dela, pois lá estava Le Guin, a mesma autora que ela havia alegado, sob orientação dele, ter lido e gostado. Além disso, Grigg estava um pouco ansioso demais, obviamente animado por ter encontrado uma leitora tão ignorante.

– Esses são clássicos na área – disse ele. – E livros incríveis.

Ela agradeceu, embora não houvesse planejado começar a ler ficção científica e não tencionasse fazê-lo. Talvez parte disso tenha ficado evidente.

– Acho que você vai adorar – disse Grigg. E em seguida: – Estou perfeitamente disposto a ser orientado também. Diga o que eu deveria estar lendo que prometo que vou ler.

Não havia nada de que Jocelyn mais gostasse que dizer às pessoas o que fazer.

– Vou preparar uma lista – disse.

Na verdade, ela esqueceu Grigg por completo, até que ele lhe enviou um e-mail no final de janeiro. "Lembra de mim?", perguntava o e-mail. "Nos conhecemos na convenção em Estocolmo. Estou desempregado agora e me mudando para os arredores do seu bosque. Como você é a única pessoa que conheço por aí, fico aguardando informações privilegiadas. Onde cortar o cabelo. Que dentista procurar. Podemos tomar uma xícara de café e você faz para mim uma de suas famosas listas?"

Se Grigg não tivesse um nome tão estranho, Jocelyn provavelmente teria tido problemas para recordá-lo. Ela lembrava-se agora de como o havia achado agradável. Ele não lhe dera um ou dois livros? Ela devia realmente desenterrá-los e os ler.

Jocelyn conservou o e-mail dele no topo da lista por alguns dias. Mas um homem agradável, disponível (ela pressupôs), era valioso demais para ser desperdiçado só porque ela não tinha nenhuma utilidade imediata para ele. Jocelyn respondeu ao e-mail e concordou com o café.

Quando começou a formar o clube de leitura, enviou outro e-mail. "Lembro de você como um excelente leitor", escreveu ela. "Vamos discutir as obras completas de Jane Austen. Você está interessado?"

"Pode contar comigo", respondeu Grigg. "Venho pretendendo ler Austen há bastante tempo."

"Provavelmente, você vai ser o único homem", preveniu Jocelyn. "Com algumas mulheres mais velhas e ardorosas. Não posso prometer que elas não façam você passar maus momentos de vez em quando."

"Melhor ainda", disse Grigg. "Na verdade, eu não me sentiria à vontade de outra forma."

Jocelyn não nos contou nada disso, pois não era da nossa conta e, em todo caso, estávamos ali para discutir Jane Austen. Tudo que fez foi se voltar para Sylvia.

– Você está lembrada. Estocolmo. Encontrei os Reinicker lá e eles me irritaram um bocado? Concordei em cruzar Thembe com Beauty e depois dei para trás?

– Não era o Sr. Reinicker que sempre dizia "Boa menina" para todo mundo? – perguntou Sylvia.

Grigg colocara as cadeiras da sala de jantar na varanda dos fundos, por estar fazendo uma noite tão perfeita. Havia uma cadeira *papasan*, com almofadas listradas, que Jocelyn fizera Bernadette levar. O restante de nós sentou em círculo ao redor dela, a rainha e sua corte.

Ouvíamos o zumbido do tráfego na University Avenue. Um grande gato preto de cabeça pequena, que lembrava muito uma esfinge, enroscou-se em nossas pernas e saltou para o colo de Jocelyn. Todos os gatos fazem isso, visto que ela é alérgica.

– Max – disse Grigg. – Abreviação de Maximum Cat. – Ele içou Max com as duas mãos e o colocou dentro de casa, onde ele pôs-se a passear sobre o peitoril da janela, dando voltas ao redor das violetas africanas, observando-nos com seus olhos dourados, nos desejando mal. De todos os gatos que chegavam aos abrigos, os machos completamente pretos eram os mais difíceis de serem adotados, e Jocelyn aprovava de todo coração qualquer pessoa que possuísse um. Jocelyn sabia acerca do gato? Isso talvez explicasse o convite para Grigg entrar no grupo, algo que havia deixado de nos incomodar, pois Grigg era muito gentil, embora não houvéssemos concordado com isso.

Grigg nos contou que perdera um emprego em suporte técnico em San Jose quando as *dot-coms* quebraram. Havia conseguido um pacote de indenização e ido para o Valley, onde a moradia custava menos e seu dinheiro duraria mais. Estava trabalhando em um emprego temporário na universidade, na área de secretariado. Estava lotado no departamento de linguística.

Recentemente, haviam-no informado que o emprego seria seu pelo tempo que desejasse. Suas habilidades em informática deixaram todos bastante animados. Ele passava seus dias recuperando dados perdidos, caçando vírus, criando apresentações em PowerPoint disso e daquilo. Raras vezes fazia seu verdadeiro trabalho, mas ninguém se queixava. Todos ficavam aliviados ao evitar o suporte técnico do campus. Aparentemente, o grupo do campus era uma espécie de operação paramilitar de elite, na qual todas as informações eram tratadas como ultrassecretas, fornecidas a contragosto e apenas após repetidas solicitações. As pessoas voltavam do laboratório de informática como se houvessem feito uma visita ao Poderoso Chefão. O salário de Grigg era menor do que antes, mas as pessoas estavam sempre lhe levando *cookies*.

Além disso, ele estava pensando em escrever um *roman à clef*. Os linguistas eram um grupo muito estranho.

Paramos por um momento, todas desejando que Prudie estivesse presente para ouvir Grigg dizer *"roman à clef"*.

...

Grigg servira uma salada verde preparada com amoras secas e nozes carameladas. Havia os queijos e os *crackers* de pimenta. Várias pastas, inclusive de alcachofra. Um vinho branco delicioso da vinícola Bonny Doon. Era uma refeição respeitável, ainda que a travessa de queijo exibisse uma cena de neve e obviamente devesse ser usada apenas no Natal e provavelmente para *cookies*. E as taças de vinho não combinavam.

— Por que você disse que de todos os livros de Austen gosta mais de *A abadia de Northanger*? — Jocelyn perguntou a Grigg. Seu tom era o de alguém que nos chamava à ordem. E também o de alguém que conservava a mente aberta. Só Jocelyn teria conseguido transmitir as duas coisas.

— Adoro como o livro tem tudo a ver com a leitura de romances. Quem é a heroína, o que é uma aventura? Austen propõe essas questões de forma bastante direta. Tem alguma coisa muito pós-moderna acontecendo ali.

O restante de nós não era muito íntimo do pós-modernismo.

— Tem lógica o fato de Austen fazer essas perguntas — disse Jocelyn —, já que *A abadia de Northanger* é o primeiro livro dela.

— Pensei que *A abadia de Northanger* fosse um dos últimos — disse Grigg. Ele estava balançando nas pernas detrás da cadeira, mas a cadeira era dele afinal, e isso não era da nossa conta. — Pensei que *Razão e sensibilidade* fosse o primeiro.

— Foi o primeiro a ser publicado. Mas *A abadia de Northanger* foi o primeiro a ser vendido a um editor.

Nossa opinião sobre a edição Gramercy dos romances piorou ainda mais. Seria possível que não esclarecesse esse fato? Ou Grigg teria simplesmente esquecido de ler o prefácio? Havia decerto um prefácio.

— Austen nem sempre parece admirar a leitura — disse Sylvia. — Em *A abadia de Northanger*, ela acusa outros romancistas de denegrir os romances em seus romances, mas ela não está fazendo a mesma coisa?

— Não, ela defende os romances. Mas definitivamente critica os leitores — disse Allegra. — Ela torna Catherine bastante ridícula, falando sem parar sobre *Os mistérios de Udolpho*. Achando que a vida é realmente daquele jeito. Não que essa seja a melhor parte do livro. Na realidade, essa parte é meio fraca.

Allegra estava sempre assinalando o que não era a melhor parte do livro. Estávamos um pouco cansados disso, verdade seja dita.

Grigg balançou para frente, as pernas dianteiras da cadeira golpeando em cheio a varanda.

— Mas ela também não se importava muito com as pessoas que não tinham lido o livro. Ou pelo menos, com aqueles que fingiam não ter lido o livro. E ainda que ela ridicularize Catherine por ser tão influenciada por *Udolpho*, é preciso dizer que *A abadia de Northanger* sofre essa mesma influência. Austen imitou a estrutura, fez todas as suas escolhas em oposição a esse texto original. Presume que todo mundo leu a obra.

— Você leu *Os mistérios de Udolpho*? — perguntou Allegra.

— Véus negros e o esqueleto de Laurentina? Pode apostar. Vocês não acharam que parecia interessante?

Não. Achamos que parecia inflamado demais, exagerado, conservadoramente melodramático. Achamos que parecia ridículo.

Na realidade, não havia ocorrido a nenhuma de nós ler o livro. Algumas de nós sequer haviam se dado conta de que se tratava de um livro de verdade.

O sol havia finalmente se posto e todo o brilho desaparecera do ar. Havia uma lua diminuta como a ponta de uma unha. Nuvens diáfanas flutuavam sobre ela. Um gaio pousou no peitoril do lado de fora da janela da cozinha, e Maximum Cat chorou para que lhe permitissem tornar a sair. Durante a confusão, Grigg saiu e pegou nossa sobremesa.

Ele havia preparado um *cheesecake*. Levou-o até Bernadette, que o cortou e distribuiu as fatias. A crosta, obviamente, era industrializada. Mas boa. Todas nós já havíamos usado crostas industrializadas em momentos de necessidade. Não havia nada de errado com os industrializados.

Bernadette começou a nos dar sua opinião sobre se Jane Austen admirava ou não as pessoas que liam livros. Por fim, compreendemos que ela não tinha opinião a respeito. Bernadette achava que havia grande quantidade de dados conflitantes.

Ficamos ali sentados um pouco, fingindo meditar sobre o que ela dissera. Não parecia educado mudar de assunto, tendo ela levado tanto tempo para se explicar. Bernadette pousou os óculos com o monte de clipes e fita crepe ao lado de seu prato e exibiu aquele olhar desprotegido e aumentado das pessoas que geralmente usam óculos quando os retiram.

Falamos por curto tempo sobre entrar para o café. As cadeiras sem almofadas não eram confortáveis, mas Grigg não parecia possuir outras; simplesmente as levaríamos conosco. Não estava frio. O programa municipal de redução de mosquitos havia feito seu trabalho e nada estava nos comendo. Permanecemos no lugar. Uma motocicleta engasgou e cuspiu ao descer a University Avenue.

– Acho Catherine uma personagem encantadora – disse Bernadette. – Que mal há em ter bom coração e uma imaginação fértil? E Tilney é um verdadeiro talento. Tem mais brilho que Edward em *Razão e sensibilidade* ou Edmund em *Mansfield Park*. Das heroínas de Austen, Catherine não é minha preferida, mas Tilney é meu herói predileto. – Ela dirigiu isso a Allegra, que ainda não havia falado sobre o assunto, mas Bernadette já adivinhava o que ela pensava. E acertou na mosca.

— Ela é muito, muito boba. Incrivelmente ingênua — disse Allegra. — E Tilney é meio insuportável.
— Eu gosto dos dois — declarou Sylvia.
— Eu também — disse Jocelyn.
— A questão é a seguinte. — A lua, que parecia uma ponta de unha, dividiu as nuvens. Os olhos de Allegra eram grandes e escuros. Seu rosto possuía uma expressividade de estrela de cinema mudo, assim como um brilho lunar. Ela era muito bonita. — Austen sugere que *Udolpho* é um livro perigoso por fazer as pessoas pensarem que a vida é uma aventura — disse ela. — Catherine se deixou influenciar completamente por ele. Mas não é esse o tipo de livro que é de fato perigoso para as pessoas. Você pode argumentar também que Grigg, aqui, acha que somos todas extraterrestres só porque ele lê ficção científica.

Bernadette emitiu um ruído de tosse, surpresa. Todos nos viramos para olhar para ela, que logrou um sorriso pouco convincente. Seus óculos tinham aquela imensa massa de clipes e fita crepe. As pernas estavam entrelaçadas no colo, em uma postura de ioga impossível. Todas as nossas desconfianças de repente despertaram. Ela não enganava ninguém. Era flexível demais para ser humana.

Mas por que nos importaríamos? Não existia ninguém mais bondoso que Bernadette.

— O tempo todo, era Austen quem escrevia os livros realmente perigosos — continuou Allegra. — Livros em que as pessoas de fato acreditam, mesmo centenas de anos mais tarde. Como a virtude vai ser reconhecida e recompensada. Como o amor vai prevalecer. Como a vida é um romance.

Todos pensamos que já estava na hora de Allegra esquecer Corinne. Pensamos no quanto Sylvia estava dando duro para esquecer Daniel. Pensamos que Allegra poderia aprender alguma coisa com isso. Um bocado de cocô de passarinho aterrissou com um plop na beira da varanda.

— O que vamos ler em seguida? — perguntou Bernadette. — *Orgulho e preconceito* é o meu preferido.

— Então vamos ler esse — disse Sylvia.

— Tem certeza, querida? — perguntou Jocelyn.

— Tenho. Está na hora. Além disso, *Persuasão* tem a mãe morta. Não quero submeter Prudie a isso agora. A mãe em *Orgulho e preconceito*, por outro lado...

— Não conte nada — pediu Grigg. — Ainda não li o livro.

Grigg não havia lido *Orgulho e preconceito*.

Grigg não havia lido *Orgulho e preconceito*.

Grigg havia lido *Os mistérios de Udolpho* e só Deus sabia quanta ficção científica — havia livros por toda a casa — mas não encontrara tempo nem disposição para ler *Orgulho e preconceito*. Realmente não soubemos o que dizer.

O telefone tocou, e Grigg foi buscá-lo.

— Bianca — ouvimos. Havia prazer genuíno em sua voz, mas não aquele tipo de prazer. Era só uma amiga, pensamos. — Posso ligar de volta? Meu clube de leitura de Jane Austen está aqui.

Mas dissemos-lhe para atender a chamada. Havíamos concluído a discussão e podíamos sair sozinhas. Levamos nossos pratos e copos para a cozinha, despedimo-nos do gato e nos afastamos na ponta dos pés. Grigg estava falando sobre sua mãe quando partimos; aparentemente, o aniversário dela estava chegando. Não era uma amiga então, pensamos, mas uma irmã.

Depois que havíamos ido embora, Grigg conversou com Bianca a nosso respeito.

— *Acho* que elas gostam de mim. Elas me fazem passar maus pedaços. Esta noite descobriram que leio ficção científica. Isso não surtiu um bom efeito.

— Eu podia aparecer — propôs Bianca. — Não tenho medo de mulheres que leem Jane Austen. E ninguém vai atormentar meu irmão mais novo.

— A não ser você. E Amelia. E Cat.

— Nós fomos tão terríveis assim? — perguntou Bianca.

— Não — respondeu Grigg. — Não foram.

Enquanto fazia a arrumação, Grigg lembrou uma coisa. Lembrou-se do dia em que estava brincando de agente secreto e entreouviu uma conversa de seus pais a seu respeito. Ele estava atrás de uma cortina na sala de jantar e seus pais na cozinha. Ouviu o pai puxar o anel de uma lata de cerveja.

— Ele é mais menina que qualquer uma das meninas — disse o pai de Grigg.

— Ele está perfeitamente bem. Ainda é um bebê.

— Ele está quase no ensino médio. Você tem alguma ideia de como é a vida de um mariquinha no ensino médio?

A cortina foi soprada uma vez, para dentro e para fora. O coração de Grigg encheu-se de um repentino medo do ensino médio.

— Então ensine seu filho a ser homem — disse sua mãe. — Deus sabe que você é o único aqui que pode fazer isso.

No dia seguinte, no café, Grigg foi informado que ele e seu pai iriam acampar juntos, e as meninas não tinham permissão para ir. Os dois fariam caminhadas e iriam pescar. Sentariam ao redor da fogueira para contar histórias e haveria mais estrelas no céu do que Grigg jamais havia visto.

A principal imagem que Grigg tinha de acampamentos era a dos pequenos sanduíches preparados com *crackers* integrais, das barras de chocolate Hershey e de *marshmallows* assados em varetas descascadas com facas afiadas e perigosas. Ele, naturalmente, ficou animado. Bianca e Cat disseram que estavam contentes por não ir.

Mesmo que fossem da pesada ao ar livre, mulheres que não tinham problemas para prender vermes em ganchos de forma a que suas entranhas se espalhassem, e Bianca certa vez houvesse acertado uma lata de Coca-Cola em uma cerca com uma espingarda de ar comprimido. Mesmo que Grigg provavelmente fosse ter pesadelos como um bebê e ter de voltar para casa. Amelia havia começado um programa para se tornar técnica de raios X e já era crescida demais para se importar com quem ia ou não acampar.

Era a década de 1970. O pai de Grigg havia desenvolvido uma obsessão pelo livro de Heinlein, *Um estranho numa terra estranha*. Pegou um exemplar na biblioteca e então disse à bibliotecária que o havia perdido. Fazia alguns meses que isso era a única coisa que lia. Quando não estava lendo o livro, o estava escondendo em algum lugar. Grigg teria gostado de dar uma olhada, mas não conseguia encontrá-lo. A biblioteca não lhe permitiria examiná-lo, mesmo que possuíssem um exemplar, o que agora já não era o caso.

Os Harris do sexo masculino carregaram o carro com sacos de dormir e comestíveis e seguiram para norte, pela 99, rumo ao Yosemite. Três horas mais tarde, pegaram duas garotas em um posto de gasolina.

– Vocês estão indo para onde? – perguntou o pai de Grigg, e elas responderam que estavam a caminho de Bel Air que era, claro, o sentido errado, mais errado ainda do que simplesmente voltar para casa. Portanto Grigg ficou surpreso ao ouvir seu pai concordar em levá-las. E aquela história de meninas não terem permissão para ir?

O pai de Grigg estava muito falante, e sua linguagem mudou, tanto que de repente estava usando palavras como "maneiro" e "bizarro".

– Seu pai é muito legal – disse a Grigg uma das garotas.

Ela usava uma bandana amarrada sobre os cabelos e tinha o nariz queimado de sol. Os cabelos da outra garota eram cortados rente

– dava para ver o formato do crânio e também o dos seios através da blusa fina de algodão. Tinha pele negra, porém clara, e sardas. Elas estavam indo a um local muito agradável, do qual Grigg e seu pai provavelmente iriam gostar.

– Nós vamos acampar – disse Grigg.

Seu pai franziu a testa e baixou a voz de forma a que apenas Grigg ouvisse. Não seria legal deixar duas garotas bonitas pedindo carona, declarou. A pessoa errada poderia pegá-las da próxima vez. Grigg não iria querer ler isso nos jornais no dia seguinte! Imagine se fosse Bianca ou Cat? Grigg não desejaria que alguém tomasse conta delas? Um homem de verdade cuidava das mulheres. Além disso, qual o problema se eles chegassem ao Yosemite com um dia de atraso?

Quando seu pai havia concluído, Grigg sentiu-se mesquinho e egoísta. Na parada seguinte, o pai pagou jantar para todos. Depois, Grigg pegou-se no banco de trás com a garota da bandana. Seu nome era Hillary. A garota dos seios ficou na frente. Seu nome era Roxanne.

Havia forças cósmicas se unindo, explicou Hillary. As janelas do carro estavam abertas; ela precisou falar bem alto.

Grigg ficou vendo a paisagem passar. Viu fileiras retas de amendoeiras que pareciam se curvar quando eles passavam, barracas na beira da estrada vendendo limões e abacates. Fazia muito tempo desde a última chuva. Pequenas nuvens de poeira giravam sobre os campos. "Ele está chegando", anunciava um outdoor. "Você está preparado?"

Grigg fingiu que estava correndo ao lado do carro, saltando as valas de escoamento e viadutos. Ele era tão rápido e incansável quanto o carro. Dava impulso com um braço após o outro nos fios de telefone.

Quem conhecia alguma coisa sobre os textos antigos, disse Hillary, Nostradamus e similares, sabia que um carma importante estava se cumprindo. Seria intenso, mas lindo.

O pai de Grigg declarou que já desconfiava disso.

Roxanne trocou a estação de rádio que eles estavam ouvindo.

Eles pararam várias vezes em postos de gasolina para as garotas fazerem xixi. As irmãs de Grigg nunca pediam para parar o carro para fazer xixi.

Quando chegaram à região vinícola, o céu estava escuro. A estrada estava lotada. Um rio de luzes vermelhas fluía em uma direção, outro de luzes brancas na direção oposta. Cat certa vez havia inventado um jogo chamado Fantasmas e Demônios, baseado nos faróis dos carros, mas não dava para jogar quando havia muitos. De qualquer forma, Cat era a única que conseguia torná-lo divertido; sem ela, era um jogo muito chato.

Eram cerca de nove horas quando eles passaram pelos portões de Bel Air. Hillary conduziu-os a uma casa imensa com uma cerca de folhas e trepadeiras de ferro forjado entremeadas de folhas e trepadeiras de verdade. O pai de Grigg disse que precisava descansar da direção, então todos entraram.

A casa era enorme. A entrada, espelhada e revestida de mármore, abria-se para uma sala de jantar cuja mesa com tampo de vidro possuía cadeiras para dez. Hillary mostrou-lhes o botão no chão embaixo da mesa para que a anfitriã convocasse os empregados sem sair do lugar. Grigg achou isso desnecessário, visto que o cômodo onde a campainha soaria, a cozinha, ficava a poucos passos de distância. A casa pertencia a amigos seus, explicou Hillary, mas eles estavam fora da cidade.

A sala de jantar dava na cozinha e, nos fundos de ambos os cômodos, havia um átrio com uma palmeira e três prateleiras de orquídeas. Passado o vidro do átrio, Grigg viu a água azul-néon de uma piscina, iluminada e cheia de gente. Mais tarde, ao tentar se lembrar disso, Grigg perguntou-se que idade teriam aquelas pessoas. Mais ou menos a idade de Amelia. Talvez a de Bianca. Certamente, não a de seu pai.

Na cozinha, três crianças estavam sentadas junto à bancada. Hillary pegou uma cerveja na geladeira para o pai de Grigg. Havia cheiro de maconha no ar; Grigg reconheceu o cheiro de maconha. Vira *2001: Uma odisseia no espaço* seis vezes, e duas dessas projeções haviam ocorrido no campus de uma universidade.

Seu pai começou a conversar com um rapaz de cabelos compridos e rosto messiânico. Seu pai perguntou ao rapaz se já havia lido Heinlein (o que não era o caso), e o rapaz perguntou se o pai de Grigg já havia lido Hesse (o que não era o caso). As coisas estavam mudando, eles asseguraram um ao outro. O mundo não parava de girar.

– É uma época incrível para ser jovem – disse o pai de Grigg, o que ele claramente não era, e Grigg esperava que ele soubesse.

Alguma coisa na postura de seu pai na conversa deixou Grigg envergonhado. Ele desculpou-se para ir ao banheiro (como se realmente necessitasse ir mais uma vez, com todas aquelas paradas na estrada!) e passou a examinar a casa. Achava que poderia estar com um pouco de febre. Sentia aquela sensação mágica, ao percorrer cômodo após cômodo, quartos, escritórios, bibliotecas, salas de TV como que em um sonho. A casa possuía quartos com espelhos do chão ao teto, uma mesa de sinuca e um bar com pia e água corrente. Havia um quarto de menina com cama de dossel e telefone de Princesa. Cat morreria por um telefone assim. Grigg fez uma ligação a cobrar para casa.

Amelia atendeu.

– Como vai o acampamento? – perguntou ela. – Eu não sabia que existiam telefones nas terras altas.

— Não estamos acampando. Estamos em Bel Air.
— Isso está custando uma fortuna. Me dá o número de vocês que já ligamos de volta — disse Amelia.

Grigg leu o número no disco do aparelho. Deitou na cama sob o dossel, fingindo que estava na selva, com redes contra mosquitos, tambores tribais, até o telefone tocar.

— E aí? — Era sua mãe. — Como vai o acampamento?
— Estamos em uma casa em Bel Air — disse Grigg. — Só vamos acampar amanhã.
— Tudo bem — disse sua mãe. — Você está se divertindo? Está gostando de viajar com seu pai?
— Acho que sim.
— Obrigada por telefonar — disse sua mãe. E então desligou. Ia ao cinema com as garotas. Nada de que ele fosse gostar, garantiu. Coisa de menina.

Grigg foi abrir o armário. Ele não tinha permissão para abrir os armários das meninas em casa. Havia álbuns de recortes e caixas de sapatos cheias de bobagens secretas lá dentro. Certa vez, abrira a caixa de sapato de bobagens secretas de Cat, e ela gritou com ele por meia hora, mesmo que ele só houvesse visto algumas castanhas-da-índia em um pequeno pote de plástico que ela havia forrado com veludo vermelho.

As únicas caixas de sapatos no armário daquela menina continham sapatos. Ela também possuía uma árvore de sapatos. Na realidade, possuía mais sapatos que suas três irmãs juntas.

Outro local para guardar segredos era sob as roupas dobradas na cômoda. Grigg procurou, mas novamente aquilo não deu em nada. Havia uma penteadeira com uma gaveta trancada, que ele forçou por algum tempo, mas era necessário ter unhas ou um cartão de crédito. Ou uma chave. Ele encontrou algumas chaves em uma corrente pendurada na coluna da cama. Nenhuma delas serviu.

Um garoto e uma garota entraram no quarto. Já haviam retirado metade das roupas antes de ver Grigg. O pênis do rapaz vicejava sob a fenda do short como um cogumelo depois da chuva. Grigg depositou as chaves na penteadeira. A garota gritou quando ele se moveu, então riu.

— Você se importa, cara? — perguntou o rapaz. — Só vamos levar um minuto. — A garota tornou a rir e o acertou no braço.

Grigg voltou à cozinha. Seu pai ainda conversava com o messias. Grigg parou na soleira da porta, no exato local em que os sons da piscina pareciam tão altos quanto a voz de seu pai.

— Você vai aos mesmos lugares, vê as mesmas pessoas. Tem as mesmas conversas. Isso exige mais ou menos metade do seu cérebro. Menos — disse o pai de Grigg.

— Jesus — disse o rapaz.

— É uma vida pela metade.

— Jesus.

— É uma gaiola e você nem mesmo sabe quando a porta se fechou.

O rapaz ficou mais animado.

— Sinta o seu entorno. — Ele demonstrou. — Não existe grade nenhuma, cara. Nenhuma gaiola. Você é tão livre quanto pensa que é. Ninguém está te obrigando a fazer isso, cara. Ninguém está te obrigando a acertar o despertador, acordar de manhã. Ninguém, a não ser você.

Grigg dirigiu-se à piscina. Alguém lhe atirou uma toalha. Foi Hillary, que não usava nada além dos elásticos em suas tranças. Ela riu quando percebeu que ele estava olhando para ela.

— Você não é tão garotinho afinal — disse. — Mas aqui as roupas são proibidas. Você quer olhar, tem que ser olhado. Essas são as regras. Caso contrário... — ela inclinou-se, e seus seios balançaram na direção dele — vamos pensar que você é um menino pervertido.

Grigg tornou a entrar. Seu rosto queimava, e a parte mais familiar da estranha mistura de sensações que estava sentindo era humilhação. Concentrou a atenção nessa parte apenas por ser a que reconhecia. No escritório, ele encontrou outro telefone e tornou a ligar para casa. Não esperava que ninguém atendesse – achava que elas estariam no cinema – mas Amelia atendeu. Disse à telefonista que não aceitaria o débito e então, menos de um minuto depois que ele havia desligado, o telefone tocou e era a mãe de Grigg outra vez.

– Estamos de saída – disse ela, parecendo irritada. – O que é?

– Quero voltar para casa – disse Grigg.

– Você sempre quer voltar para casa mais cedo. Nos acampamentos de escoteiros? Sempre que você ia dormir fora desde os 3 anos? Eu sempre tinha que te obrigar a ficar, e você acabava se divertindo a valer. Você *precisa* endurecer. – A voz dela soou mais alta. – Estou indo – gritou. E então, de novo para Grigg: – Seja leal com seu pai. Ele estava muito ansioso para passar esse tempo com você.

Grigg pousou o fone e dirigiu-se à cozinha.

– Estou muito infeliz – seu pai estava dizendo. Ele passou a mão sobre os olhos como se houvesse chorado.

Grigg teria preferido tirar toda a roupa e ter entrado na piscina para ser ridicularizado que ter ouvido seu pai dizer isso. Tentou descobrir maneiras de deixar o pai feliz. Tentou descobrir de que maneiras estava deixando o pai infeliz.

Ele tomou a decisão de partir. Se o pai não o levasse, iria sozinho. Iria a pé. Os dias se passariam; ele chuparia laranjas das árvores. Talvez encontrasse um cão que caminhasse com ele, que lhe fizesse companhia. Ninguém o forçaria a livrar-se de um cão que o havia levado por todo o caminho até em casa. Talvez pedisse carona, talvez a pessoa errada o pegasse, e esse seria o fim. Ele ouviu o som de vidro quebrado e risos na piscina. Portas batendo. O telefone tocando no fundo da casa. Sou tão infeliz, pensou. Dirigiu-se ao quarto com cama de dossel e adormeceu.

Acordou com o som de chuva. Levou um minuto para se lembrar de onde estava. Em Los Angeles. Então não era chuva – estava ouvindo o som dos *sprinklers* no gramado. As cortinas brancas estavam distendidas e pingavam na janela aberta. Grigg havia babado na colcha. Tentou secar a baba com a mão.

Ele foi procurar novamente o pai para perguntar quando os dois iriam acampar. A cozinha estava vazia. A porta que dava para a piscina estava aberta, e Grigg foi fechá-la. Teve o cuidado de não olhar para fora. Sentiu cheiro de cloro, cerveja e talvez vômito.

Grigg sentou na banqueta de seu pai na bancada da cozinha, com as costas voltadas para a porta. Comprimiu as orelhas com força e ouviu o coração bater. Pressionou as pálpebras até surgirem cores, como fogos de artifício.

A campainha tocou. Tocou outra vez, e outra, e mais outra, como se alguém houvesse se apoiado nela com um cotovelo; depois parou. Ele ouviu ruídos no corredor, alguém armando uma confusão. Alguém lhe deu um tapinha no ombro. Amelia estava de pé atrás dele; Bianca vinha atrás dela e atrás de Bianca, estava Cat. Todas exibiam uma expressão que Grigg conhecia bem, como se alguém houvesse tentado mexer com elas, mas não cometeria esse erro novamente.

– Estamos aqui para levar você para casa – disse Amelia.

Grigg desatou a soluçar forte, produzindo muco, e ela o abraçou.

– Está tudo bem – disse. – Só vou procurar papai. Onde ele está?

Grigg apontou para a piscina.

Amelia saiu. Bianca sentou-se no lugar ao lado dele.

– Mamãe disse que eu tinha que ficar – explicou Grigg. Não havia mal nenhum em dizer isso. Obviamente, mamãe havia sido voto vencido.

Bianca balançou a cabeça.

– Amelia ligou para cá, pediu para falar com Grigg, e ninguém sabia quem era nem tentou descobrir; acharam Grigg um nome muito engraçado. Mas deram o endereço e ela disse à mamãe que vínhamos juntas, quer mamãe gostasse ou não. Disse que você parecia estranho no telefone.

Amelia tornou a entrar. Seu rosto estava sombrio.

— Papai ainda não está pronto para ir. — Ela colocou o braço ao redor de Grigg, e seus cabelos caíram no pescoço dele. Suas irmãs usavam xampu White Rain por ser mais barato, mas Grigg achava o nome romântico. Destampava o frasco no chuveiro e sentia o cheiro dos cabelos de Amelia, de Bianca e também de Cat. Por algum tempo, desenhou a história em quadrinhos de uma supermulher chamada White Rain. Ela controlava sistemas meteorológicos, que era uma coisa que ele havia inventado sozinho, mas depois descobriu que outra pessoa tinha tido a ideia primeiro.

De pé na cozinha daquela mansão de Bel Air com as irmãs ao seu redor, ele entendeu que, por toda a vida, sempre que necessitasse ser resgatado, poderia chamá-las que elas compareceriam. O colégio já não lhe infundia pavor. Na realidade, Grigg sentiu pena de todos os garotos e garotas que o provocariam assim que estivesse lá.

— Vamos então — disse Amelia.

— Como se você não parecesse sempre estranho — disse Cat.

O mais triste de tudo foi que quando finalmente leu *Um estranho numa terra estranha*, Grigg o achou meio bobo. Estava com quase 30 anos na época, pois havia prometido a sua mãe que jamais o leria e cumpriu a promessa pelo tempo que conseguiu. Havia muito sexo no livro, com certeza. Mas um sexo malicioso, que era doloroso associar a seu pai. Grigg leu *Vontade indômita* a seguir, que ele havia prometido a Amelia que nunca leria, e este acabou por revelar-se um livro meio bobo também.

...

Essa foi a terceira história da qual não tomamos conhecimento. Grigg não nos contou porque já havíamos ido para casa quando a recordou e, de qualquer forma, nenhuma de nós havia lido *Um estranho numa terra estranha*, além de esnobarmos a ficção científica para que ele criticasse Heinlein em nossa insensível companhia. Grigg tampouco desejava descrever o sexo para nós.

Mas era uma história da qual teríamos gostado, sobretudo do resgate ao final. Teríamos ficado tristes pelo pai de Grigg, mas teríamos apreciado as garotas White Rain. Ao que tudo indicava, quem conhecesse Grigg desde a infância jamais teria duvidado que ele havia nascido para ser uma heroína.

---

Extraído de *Os mistérios de Udolpho*,
de Ann Radcliffe

— *Traga a luz mais para frente* — *disse Emily* —, *talvez encontremos nosso caminho através desses cômodos.*

*Annette permaneceu na porta, em atitude de hesitação, com a luz erguida para mostrar o aposento, mas os raios débeis não se propagaram nem até a metade.*

— *Por que você está vacilando?* — *perguntou Emily.* — *Me deixe ver onde este quarto vai dar.*

*Annette avançou com relutância. O cômodo terminava em uma série de apartamentos antigos e espaçosos, alguns revestidos de tapeçaria, outros recobertos por painéis de cedro e lariço preto. A mobília existente parecia quase tão antiga quanto os aposentos e conservava a aparência de esplendor, ainda que se encontrasse coberta de pó e caindo aos pedaços devido à umidade e à idade.*

— Como são frios esses quartos, Ma'amselle! — exclamou Annette. — Dizem que ninguém vive neles há muitos, muitos anos. Vamos embora.

— Eles talvez conduzam à escadaria — disse Emily, avançando até chegar a um aposento repleto de quadros, e pegou a luz para examinar o de um soldado a cavalo em um campo de batalha. Ele arremessava sua lança em um homem que se achava sob as patas do cavalo e erguia uma das mãos em um gesto suplicante. O soldado, cuja viseira estava levantada, encarava-o com olhar vingativo; o semblante, com tal expressão, pareceu a Emily o de Montoni. Ela estremeceu e afastou-se. Passando a luz às pressas sobre vários outros quadros, alcançou um que se achava oculto sob um véu de seda preta. A singularidade desse detalhe espantou-a; ela parou diante dele, desejando remover o véu e examinar o que poderia estar escondido de forma tão cuidadosa, mas, de certa forma, carecendo de coragem.

— Virgem Santa! O que pode significar isso? — exclamou Annette. — Esse é com certeza o quadro de que me falaram em Veneza.

— Que quadro? — perguntou Emily.

— Por que um quadro — retrucou Annette em tom hesitante —, mas também nunca entendi exatamente ao que dizia respeito.

— Retire o véu, Annette.

— O quê! Eu, Ma'amselle! Eu! Por nada neste mundo!

Virando-se, Emily viu o semblante de Annette empalidecer.

— Diga, por favor, o que você ouviu sobre esse quadro para ficar tão assustada, minha menina — pediu ela.

— Nada, Ma'amselle: não ouvi nada; só vamos procurar a saída.

— Com toda certeza: mas primeiro quero examinar o quadro; segure a luz, Annette, enquanto levanto o véu.

*Annette pegou a luz e pôs-se de imediato a afastar-se com ela, desconsiderando os chamados de Emily para que permanecesse ali, então esta, optando por não ficar sozinha no quarto às escuras, por fim a seguiu.*

*– Qual é o motivo disso, Annette? – perguntou Emily quando a alcançou. – O que você ouviu sobre aquele quadro que fez você se recusar a ficar quando ordenei o contrário?*

*– Não sei qual é o motivo, Ma'amselle – respondeu Annette –, nem sei nada sobre o quadro, só fiquei sabendo que existe alguma coisa terrível relacionada a ele... e que ele foi coberto de preto desde então... e que ninguém olha para ele há muitos anos... e que isso, de certa forma, tem a ver com o dono deste castelo antes que o Signor Montoni assumisse sua posse... e...*

*– Bem, Annette – cortou Emily, sorrindo –, percebo que é como você disse... você não sabe nada sobre o quadro.*

*– Não, nada, na verdade, Ma'amselle, pois me fizeram prometer não contar; mas...*

*– Bem – retorquiu Emily, que a via lutar entre sua propensão a revelar segredos e a apreensão acerca das consequências –, não vou fazer mais perguntas...*

*– Não, por favor, senhora, não faça.*

*– Para que você não tenha que contar nada – interrompeu Emily.*

# Julho

## CAPÍTULO CINCO

*no qual lemos*
Orgulho e preconceito
*e escutamos Bernadette*

A primeira impressão de Sylvia acerca de Allegra foi a de que ninguém jamais tinha tido um bebê tão lindo.

A primeira impressão de Jocelyn acerca de Grigg foi a de que ele possuía cílios bonitos, um nome engraçado e não lhe interessava nem um pouco.

A primeira impressão de Prudie acerca de Bernadette foi a de que era alarmante olhar para ela e uma chatice ouvi-la, o que as pessoas quase nunca tinham de fazer.

A primeira impressão de Bernadette acerca de Prudie foi a de que, em todos os seus longos anos, raras vezes havia visto uma jovem tão assustada.

A primeira impressão de Grigg acerca de Jocelyn foi a de que ela parecia achar que partilhar o elevador com ele por alguns andares era alguma espécie de castigo.

A primeira impressão de Allegra acerca de Sylvia achava-se ofuscada por sua primeira impressão do mundo mais amplo. Para mim?, ela havia se perguntado na época, quando ainda não tinha palavras nem mesmo meios de saber que estava perguntando. E então, quando Sylvia e depois Daniel a haviam olhado nos olhos pela primeira vez – Mais para mim?

*Na época de Austen, um baile tradicional iniciava com um minueto. O minueto era originalmente dançado por um casal de cada vez, sozinho na pista de dança.*

— Todo mundo sabe — disse Prudie — que um homem rico no final vai querer uma mulher nova. — Ela estava sentada com Bernadette em uma grande mesa redonda na festa para arrecadação de fundos para a Biblioteca Pública de Sacramento. Havia homens ricos por toda parte ao seu redor, numerosos no recinto como cristais de sal em um *pretzel*.

No fundo do salão, diante da imensa janela em arco, uma banda de jazz tocava as notas de abertura de "*Love Walked In*". Dava para ver cinco andares, observando as enormes colunas de pedra que passavam por quatro fileiras de balcões, todas protegidas por grades de ferro forjado, até a cúpula da Tsakopoulos Library Galleria. Havia imensos anéis de vidro suspensos no alto.

Prudie nunca havia estado no interior da Library Galleria, embora uma das professoras do ensino médio houvesse se casado ali. Em algum lugar nos balcões, havia pequenos focinhos de raposas. Prudie não os enxergava de onde se encontrava, mas era maravilhoso saber que estavam lá.

Era um espaço romântico. Dava para se imaginar fazendo uma serenata para um amante em um daqueles balcões, ou assassinando um presidente, se sua imaginação funcionasse desse jeito doentio.

Portanto, Prudie ficou decepcionada pelo fato de que, simplesmente por terem ambas chegado antes de todo mundo, agora ela passaria a noite sentada e conversando com Bernadette. Dean estava do outro lado, claro, mas quando ela não podia conversar com Dean?

Na realidade, Prudie conversaria muito menos com Bernadette que Bernadette com Prudie. Bernadette falava demais. Contornava seus argumentos que, quando alcançados, raras vezes valiam a jornada. Era uma dona de casa cinquentona e, Prudie fazia questão de lembrar, pobre Bernadette, na época as pessoas realmente esperavam que você mantivesse a casa limpa. O movimento feminista por fim chegou, porém tarde demais para salvar Bernadette do tédio daquilo tudo. E agora, ela era uma senhora que pouco interessava a qualquer pessoa. *Peu de gens savent être vieux.*

Tanto Prudie quanto Bernadette estavam ali à custa de certa despesa – os ingressos haviam custado 120 dólares cada – para dar apoio moral a Sylvia. Era um jantar; um baile; e haviam prometido escritores locais como entretenimento, um para cada mesa – Prudie ansiava por isso –, mas havia ido por causa de Sylvia. Ela precisava comparecer, pois a festa era para a biblioteca. E Allegra dissera que Daniel também iria *e* levaria uma acompanhante – a advogada especializada em direito de família, Pam, por quem ele estava tão apaixonado.

Ao passo que tudo que Sylvia possuía era o clube de leitura de Jane Austen. Eles não eram grande coisa, não conseguiriam igualar o placar, mas poderiam ao menos dar as caras.

Para onde quer que olhasse, Prudie via sinais de riqueza. Tentou, por pura diversão, observar a cena como personagem de Jane Austen. Uma jovem sem dinheiro e sem perspectivas, ali, no caminho de todos aqueles homens ricos. Ela se manteria firme? Ficaria desesperada? Faria sentido olhar em torno, fazer uma escolha secreta, quando a única coisa que podia fazer era continuar sentada e esperar que alguém se aproximasse? Prudie concluiu que preferia lecionar francês no ensino médio a se casar por dinheiro. A decisão foi tomada com rapidez, mas ela sempre poderia revê-la.

Dean havia saído para guardar o casaco de Prudie e pegar uma bebida, ou teria rejeitado seu comentário sobre os homens ricos e suas mulheres novas. Dean não era um homem rico, mas era do tipo fiel. Talvez houvesse dito que o dinheiro não o faria mudar. Talvez houvesse dito que Prudie era a mulher que desejava, na riqueza e na pobreza. Talvez houvesse dito que nunca seria rico, e Prudie não seria então a esposa felizarda?

Prudie não teria feito o comentário para que Sylvia ouvisse, mas Sylvia e Allegra ainda não haviam chegado. Até então, eram só Prudie e Bernadette, e Prudie não conhecia Bernadette muito bem, portanto o divórcio de Sylvia era um dos poucos tópicos de conversa que tinham em comum. Jane Austen também, claro, mas a reunião de *Orgulho e preconceito* só ocorreria dali a uma semana; Prudie não desejava estragá-la com enunciações prematuras.

Bernadette havia deixado de lado sua política de pouco empenho no vestir em homenagem ao evento black-tie e estava *très magnifique* com calça e blusa prateadas e os cabelos grisalhos erguidos com *mousse* na testa. Os óculos haviam sido consertados, e as lentes, limpas. Ela usava dois blocos de âmbar atarraxados nas orelhas. Pareciam brincos que Allegra poderia ter feito. Os lóbulos das orelhas de Bernadette eram muito grandes, como os de um buda; os brincos os alongavam ainda mais. Havia um leve aroma de perfume de alfazema e talvez xampu de maçã verde, as zínias do centro de mesa, e alguns aparelhos de ar-condicionado trabalhando pesado. Prudie tinha bom nariz.

Fazia tempo que Bernadette estava respondendo à declaração de Prudie e ainda não havia terminado. Prudie deixara escapar grande parte da resposta, mas Bernadette em geral concluía com uma recapitulação. Prudie aguardou até que ela parecesse estar perdendo o ritmo para ouvir.

– Ser rico não afeta o querer – dizia Bernadette. – Não tanto quanto o ter. Você só consegue conhecer todos os defeitos do seu marido quando já está casada há algum tempo. A felicidade no casamento é, na maioria das vezes, mero acaso.

Ficou claro que Bernadette não havia entendido que elas estavam falando de Sylvia. Suas opiniões, ainda que cabíveis em algum outro contexto, eram inadequadas ali e foi bom que Jocelyn não estivesse presente para ouvi-las.

Prudie deu uma dica.

— Daniel é um clichê.

— Alguém tem que ser — disse Bernadette —, ou que significado teria a palavra?

A sutileza não estava levando Prudie a lugar nenhum. Ela a deixou de lado.

— Ainda assim, é uma pena no que diz respeito a Sylvia e Daniel.

— Ah, sim. Um crime capital. — Bernadette sorriu e foi o tipo de sorriso que fez Prudie achar que ela talvez houvesse entendido sobre o que estavam conversando o tempo inteiro.

A banda mudou para *"Someone to Watch over Me"*. A música ficou presa na garganta de Prudie. Sua mãe havia sido fã de Gershwin.

Uma negra elegante com uma estola de pele de marta (naquele calor!) sentou-se ao lado de Prudie, que foi forçada a explicar que toda a mesa estava ocupada.

— Estou vendo — disse ela friamente. A estola roçou no cabelo de Prudie quando ela se levantou e saiu. Prudie ficou preocupada que a mulher pudesse pensar que ela era alguma espécie de racista, o que certamente não era o caso, qualquer pessoa que conhecesse Prudie atestaria isso. Nada lhe agradaria mais que dividir a mesa com uma mulher tão elegante. Onde diados estava Jocelyn?

— É difícil escolher uma pessoa para passar toda a sua vida — disse Bernadette. — Muita gente não acerta da primeira vez. Eu com certeza não acertei da primeira vez.

Prudie não ficou surpresa ao saber que Bernadette havia se casado mais de uma vez. Allegra não havia se queixado com ela que

Bernadette sempre se repetia? (E Allegra não dissera isso mais de uma vez?)

Allegra estava atravessada na cama do quarto onde Sylvia agora dormia sozinha. Sylvia estava experimentando vestidos, e Allegra dava conselhos. Nenhum dos espelhos da casa mostrava o corpo inteiro até os pés, portanto uma consultora era recomendável. E Allegra tinha olho de artista. Mesmo quando ela era pequena, Sylvia confiava em seu julgamento.

– Você vai sair assim? – perguntava Allegra, e Sylvia respondia não, não, claro que não ia, e voltava para o quarto para se trocar novamente.

Elas estavam ficando um pouco atrasadas, mas, em todo caso, como Sylvia estava apavorada com a noite, atrasar-se parecia desejável. Ela teria apreciado uma taça de vinho, talvez mais de uma, mas iria dirigir. Allegra estava bebendo um Chardonnay gelado e sequer havia começado a se vestir. Enfiaria qualquer coisa em dois minutos e ficaria sensacional. Sylvia nunca se cansava de olhar para ela.

Estava muito quente para abrir as persianas, mas Allegra dissera que não conseguia enxergar bem Sylvia tendo-as fechadas. A luz do sol estriava a parede do quarto, secionada em tiras pelas lâminas das persianas. Metade do retrato de família achava-se iluminado – Allegra e Daniel mostravam-se radiantes e dourados, Sylvia e os meninos estavam na sombra. Em um livro, isso significaria alguma coisa. Em um livro, ninguém se sentiria bem com o que estava prestes a suceder a Sylvia e os meninos.

– Não vai ter ninguém da minha idade lá esta noite – disse Allegra. Sylvia reconheceu aquilo como uma pergunta, embora Allegra não a houvesse entonado como tal. Allegra fazia isso sempre que achava que já sabia a resposta.

– Prudie – lembrou Sylvia.

Allegra lançou a Sylvia o olhar que Sylvia vinha recebendo desde que Allegra fez 10 anos. Não disse nada em voz alta, pois Prudie havia perdido recentemente a mãe e devia ser tratada com bondade. Mas Allegra não tinha a menor paciência para o francês de Prudie. Ela mesma não falava espanhol com pessoas que não o entendiam. Quando você compartilhava uma língua materna, por que não fazer uso dela?

– Qual o sentido da dança nesses eventos afinal? – perguntou Allegra. – Não estou aqui falando só em nome das lésbicas. Vale para nós todos. Um baile tem a ver com quem você vai dançar. Quem vai convidar você? Quem vai dizer sim se você convidar? Para quem você vai ser forçada a dizer sim. Dançar tem a ver com um imenso potencial para a alegria ou o desastre. Você tira tudo isso, providencia uma banda em um evento onde os maridos só dançam com suas mulheres, e a única parte de um baile com a qual você fica é a dança.

– Você não gosta de dançar? – perguntou Sylvia.

– Só como esporte radical – respondeu Allegra. – Tirando o terror, nem tanto.

Grigg sugerira levar Jocelyn a Sacramento por ainda ser novo na área, ao passo que ela havia ido à Galleria em outras ocasiões. Ao vestir-se para a noite, Jocelyn pegou-se repleta de afeição por ele. Na realidade, ele mal conhecia Sylvia e, além disso, seu salário já não era o mesmo de antes. Ainda assim, lá estava ele, comprando um ingresso caro, vestindo um terno cinza no calor terrível do verão e perdendo uma noite inteira com um bando de mulheres velhas, mulheres casadas e lésbicas, apenas por causa da bondade de seu coração. E que bom coração!

Ela terminou a maquiagem, então não havia mais nada a fazer a não ser remover o pelo de cachorro, o que não fazia o menor sentido antes que ela saísse porta afora. Jocelyn estava pronta para ir no exato instante em que eles deveriam estar saindo.

Mas não havia sinal de Grigg e, nos vinte minutos que ela esperou, sua afeição começou a esmorecer. Jocelyn era uma pessoa pontual. Era uma questão de simples cortesia, acreditava ela. Chegar tarde era um jeito de dizer que seu tempo era mais valioso que o tempo da pessoa que estava esperando por você.

Esperar deu a Jocelyn muito tempo para pensar na noite que tinha pela frente. Ela mal havia visto Daniel desde que ele se mudara. Olhava ao redor em sua própria casa e havia o aparelho de som que ele a ajudara a escolher, a secadora que ele a ajudara a ligar. Todas as vezes que, ao longo de todos aqueles anos, Daniel havia passado em sua casa com um filme que ele e Sylvia haviam alugado e achado que Jocelyn iria gostar, ou com comida chinesa quando sabiam que ela voltaria de algum show cansada demais para comer a não ser que a obrigassem. Certa vez, quando ela teve uma gripe horrível, Daniel apareceu e limpou seu banheiro, pois desconfiou que a pasta de dentes no espelho a estivesse atormentando e interferindo em sua recuperação.

Detestar Daniel era um trabalho tão incrivelmente árduo que, em sua ausência, Jocelyn havia se permitido parar.

Embora não houvesse dito a ninguém, aquela noite seria tão dura para ela quanto para Sylvia. Não tinha o menor desejo de ver a nova namorada de Daniel, nem o menor desejo de examinar de perto o motivo. Ressentiu-se de Grigg pela demora em acabar logo com aquilo.

Então, quando Grigg chegou, não houve justificativas, nenhum pedido de desculpas. Na realidade, ele parecia totalmente alheio ao fato de estar atrasado. Sahara mostrou-se turbulenta e acolhedora. Pegou uma bola com a boca e pôs-se a correr por entre as cadeiras e para cima do sofá, inconsciente do sofrimento que se avizinhava. Isso desviou a atenção da fria recepção de Jocelyn.

— Vestido bonito! — disse Grigg, o que de forma alguma a apaziguou, mas dificultou que ela se mostrasse irritada em troca.

— Vamos — disse ela, que teve o cuidado de evitar que aquilo soasse como uma ordem ou parecesse uma queixa.

Acrescentou um pedido, caso seu tom houvesse sido frio, apesar do esforço. Por tratar-se de Jocelyn, para os não iniciados, o pedido talvez houvesse soado como uma ordem.

— Você precisa dançar com Sylvia esta noite. — E com isso, ela quis dizer: Daniel precisa ver você dançando com Sylvia esta noite. Jocelyn parou e examinou Grigg mais a fundo do que jamais havia feito. Ele era um homem muito bonito à sua maneira não chamativa. Daria para o gasto.

A menos que fosse um pateta dançando.

— Você sabe dançar? — perguntou ela.

— Sei — respondeu ele, o que não queria dizer nada, muita gente que não sabia dançar achava que sabia.

— Você não parece um dançarino. — Jocelyn detestava pressionar, mas aquilo era importante.

— O que eu pareço?

Quem poderia dizer? Ele parecia um cantor de música country. Um professor universitário. Um encanador. Um espião. Não possuía uma aparência característica.

— Você parece alguém que lê ficção científica — opinou Jocelyn, o que aparentemente foi a resposta errada, embora ele alegasse gostar tanto dos livros.

— Eu tenho três irmãs mais velhas. Sei dançar — disse Grigg, parecendo muito, muito aborrecido.

*Sobre danças típicas:*
*A Beleza desse agradável Exercício (quando executado em Caráter Formal) é em grande medida eclipsada e destruída por certas Falhas... Um ou dois Casais, seja por Descuido ou Carência de instrução melhor, levarão todo o Conjunto à Desordem.*

– KELLOM TOMLINSON, Dancing Master

– Prudie e eu fomos aos jogos escoceses na Feira de Yolo County no final da semana passada – disse Dean a Bernadette. – De repente, ela começou a suspirar pelas Highlands. Você já esteve lá?

– Não nos jogos – respondeu Bernadette. – Mas na feira sim, meu Deus. Quando era jovem, eu dançava por todo o estado a cada verão. Claro que as feiras municipais eram muito menores na época. Eram tão pequenas que cabiam no seu bolso. – Ela esperou para ver se alguém queria ouvir mais. Ninguém lhe pediu para continuar. Ninguém mudou de assunto tampouco. Dean estava sorrindo para ela. Prudie mexia sua bebida com um talo de aipo. Os dados eram incertos.

Mas Dean e Prudie eram ambos muito jovens. Bernadette percebeu que, se alguma coisa interessante deveria ser dita naquela noite, caberia a ela fazê-lo.

– Eu pertencia a um grupo chamado Five Little Peppers – prosseguiu. – Minha mãe achava que o sapateado era o bilhete para Hollywood. Ela era muito ambiciosa com relação a mim. E muito desatualizada. Mesmo naquela época, no final da década de 1940, início da de 1950, o sapateado... como é que a garotada diz hoje? Já era?

– Tudo bem – disse Prudie. Seu rosto pálido havia congelado na palavra "mãe". Bernadette ficou triste por ela.

– Você e sua mãe eram chegadas? – perguntou Prudie.

— Eu gostava mais do meu pai — respondeu Bernadette. — Minha mãe era meio chata.

Vivíamos em Torrance então, portanto estávamos perto de Hollywood, mas não tão perto de Hollywood quanto Torrance fica agora, posto que as estradas e os automóveis são diferentes. Aprendi sapateado e balé no estúdio da Srta. Olive. Eu era a melhor dançarina lá, o que não queria dizer nada, mas dava ideias a minha mãe. Meu pai era dentista com um consultório nos fundos da nossa casa e um dia ele fez um trabalho em alguém que conhecia alguém, que conhecia alguém no cinema. Minha mãe forçou a barra, alfinetou, seduziu e amuou até papai conseguir nos apresentar a alguém em alguma parte na cadeia dos alguéns.

Minha mãe pagou a Srta. Olive para coreografar um número especial só para mim — "A holandesinha". Eu cobria o rosto com um pano de renda e espiava através dele e tive que aprender a sapatear com aqueles sapatos grandes de madeira. E lá fomos nós. Eu nem cheguei a dançar. Algum arrogante de Hollywood deu uma olhada em mim.

— Não é bonita o suficiente — disse ele e foi esse o fim de tudo aquilo, a não ser pelo fato de papai ter deixado claro que havia se humilhado por nada e não tornaria a fazer isso.

Não me importei muito. Sempre tive muita confiança em mim mesma e o cara do estúdio me pareceu um homem horrendo. Foi minha mãe quem ficou ofendida. Disse que nunca mais iria a nenhum filme produzido por ele, então só fui ver *Desfile de Páscoa* quando já estava passando na televisão, mesmo que todo mundo dissesse que Judy Garland e Fred Astaire estavam ótimos juntos.

De qualquer forma, a Srta. Olive comentou com minha mãe sobre o grupo chamado Five Little Peppers e como eles estavam querendo substituir uma das garotas. Fiz o teste com meus sapatos de madeira idiotas porque minha mãe tinha pagado a coreografia e queria um retorno do investimento. Não dava para girar nos calcanhares com aqueles sapatos nem para salvar a própria vida. Mas as Peppers me aceitaram porque eu tinha a altura certa.

O grupo era uma escadinha. Fui contratada como o primeiro degrau, o que significava que era a mais alta. Eu tinha 11 anos então, e o quinto degrau tinha só 5.

O problema dos grupos-escadinha é que o menor degrau chama muita atenção simplesmente por ser pequeno. O menor é quase sempre uma maçãzinha estragada. O primeiro chama muita atenção se for bonito e, não importava o que *certas* pessoas dissessem, eu era bastante aceitável de se olhar.

Ser o primeiro degrau na verdade fez de mim uma pessoa melhor. Mais gentil e mais tolerante. Toda aquela atenção me tornou uma pessoa boa. Mas não durou. Não cresci e o segundo degrau sim e, no verão seguinte, trocamos de lugar. Descobri que as garotas que ficavam entre o primeiro e o último degrau, bem, eram só as garotas do meio.

Especialmente a mais alta das garotas do meio. Eu era a mais legal das Peppers quando era primeiro degrau, mas, quando deixei de ser, o novo primeiro degrau passou a ser o mais legal. Engraçado a forma como aquilo funcionava.

Nossa empresária era uma velha tirânica que éramos forçadas a chamar de Madame Dubois. Assim, com ênfase na segunda e terceira sílabas. M*adame*. Nós a chamávamos de outras coisas quando estávamos sozinhas. Madame Dubois era nossa empresária, nossa microempresária. Ela nos dizia como nos maquiar, como fazer as malas, que livros devíamos ler, que alimentos devíamos comer e quem deviam ser nossos amigos. Nada era grande ou pequeno demais para ser deixado em nossas mãos incapazes. Ela nos dava notas depois de cada apresentação, mesmo que não fosse dançarina nem nunca houvesse sido. Minhas notas sempre tinham a ver com a necessidade de praticar.

– Você nunca vai ser realmente boa, a não ser que pratique – dizia ela. E justiça seja feita. Eu nunca o fazia e nunca cheguei a ser de fato boa.

Nossas reservas eram acertadas com um sujeito escorregadio chamado Lloyd Hucksley. Ele havia passado a guerra como sargento de suprimentos e agora corria pra lá e pra cá, fazendo tudo o que Madame Dubois lhe enfiava na cabeça que deveria fazer.

Dancei com as Peppers por oito anos. Outras garotas chegaram e saíram. Por algumas temporadas, minha melhor amiga foi o terceiro degrau. Mattie Murphy. Mas então ela começou a ficar mais alta e eu não, depois ela parou de crescer e ficamos da mesma altura. Sabíamos que uma de nós teria de sair. Foi horrível perceber que isso ia acontecer e não poder fazer absolutamente nada a respeito. Mattie era uma dançarina melhor, mas eu era mais bonita. Eu sabia como seria. Pedi a minha mãe que me deixasse sair para que Mattie não precisasse fazer isso. E também porque Lloyd Hucksley estava ficando muito gentil, agora que eu estava mais velha.

Ah, eu tinha meus motivos para querer largar, mas minha mãe não queria ouvir falar nisso. O que aconteceria com minha carreira cinematográfica se eu desse um revertério e deixasse as Peppers? Quando Mattie e Lloyd se casaram, dava para me derrubar com uma pena.

Depois que Mattie saiu, passei a ser o terceiro degrau. Vocês poderiam pensar que conheci um monte de gente; viajávamos muito. Poderiam pensar que era uma vida emocionante. Ficariam surpresos com o grupo imutável que se diverte nas feiras municipais. Para onde quer que fôssemos, eram os mesmos rostos, as mesmas conversas. Eu estava sempre querendo mais variedade. Foi quando me envolvi tanto com os livros.

Minha mãe estava ficando desesperada. Me obrigava a me apresentar por toda parte, reuniões de família, coquetéis. Me forçava até a dançar para os pacientes de papai porque, ela dizia, nunca se sabe quem pode *vir a ser* a pessoa certa. Dá para imaginar? Você vai arrancar um dente e ganha de bônus um número coreografado? Papai finalmente pôs fim àquilo, graças a Deus. Ainda que alguns pacientes tenham ficado muito gratos. As pessoas assistem a qualquer coisa se isso adiar uma extração de dente.

Sylvia estava parada no closet, olhando para as hastes de roupa vazias, onde ficavam pendurados os ternos e as camisas de Daniel. Talvez estivesse na hora de espalhar um pouco mais suas roupas, de aproveitar o espaço aberto.

– Eu estava pensando em Charlotte – disse Allegra, que continuava no quarto, esparramada sobre a cama. – Em *Orgulho e preconceito*. A amiga de Lizzie, que se casa com o tedioso Sr. Collins. Eu estava refletindo sobre o porquê de ela ter se casado com ele.

– Ah, sim – respondeu Sylvia. – O caso preocupante de Charlotte Lucas.

A única marca que Daniel havia deixado no closet eram anos e anos de papelada – impostos arquivados juntos, garantias de aparelhos elétricos, testes de poluição antigos, prestações quitadas da hipoteca. E na prateleira do alto, cartas escritas durante o verão de 1970, quando Daniel foi e voltou de carro à Costa Leste com um amigo de faculdade. Um dia desses, Sylvia pegaria aquelas cartas para reler. Em 32 anos de casamento, ela e Daniel haviam passado muito pouco tempo separados. Ela não recordava o que eles se haviam escrito durante aquela separação inicial. Devia haver alguma coisa nas cartas que poderia ser útil agora, algum tipo de pista sobre o que havia acontecido e por quê. Alguma orientação sobre como viver sozinho.

Alguma orientação sobre como viver sozinho enquanto Daniel estava voltando. Até aquela noite, Sylvia havia conseguido se comportar como se ele apenas houvesse ido a algum lugar, em outra viagem. Ela sequer tentara fingir; a coisa havia se forjado sozinha. Naquela noite, quando visse Daniel com Pam pela primeira vez — Allegra havia conhecido Pam, Sylvia não — naquela noite ele realmente teria partido.

Ela simulou um rosto decidido e tornou a entrar no quarto.

— Gosto toneladas de Charlotte — disse Sylvia. — Eu admiro Charlotte. Jocelyn não. Jocelyn tem padrões muito altos. Jocelyn sente desprezo pelas pessoas que se acomodam. Jocelyn, você vai observar, não é casada nem nunca foi. Mas Charlotte não tem opções. Vê uma oportunidade e faz a coisa acontecer. Acho isso comovente.

— Sexy — disse Allegra, referindo-se ao vestido de Sylvia, de tricô fino e aderente, com decote acentuado.

— Está quente demais para usar tricô — disse Sylvia, que não sabia ao certo se sexy era o que estava procurando. Não queria que Daniel pensasse que ela havia se esforçado demais, se preocupado demais. Ela saiu de dentro do vestido e voltou ao armário.

— Charlotte realmente tem menos opções que Lizzie? — perguntou Allegra. — Lizzie já tem mais de 20 anos. Ainda não foi pedida em casamento por ninguém. Não tem dinheiro e vive em uma comunidade pequena, limitada. Mas não vai se contentar com Collin. Por que Charlotte deveria fazer isso?

— Lizzie é bonita. Faz toda a diferença no mundo. — Sylvia fechou o zíper do tubinho de linho e tornou a sair. — O que você acha? Muito informal?

— Sempre dá para vestir uma coisa assim — disse Allegra. — Com os sapatos certos. Joias. Você devia passar isso.

Estava quente demais para passar roupa. Sylvia tirou o vestido.

— O fato de Austen não ter inventado um bom homem que ache que Charlotte vale a pena me incomoda. As Brontë teriam contado a história dela de forma bem diferente.

— Charlotte por Charlotte — disse Allegra. — Sempre vou gostar mais das Brontë. Mas isso sou eu... gosto de livros com tempestades. O que eu estava pensando era que Charlotte Lucas talvez seja gay. Lembra quando ela diz que não é romântica como Lizzie? Talvez seja esse o significado. Talvez por isso não faça sentido estender a mão em busca de uma oferta melhor. — Allegra deitou de costas e apoiou a taça de vinho no rosto para beber as últimas gotas. Sylvia via seu nariz através do vidro curvo. Mesmo isso, em Allegra, era uma visão encantadora.

— Você está dizendo que Austen pretendia que ela fosse gay? — perguntou Sylvia. — Ou que ela é gay e Austen não sabe disso?

Sylvia preferia a última hipótese. Era interessante pensar em um personagem com uma vida secreta sobre a qual o autor nada sabia. Que fugia enquanto o autor estava de costas, para encontrar o amor a sua própria maneira. E surgia justamente a tempo de proferir o próximo trecho de diálogo com rosto inocente. Se Sylvia fosse personagem de algum livro, seria esse o tipo de personagem que gostaria de ser.

Mas não seria.

Grigg e Jocelyn descobriram-se atrás de um trator a caminho da rodovia. Grigg embicou algumas vezes, apenas para recuar, quando provavelmente teria ultrapassado bem, se de fato pisasse no acelerador. Era o que Jocelyn teria feito. O ar-condicionado do carro era muito fraco para o verão do Valley. Ela sentia sua maquiagem liquefazer sobre a gola mandarim.

Havia pó no painel e uma grande coleção de copos e embalagens de vários lanches e refeições em torno de seus pés. Jocelyn não se oferecera para levar o próprio carro porque já fazia cinco dias desde que havia passado o aspirador. A janela no lado do passageiro estava riscada de baba de cachorro e marcas de nariz. Ela não quis pedir a Grigg, todo arrumado como estava, para lidar com pelo de cachorro e sujeira. Era evidente que ele não tinha tido escrúpulo semelhante.

— Me diga — pediu Grigg. Eles haviam chegado à autoestrada, e o trator desapareceu atrás deles em meio ao mau cheiro dos escapamentos. Sacramento possuía uma das piores qualidades do ar no país.

Grigg estava dirigindo exatamente no limite de velocidade; Jocelyn podia enxergar o velocímetro. Daniel era o único outro motorista que ela conhecia que fazia isso. Em todo o mundo.

— Me diga — repetiu Grigg. — Você já leu os livros que comprei para você? Os Le Guin?

— Ainda não. — Jocelyn sentiu uma dorzinha na consciência. Sentir-se culpada não melhorou seu humor. Dar livros de presente tornava-se uma atitude agressiva, invasiva, quando era seguida de "E então, gostou dos livros?". Jocelyn dera muitos, muitos livros, e nunca havia perguntado a ninguém se gostara deles.

Por que deveria se desculpar por não ter lido dois livros que não havia pedido? Ela não precisava de fato ler ficção científica para saber o que achava dela. Havia visto *Guerra nas estrelas*. Quando Grigg largaria do seu pé por causa dos malditos livros?

Para ser completamente justa, recordou ela, aquela era a primeira vez que ele os mencionava. Mas ela havia percebido a não alusão nas outras ocasiões. Portanto, não havia necessidade; sua consciência estava limpa, ainda que ela parecesse forçada a se defender. Jocelyn tentou fazer isso sem soar defensiva. Virou-se para encarar Grigg, que olhava diretamente para ela. Jocelyn não esperava por isso, não esperava olhar direto através de seus olhos para... o que quer que fosse. Aquilo produziu-lhe uma súbita sensação de aperto no peito; um súbito calor se espalhou por seu pescoço e seu rosto. Fazia tempo que ela não sentia aquele aperto nem aquele calor. Não tinha intenção de senti-los agora. Sobre o que eles estavam conversando?

– Gosto de livros sobre pessoas de verdade – disse Jocelyn.

– Não entendo a distinção. – Os olhos de Grigg haviam retornado à estrada. – Elizabeth Bennet é uma pessoa de verdade, mas as pessoas nos livros de ficção científica não são?

– Os livros de ficção científica contêm pessoas, mas não dizem respeito às pessoas. Pessoas de verdade são muito complicadas.

– Existe todo tipo de ficção científica – disse Grigg. – Quando você já tiver lido alguma coisa, vou me interessar pela sua opinião.

Foi só o tempo de Grigg terminar a frase para que Jocelyn recuperasse a compostura. Ele havia conservado a voz em tom neutro, mas havia realmente sido muito grosseiro. Se não estivesse sendo tão desagradável, ela teria indicado a saída onde por vezes levava os cães para correr. Na outra direção, havia um santuário de aves que, com tempo mais fresco, era também uma ótima caminhada. Jocelyn teria lhe contado como, no inverno, todos os campos secos e marrons ali alagavam. Dava para ver, acima da superfície da água, os galhos mais altos das árvores. Ela poderia ter dito que só os nativos do Valley gostavam de suas paisagens de verão, com as gramíneas totalmente mortas e os carvalhos ressecados e cinzentos. Talvez houvesse se pegado a dizer alguma coisa poética, e Deus sabia bem que nada de bom resultava disso. Mas esse perigo já não existia.

Um caminhão carregado de tomates ultrapassou-os pela direita. Jocelyn farejou-lhe a passagem. Vários tomates caíram e atingiram o asfalto quando o caminhão guinou para voltar à pista. Como era possível que eles estivessem viajando mais devagar que um caminhão de tomates?

Grigg ligou o rádio, de onde saiu algum grupo que Jocelyn era demasiado velha para conhecer. Grigg não perguntou se ela aprovava a música, o volume ou qualquer outra coisa. Então, antes que ela se desse conta do que estava acontecendo, ele havia pegado a saída Bulevar Jefferson/Centro da Cidade.

– A I-5 é mais rápida – disse Jocelyn, mas era tarde demais.

– Eu gosto da Tower Bridge – disse Grigg. – Gosto de ver o rio.

– Que, na realidade, dava para ver da ponte, mas a vista nada tinha de especial. Gosto de pegar o trânsito do beisebol, ele também poderia ter dito. Gosto de permanecer o máximo de tempo possível nas ruas laterais, esperando nos sinais de trânsito. Gosto de chegar o mais tarde que conseguir. O objetivo de terem ido juntos não era Jocelyn lhe explicar como ir e ele seguir o caminho que ela indicasse? Ela não estava gostando nada de Grigg naquela noite.

E ela não era, nem nunca havia sido, o tipo de mulher obtusa que de repente gostava de um homem simplesmente por não gostar dele. Graças a Deus.

O carro vibrou na ponte, e a voz de Grigg adquiriu um tremor estranho como resultado disso. Uma voz de desenho animado, o jovem Hortelino Troca-Letras.

– Eu queria saber que escritor vai jantar com a gente. Espero que você não tenha que lidar com nada, você sabe, muito estiloso.

A cúpula do Capitólio surgiu ao longe, erguendo-se em meio ao ocaso dourado bem à frente. Grigg parou em outro sinal vermelho quando poderia ter passado no amarelo.

– Quando a gente chegar lá, tudo já vai ter acabado – disse Jocelyn.

O sinal ficou verde. Grigg demorou a mudar de marcha; o carro produziu um ruído irritante. Eles passaram pela fonte dente-de-leão, uma visão triste sem água, o calor debruando acima das pontas de metal. Ao redor do shopping da rua K, o carro produziu uma tosse estranha – três vezes em rápida sucessão. Então morreu.

*Pois se lhes acontecesse de começar fora de Tempo, as chances seriam de mil para uma de recuperá-lo ao longo da Dança. Mas, por outro lado, houvessem eles aguardado um Trecho singular da Melodia e não se apressado no Início, talvez houvessem concluído com Honra e Aclamação.*

– KELLON TOMLINSON, Dancing Master

Grigg estava sem gasolina. Conseguiu apenas encostar no meio-fio e deixar o carro quase estacionado. Jocelyn possuía serviço de assistência automotiva, mas havia deixado o cartão em sua bolsa de praxe. Estava levando uma bolsa *clutch* muito pequena, com quase nada dentro. Não havia levado celular ou teria ligado para Sylvia meia hora antes para dizer que eles iriam se atrasar. A pobre Sylvia estaria se perguntando por onde andavam eles, por que Jocelyn a havia largado para lidar com Daniel e Pam completamente sozinha. Sylvia não teria saído de casa tão despreparada para a catástrofe.

Grigg não possuía assistência automotiva.

– Será que existe algum posto de gasolina aqui perto? – perguntou.

– Não, por muitos quilômetros.

– Meu Deus, me desculpe – disse ele, desengatando o cinto de segurança. – Por que você não espera aqui? Vou procurar um telefone.

– Vou fazer o resto do caminho a pé – disse Jocelyn. – Enquanto você consegue a gasolina. – Ela não considerava essa uma decisão irracional, mas, se fosse, não se importava. Estava orgulhosa do quanto vinha se mantendo calma. Ela havia sido obrigada a esperar, havia sido insultada, havia encalhado. Tudo isso, com um autocontrole frio e impecável. Quem não estaria orgulhoso?

— A que distância fica a galeria?

— Dez, doze quarteirões.

Havia um vagabundo do outro lado da rua. Vestia uma camiseta da corrida Bay to Breakers, a clássica, com o peixe que parecia um sapato. Jocelyn possuía a mesma camiseta, mas a dele exibia manchas de Rorschach de sujeira na frente, e ele havia amarrado uma bandana ao redor de um dos bíceps, como se se encontrasse em uma espécie de luto estampado. Ele os observava com bastante interesse. Gritou alguma coisa, mas nada que Jocelyn conseguisse decifrar. "Pão de verdade" foi o mais perto que ela conseguiu chegar.

— Está muito quente para andar essa distância — disse Grigg. — E não é necessário. Vou procurar um telefone e chamar um táxi. Realmente sinto muito. Deixei o carro na oficina na semana passada porque o indicador da gasolina estava maluco. Acho que eles não consertaram.

— Não tem importância. Só quero estar com Sylvia. Não me incomodo de andar.

— Pão de verdade — gritou o homem do outro lado da rua, mais insistente agora.

— Não vou ficar aqui — disse Jocelyn.

O que eram dez ou doze quarteirões para um homem de sapatos baixos? Grigg declarou que também iria. E eles começaram. Aquela não era a melhor parte da cidade. Eles atravessaram rua após rua com passos rápidos, pisando em latas, panfletos e uma porção de vômito. Jocelyn enxugou o rosto e esfregou o rímel dentro dos olhos. Nem imaginava com que aparência devia estar. Seu cabelo estava liso do suor sobre as têmporas. A saia grudava nas pernas.

Ao passo que Grigg parecia muito bem. Sem paletó — ele o havia deixado no carro —, mas sem nenhum verdadeiro estrago. Jocelyn achava isso mais irritante que qualquer coisa que ele houvesse feito a noite inteira. O que também era um tanto impressionante.

— O que você acha de Sylvia? — perguntou Jocelyn.
— Ela parece muito legal — respondeu Grigg. — Por quê?
— Ela é mais que legal. É inteligente e divertida. Ninguém é mais gentil.
— Ela é apaixonada por Daniel — disse Grigg, como se soubesse pelo que ela estava passando, o que, claro, ela estava, e ele sabia.
— O que não traz nenhum proveito.
— Mas veja, não cabe a você dizer isso. Não cabe a você decidir quem ela ama. Você devia parar de interferir e deixar Sylvia descobrir a própria felicidade.
Jocelyn ficou rígida ao lado dele.
— Você chama isso de interferir? — Sua voz soou incrédula e implacável. Continha toda a fúria por ela estar caminhando quinze, dezesseis, dezessete quarteirões no calor do Valley porque alguém se esquecera de encher o tanque de gasolina, por sua tentativa de ter espírito esportivo acerca da situação, apenas para descobrir-se insultada por essa mesma pessoa. — Querer que meus amigos sejam felizes? No que diz respeito a Sylvia, espero nunca parar de interferir — disse Jocelyn. — E não vou me desculpar por isso.

— Você se importa se eu não for esta noite? — perguntou Allegra.
Todo o ar abandonou os pulmões de Sylvia. Claro que me importo, disse ela, mas não em voz alta, pois continuava a ser Sylvia. Como você pode ser tão egoísta? Como pode sequer pensar em me mandar encarar seu pai sozinha? Como pode não saber o que esta noite está fazendo comigo? (Por que compramos um ingresso de 120 dólares para você?) Por favor, por favor, venha.
O telefone tocou antes que Sylvia conseguisse dizer uma palavra. Ela imaginou que fosse Jocelyn para perguntar onde elas estavam, mas Allegra pegou o fone, verificou o identificador de chamadas

e tornou a pousar o fone na base. Virou de lado para que Sylvia não visse seu rosto.

— *Você ligou para os Hunter* — disse Daniel. Sylvia não havia trocado a mensagem, alegando ser bom que desconhecidos fossem atendidos por um homem. Havia menosprezado o impacto da voz de Daniel porque em geral, quando a mensagem era reproduzida, significava que ela não estava lá para ouvir. — *Não estamos em casa. Você sabe o que fazer.*

— Allegra? — Sylvia reconheceu a voz de Corinne. Ela parecia triste e possivelmente bêbada. — Temos que conversar. Quando você vai falar comigo? Estive com Paco hoje. Ele disse que fiz duas coisas imperdoáveis. Devia ter sido *você* a me dizer isso. Você devia ter deixado eu me defender. Acho que até você vai concordar que é justo.

Era óbvio que Corinne estava só começando. Sylvia havia limpado a fita recentemente, então havia muito espaço vazio. Ela sentiu-se estranha ouvindo aquela mensagem particular; Allegra, tão franca acerca das linhas gerais de sua vida sexual, era reservada quanto aos detalhes.

Talvez ela houvesse falado com Daniel. Sylvia desejou poder perguntar-lhe se ele sabia o que Corinne havia feito. Sylvia precisava da ajuda de Daniel para lidar com Allegra. Sylvia precisava da ajuda de Allegra para lidar com Daniel. E ninguém estava dando ajuda absolutamente nenhuma.

Sylvia pegou a taça de vinho de Allegra e levou-a para a cozinha. Ficou parada na frente da pia, vestindo nada além da calcinha, e esperou que Corinne terminasse. Ainda ouvia a voz dela, como um jato de água a distância, sem palavras, apenas mais alta e mais baixa. Sylvia lavou e enxugou a taça à mão, do jeito que Jocelyn estava sempre dizendo que ela deveria fazer.

Sentia-se cada vez mais zangada com Allegra. Independentemente do que houvesse acontecido, do que Corinne houvesse feito, havia sido Allegra quem desistira. Ninguém abandonava alguém que amava. Nem ficava sentada em silêncio enquanto a pessoa derramava seu coração bêbado na secretária eletrônica, como se sequer tivesse ouvido. Pessoas apaixonadas encontravam um jeito de ficar juntas.

Ela pensou no rosto cansado e nos olhos vermelhos de Allegra. Pensou no quanto Allegra estava achando difícil dormir à noite, como à meia-noite, à uma, às duas, ela mesma acordava e ouvia algum filme passando no DVD-player. Allegra chegara a falar em conseguir uma versão pirata de *A sociedade do anel*, embora desaprovasse inteiramente a pirataria, embora, quando o haviam visto no cinema, ela houvesse se queixado sem parar da forma como Gimli estava sendo representado em troca de risos baratos.

Sylvia pensou em como todos os pais desejavam uma vida impossível para os filhos – com começo feliz, meio feliz e final feliz. Sem tramas de qualquer espécie. Que gente desinteressante resultaria disso se as coisas ocorressem segundo o desejo dos pais. Allegra sempre havia sido suficientemente interessante. Era hora de ser feliz.

Como você se atreve, disse ela, na cozinha, para Allegra no quarto. Como você se atreve a magoar tanto minha filha? Pegue esse telefone agora mesmo, moça... Deixe Corinne se desculpar. Deixe-a se redimir pelo que quer que tenha sido, pelas duas coisas imperdoáveis que ela fez.

Deixe Allegra ser feliz agora. Deixe Allegra ser amada.

A banda estava dando um tempo. À mesa de Bernadette, Dean e Prudie juntou-se um escritor chamado Mo Bellington. O Sr. Bellington tinha muito cabelo e pouco pescoço. Mas possuía dentes bonitos. Bernadette reparava nos dentes das pessoas. Todo mundo fazia isso, mas nem todo mundo sabia que reparava neles. O próprio pai de Bernadette havia trabalhado nos dentes da filha e, como resultado, embora ela agora já houvesse deixado bem para trás os 60, nunca havia perdido uma obturação.

De acordo com os materiais promocionais sobre a mesa, Mo Bellington escrevia mistérios que se passavam na cidadezinha de Knight's Landing. Seu detetive era um cínico fazendeiro que plantava beterrabas e desenterrava fêmures e ossos das juntas dos dedos quase todas as vezes que arava com o trator. Sobre a mesa, achava-se um cartão-postal da sobrecapa do livro mais recente de Bellington. O título era *A última colheita*. Os dois tês eram facas, com sangue pingando da lâmina em um campo abaixo. Bernadette tinha certeza de já ter visto capas assim. E nem o título parecia original. Mas, mesmo que o desenho não fosse uma completa novidade, ela o achou razoavelmente bem-feito.

— Acho que vocês são o meu grupo – disse o Sr. Bellington, olhando com evidente decepção para as cadeiras vazias. Houve risadas altas na mesa vizinha. Em outra, alguém bateu com um garfo em uma taça de vinho, preparando-se para fazer um brinde. Era evidente que havia companhia mais animada em outro lugar.

— Vai chegar mais gente – assegurou Bernadette. – Não consigo imaginar onde estejam todos. Jocelyn é a pessoa mais pontual que existe. Eu nunca soube de ela ter se atrasado. Sylvia, nem tanto. E Allegra. Nem me pergunte!

O Sr. Bellington não respondeu e não parecia nem tranquilo nem entretido. Era um homem muito jovem para já estar escrevendo livros. Bernadette percebeu de imediato que ele não havia vivido o suficiente para ter muito a dizer. Seu plantador de beterrabas devia ser escassamente delineado.

Ele contornou a mesa para sentar-se ao lado de Dean. Isso o fez dar as costas para o resto do salão. Bernadette teria pensado que um escritor iria querer ver o que estava acontecendo.

Se ele houvesse ocupado o lugar vago ao lado de Bernadette, teria dado as costas para uma das imensas colunas e conseguiria enxergar a pista de dança, *mais* o tablado, *mais* a banda. Bernadette enxergava completamente três outras mesas. Mas havia se tornado invisível, sobretudo para os homens mais jovens. Isso começara lá atrás, quando ela estava na casa dos cinquenta e, a essa altura, já estava acostumada. Para compensar, havia se tornado mais audível.

– Todo esse evento me lembra meu primeiro marido – disse ela. – John era político, então conheço bem as festas para angariação de fundos! Penteie o cabelo, querida, lave o rosto e aqui vai uma lista de coisas que você pode dizer se alguém tentar conversar com você:

"Primeira: que evento lindo, esse.

"Segunda: A comida não está deliciosa?

"Terceira: As flores não são lindas?

"Quarta: Meu marido não é o melhor homem para esse trabalho? Agora vamos todos fazer silêncio que ele vai falar! Vou sorrir feito uma idiota durante todo o tempo em que ele estiver falando."

Mesmo sem música, o salão estava bastante barulhento, e a mesa era grande o suficiente para dificultar a conversa através dela. Bernadette percebeu que o Sr. Bellington não pretendia tentar. Ele pôs-se a conversar com Dean.

– Se você tiver alguma pergunta sobre os meus livros – disse –, é para isso que estou aqui. Sobre o conteúdo? O andamento? De onde tiro minhas ideias? A palavra "última" em *A última colheita* é uma espécie de trocadilho. "Última" como em "final", mas também "última" como a "mais recente". Me pergunte qualquer coisa.

Havia um traço pomposo e arrogante em seu discurso. Bernadette havia acabado de conhecê-lo e já começava a gostar menos dele. O primeiro prato chegou, uma bonita sopa de cogumelos, possivelmente com um vestígio de xerez.

– Isso está uma delícia – disse o Sr. Bellington. – Muito bem-feito.

Ele dirigiu essas palavras a Bernadette. Do que se tratava aquilo? Ele achava que ela havia preparado a sopa?

– Você gosta de Jane Austen? – perguntou ela. Havia uma única resposta possível para essa pergunta. Ela gostaria de pensar que qualquer homem que escrevesse fosse acertar. Perguntou em voz alta para reduzir o risco de ser ignorada e repetiu a pergunta só para garantir. – O que o senhor acha de Jane Austen, Sr. Bellington?

– Ótimo marketing. Invejo as ofertas cinematográficas. Me chame de Mo.

– Qual dos livros dela é o seu preferido? – Prudie sorriu daquele jeito triste que fazia com que seus lábios desaparecessem.

– Gostei do filme com Elizabeth Taylor.

A mão de Prudie tornou-se instável. Bernadette viu o tremor em seu bloody mary.

– Seu preferido de Jane Austen é *A mocidade é assim mesmo*?

Prudie estava sendo malvada. Bernadette resolveu interrompê-la. Em breve. Enquanto isso, era bom vê-la mostrar os dentes. Não fazia cinco minutos que a morte de sua mãe estava retratada em seu rosto como se ela fosse uma daquelas mulheres fragmentadas das quais Picasso tanto gostava. Agora, parecia perigosa. Agora Picasso estava se desculpando, recordando um compromisso anterior, afastando-se, deixando o prédio.

Dean tossiu de forma prestativa. Em algum ponto em meio à tosse, achava-se a palavra "persuasão". Ele estava lançando a Mo uma tábua de salvação.

Mo preferiu afundar.

– Na verdade, nunca li nada de Austen. Gosto mais dos mistérios, dos romances policiais, dos temas jurídicos.

Aquilo era decepcionante, mas não condenável. Por um lado, era um ponto fraco; por outro, corajosamente admitido. Se ao menos Mo houvesse parado por aí...

— Não leio muita literatura feminina. Gosto de um bom enredo — disse ele.

Prudie terminou seu drinque e pousou o copo com tanta força que deu para ouvi-lo bater na mesa.

— Austen pode criar um puta enredo — disse. — Bernadette, acho que você estava nos contando sobre o seu primeiro marido.

— Posso começar com o segundo. Ou o que veio depois desse — propôs Bernadette. Abaixo os enredos! Abaixo Mo!

*O mestre de dança Wilson queixava-se de certas figuras, como "conduzir até o meio e subir outra vez" ou "conduzir até a parede e voltar", apontando-as como rígidas e maçantes. "Linhas retas", dizia ele, "são úteis, mas não elegantes; e quando aplicadas à Figura Humana, produzem um efeito extremamente desprovido de graça."*

— Comece com o político — disse Prudie. — Vamos chegar aos outros. Temos a noite inteira.

Bernadette adorava que lhe pedissem para contar histórias. Acomodou-se para uma longa narrativa. Qualquer coisa em benefício de Prudie.

— O nome dele era John Andretti. Cresceu em Atherton.

John causava a melhor das boas impressões. Possuía um charme instantâneo; você era a pessoa mais fascinante na sala. Até que alguém mais lhe atraísse a atenção.

Conheci John em Clear Lake, onde fomos sapatear no Quatro de Julho. Era meu último ano com as Peppers e já não éramos mais Little Peppers, pois estávamos meio adultas para isso. Éramos as Red-Hot Peppers a essa altura. E eu era a mais baixa. Era o último degrau, mesmo aos 19 anos.

Minha família ia passar três semanas inteiras no Havaí naquele verão. Eu ansiava muito por isso. Mas meu pai achou que não poderia abandonar seus pacientes por tanto tempo e então ficamos em um trailer, no lugar do bangalô, em um lago, em vez de no mar. Um maldito sapateado após o outro. Madame Dubois nos vestiu a todas de poá naquele ano. Ela estava louca pelo flamenco.

Papai foi conosco porque adorava pescar. Havia mercúrio em Clear Lake, das velhas minas, mas não pensávamos nisso na época. Agora nos dizem para só comer um peixe por mês daquele lago, mesmo depois de anos de limpeza. Eu não gostava de peixe, então lambiscava o prato, ainda que minha mãe estivesse sempre nos importunando para comer. Ela costumava chamar peixe de "alimento para o cérebro", que era o que todo mundo pensava na época. Agora, li que andam colocando etiquetas de advertência no atum. Mas os ovos são bons novamente. Você tem as gorduras boas e as gorduras ruins.

Uma vez, mordi a ponta de um termômetro só para ver se conseguia. Acabou sendo muito fácil. Cuspi o mercúrio na mesma hora, mas minha mãe ficou tão preocupada que me deu ipecacuanha mesmo assim. Então, lá estava ela tantos anos mais tarde, tentando me fazer comer aqueles peixes.

Eu saía um bocado para nadar, o que provavelmente não era melhor para mim. Tinha acabado de aprender esqui aquático. Um dia, fui ao lago, John me ultrapassou muito de perto com o barco e me derrubou em seu rastro. Fez a volta para se desculpar e me pegou, gritando ao meu pai que me levaria até a costa. Ele costumava dizer que havia me pescado como um peixe. Você foi a menor coisa que tirei da água, dizia. Deviam ter me obrigado a te jogar de volta.

Ele era um bom político, pelo menos no que dizia respeito a ser eleito. Lembrava o nome das pessoas, e não só os nomes delas, mas os nomes das mulheres, dos maridos, dos filhos. Ele tinha uma linha narrativa.

Bernadette balançou educadamente a cabeça na direção de Mo.
— As pessoas nem sempre percebem o quanto isso é importante ao concorrer a uma eleição. O público votante gosta de uma boa imagem. Alguma coisa simples.

John era um clássico. Ou um clichê. Tinha nascido muito pobre e se certificava de que as pessoas tomassem conhecimento disso de imediato. Seus discursos tinham todos a ver com seu passado miserável — os obstáculos superados, as decepções ultrapassadas. As promessas que tinha feito a si mesmo quando perdia as esperanças. Deus é testemunha de que nunca mais vou passar fome. Essas bobagens corajosas.

Com um ligeiro toque de alguma antiga traição. Era essa a parte genial. Nada muito específico, a não ser a clara insinuação de que ele era bom demais para dar detalhes. Não fazia fuxicos de absolutamente ninguém. Não guardava rancor de ninguém. Você tinha que admirar John por sua generosidade, assim como por sua determinação.

Na realidade, ele era o homem mais raivoso do mundo. Fez uma lista de ofensas. Quer dizer, uma lista de verdade, e ela continha itens que remontavam a vinte anos. Tinha um garoto chamado Ben Weinberg. Eles haviam cursado a escola juntos; o pai de John trabalhava para o pai de Ben. Ben tinha cérebro, amigos, habilidades atléticas e montes de dinheiro de família. Tudo de melhor. John precisava dar duro para conseguir um décimo do que Ben recebia de mão beijada. Na história da vida de John segundo John, John era Oliver Twist, e Ben era o Pequeno Lorde.

Um dia, quando John tinha 16 anos, Ben chamou-o de alpinistazinho asqueroso, e lá estava ele, vinte anos mais tarde, o terceiro na lista de John. A mãe dele ocupava o primeiro e o segundo lugares.

– É muito fácil não ser alpinista quando você nasce no topo – disse John. A essa altura, estávamos casados, e eu começava a vislumbrar algumas pistas. Antes disso, acreditava em tudo. Não vi a lista até aparecer nela pela primeira vez. Na época, eu certamente era péssima em meus julgamentos de caráter.

Espero ter aprendido uma ou duas coisas desde então. Ninguém verdadeiramente íntegro tenta convencer você da sua integridade. As pessoas realmente íntegras mal percebem que o são. Você vê uma campanha que se concentra em caráter, retidão, probidade e é exatamente quando deve começar a se perguntar: O que esse cara está tentando esconder?

Mas é isso aí. Nossa perspectiva melhora a posteriori, como todos dizem.

– *Tout le monde est sage après le coup* – disse Prudie.
– Isso, querida – respondeu Bernadette.

Depois que Lloyd e Mattie saíram para casar, Madame Dubois disse que nenhuma de nós podia mais namorar, pois seria ruim para o número, se adquiríssemos má reputação. Precisávamos recordar que éramos mulheres. Então John e eu nos víamos às escondidas; por fim, deixei para trás meus sapatos de dança, fugimos e nos casamos em Las Vegas, na capela Wee Kirk o' the Heather. Trabalhava lá uma mulher muito agradável, Cynthia alguma-coisa. Lembro que ela contou que tinha trabalhado como balconista na Woolworth antes daquele emprego e sentia falta das sobras de tecido grátis que costumava ganhar. Não são engraçadas as coisas que a gente recorda? A capela tinha alguns vestidos e experimentei todos eles, mas eram muito grandes para mim. Eu era realmente muito magra na época, nada nos tamanhos padronizados cabia em mim.

Então Cynthia ajustou uma saia na hora, penteou meu cabelo e fez minha maquiagem. Havia alguns casais na nossa frente; tivemos que esperar um pouco. Ela me deu um cigarro. Nunca fumei na vida, a não ser dessa vez – a ocasião parecia pedir. Cynthia enfatizou que, a partir de então, eu seria Nettie Andretti; eu não tinha pensado naquilo. Passaria por Nettie então. Foi nesse dia que comecei a usar meu nome completo, Bernadette.

Enquanto penteava meu cabelo, Cynthia me contou esta história – existia uma maldição na família dela porque seu avô tinha atingido um gato totalmente branco com o carro. Ele explicou que foi um acidente, mas provavelmente não foi, porque desde então, sempre que alguém na família estava prestes a morrer, via um gato branco. Seu tio viu um gato branco da janela do quarto quando tinha só 26 anos. O gato atravessou o quintal, pegou uma das meias dele no varal e fugiu por cima do muro. Depois, naquela mesma noite, ele saiu com alguns amigos e foi morto em uma briga de bar por alguém que achou que ele fosse outra pessoa. Ninguém nunca encontrou aquela meia.

Cynthia estava no meio do relato. Tinha acabado de contar que sua mãe disse que não acreditava em nenhum daqueles absurdos e, para provar, saiu e comprou um gato branco. Sei que depois aconteceu alguma coisa estranha pelo jeito com que Cynthia estava me contando aquilo, mas nunca cheguei a saber o quê. John e eu fomos chamados justamente nesse momento e tive que ir me casar. Pronunciei meus votos de mau humor porque queria ouvir o final da história do gato branco. Sempre me perguntei de que forma ela terminava.

No ano anterior àquele em que conheci John, Mattie havia me implorado que fosse visitá-la e a Lloyd. Ele tinha se tornado religioso, e eles estavam morando em uma comuna em uma fazenda no Colorado. Minha mãe ficou muito zangada ao pensar que, com um pouco de esforço, eu poderia ter me casado com Lloyd, já que ele era muito carinhoso comigo no início. E agora estava espiritualizado. Ela era realmente muito classe média. Devia saber que não havia nada de respeitável no verdadeiro justo. Ela arrumou minhas roupas como se eu estivesse indo participar de quatro semanas de estudos da Bíblia.

A comuna era administrada por um tal de reverendo Watson. Achei o sujeito um megalomaníaco. Lloyd o considerava dedicado. Lloyd sempre gostou de ser orientado quanto ao que fazer.

Acho que o reverendo Watson não tinha absolutamente nenhuma formação religiosa. Sua inspiração era o movimento da Chuva Serôdia, mas ele cortava e colava conforme lhe convinha. Pregava que as armadilhas do ocultismo – coisas como os signos do zodíaco e a numerologia – tinham sido roubadas de Deus pelo diabo e cabia a ele arrebatá-las e devolvê-las a seus propósitos sagrados. E havia alguma coisa sobre extraterrestres também; não lembro exatamente o quê. Eles estavam vindo nos buscar, ou tinham partido e nos deixado para trás. Uma das duas coisas.

Durante minha visita, ele fez todo mundo ler um livro chamado *O poder atômico de Deus através do jejum e da oração*,\* que dizia que, se você aprendesse a controlar seus apetites, ganharia poderes sobrenaturais. Você se livraria da gravidade. Seria imortal. Então o reverendo Watson anunciou que todo mundo deveria jejuar e se manter casto. Na maioria das vezes, eles serviam panqueca de batata, por ser barata, portanto o jejum era meio que redundante, e a castidade não representava nada para mim, mas Mattie ficou contrariada. Ninguém na comunidade recebia salário fixo. Deus os proveria. Eu

---
\* *Atomic Power with God, Through Fasting and Prayer*, de Franklin Hall. (N. da T.)

teria pedido a meus pais que fossem me buscar, mas todos os telefones tinham sido desligados.

No instante em que tomou conhecimento de que a imortalidade era possível, era imortalidade o que Lloyd queria. Cada dia que se passava sem que ele flutuasse até o céu era uma grande decepção. Para o reverendo Watson também, e Lloyd se importava com a decepção do reverendo mais do que com a sua própria.

Todos estavam tentando me aliciar, até mesmo Mattie. Eu não a culpava; só achava que ela precisava ser resgatada. Um dia, Lloyd me pediu que usasse com ele o tabuleiro Ouija. Ele estava muito desanimado. Ainda não sabia voar, e os espíritos não estavam se comunicando com ele, embora estivessem suficientemente ativos para enviar mensagens ao restante da congregação. Fiquei triste ao vê-lo tão deprimido e de saco cheio com as coisas em geral. Quer dizer, meu pai estava na maçonaria e fui rainha das Filhas de Jó por um ano. Íamos à igreja. Eu cantava no coro. Mas ainda não havia perdido a cabeça por isso.

Então forcei a barra com o tabuleiro. *Desista de Watson*, fiz a tábua dizer. Lloyd se levantou tão rápido que derrubou a cadeira. Foi direto ao reverendo Watson e disse que Satanás se encontrava no meio de nós; o reverendo Watson saiu correndo para expulsar o danado. Houve uma tremenda confusão e fiquei contente porque as coisas estavam menos chatas que antes, mas então o reverendo bateu o olho em mim, um olho desconfiado.

Sua congregação só tinha quatro mulheres e começamos a ouvir falar muito de Eva. Nada de bom. O reverendo Watson acreditava que Eva tinha feito muito mais que conversar com a serpente no Éden. Acreditava que Eva tinha dormido com ela. Os verdadeiros crentes eram descendentes de Adão e Eva, disse ele, e então, olhando direto para mim, declarou que os incrédulos descendiam de Eva e da serpente. E como a queda de Adão foi ter dado ouvidos a Eva, as mulheres agora estavam proibidas de falar. Todos os males no mundo, disse o reverendo Watson, decorriam do fato de se dar ouvidos à voz de uma mulher.

Mattie tinha medo de ir contra o reverendo Watson. Lá estava eu, sua hóspede por quatro semanas, e só podia falar se não houvesse ninguém para ouvir, o que certamente tornava o falar sem sentido. Mas então o reverendo Watson foi a uma conferência em Boston e, quando voltou, recebemos outra vez permissão para falar, pois ele tinha um novo plano para transcender o plano mundano de nossa existência terrena. O novo plano envolvia psicotomiméticos. Chuva Serôdia com LSD. Chuva ácida.

Lloyd passou vários dias drogado. Por fim, teve algumas visões de si mesmo. Percebeu que *sabia* voar, mas simplesmente não queria. O que eu preciso provar?, perguntou. Eu mesma usei aquilo. Fiquei muito feliz. Tudo ao meu redor dançava. As panelas. As traves das cercas. As cabras.

Eu via tudo de algum lugar no alto, como se a vida fosse um imenso número de Busby Berkeley. Estávamos na fazenda, muito isolados do mundo exterior. Era inverno. Centenas de corvos se reuniam nas árvores diante da cozinha. Eram tantos que parecia que as árvores estavam cobertas de folhas pretas. Fui lá para fora, e eles flutuaram em padrões elaborados, como palavras escritas a tinta no ar. Eles tornaram a pousar, grasnando para mim. "Vá", disseram. "Vá. Vá. Vá."

— Adoro os corvos. — Bernadette olhou para Mo. — Espero que você coloque muitos corvos nos seus livros. Aposto que eles voam em bandos ao redor dos campos de beterraba. Especialmente quando os corpos estão sendo desenterrados. Você pode ter corvos que encontrem pistas. Existe um bando deles agora, fazendo ninho no estacionamento do University Mall. Vi quando fui cortar o cabelo.

— Faço isso, só que com os pega-rabudas — disse Mo. — Os pega-rabudas realmente representam o Valley para mim. Um crítico disse que meu assunto principal eram os pega-rabudas. Uso essas aves como augúrio, e também como tema. Posso explicar como faço isso.

— Se ao menos a gente estivesse falando de pega-rabudas — disse Prudie em tom firme. — Continue, Bernadette.

Bem, acho que, se um corvo diz a você que faça alguma coisa, você deve fazer. Fui embora sem nem mudar de roupa. Saí da fazenda. Eram quilômetros e quilômetros até uma estrada com algum tráfego e choveu antes que eu chegasse à metade do caminho. Pingos grandes de chuva, uma chuva tão forte que eu mal conseguia enxergar.

Meus sapatos estavam cobertos de lama como se eu estivesse usando sapatos por cima dos sapatos. Recordo de pensar que isso era uma coisa realmente profunda de se pensar. A lama se partia e se reconstituía à medida que eu andava. Deixava meus pés tão pesados, eu parecia estar caminhando há uma eternidade. Claro que provavelmente não estava andando em linha reta. Não como voa o corvo.

Quando finalmente alcancei a estrada, já estava sóbria. Peguei carona com um homem da idade do meu pai. O Sr. Tybald Parker. Ele ficou chocado com minha aparência. E me repreendeu por ter pedido carona, disse que era um perigo uma mulher fazer isso. Ele me deu seu lenço.

Contei tudo — não só sobre Mattie, Lloyd e o reverendo Watson, mas tudo em que pude pensar. As Peppers. A clínica odontológica de papai. Foi um prazer voltar a falar livremente; eu não parava para pensar no que deveria ou não dizer. Foi um alívio muito grande.

Ele arranjou um quarto de hotel para que eu conseguisse tomar um banho e dormir, me comprou uma refeição sem batatas e ajudou a ligar para os meus pais para que eles me enviassem dinheiro para poder pegar o ônibus para casa.

— Tenha cuidado, não se deixe enganar — ele disse pouco antes de partir.

Pela primeira vez, desde que fui visitar Mattie, senti a presença de Deus em minha vida.

Todo ano, durante mais de vinte anos, recebi uma carta de Natal do Sr. Parker, até que ele morreu. Eram cartas maravilhosas, todas sobre gente que eu não conhecia, se formando, casando, fazendo cruzeiros, tendo bebês. Lembro que o neto dele foi para a UCLA com uma bolsa de estudos de beisebol.

Então, enquanto eu conhecia John, seu temperamento, sua lista de ressentimentos, ele também me conhecia. Drogas, cultos. Corvos visionários. Isso o deixou agitado; era muito ruim para a campanha. Disse que eu nunca deveria contar nada a ninguém. Eu estava cansada de ser forçada a me calar. Mas fiquei quieta. Engravidei, o que John explicou que era um angariador seguro de votos. Ele sorria, sorria, sorria, e eu secretamente esperava que perdesse, para receber permissão para falar outra vez.

Um dia, ele tinha um debate agendado, todos os cinco candidatos reunidos com a imprensa. Ajeitei sua gravata.

— Como estou? — ele perguntou e respondi que estava bem. Ele era um homem bonito. Acaba que uma calcinha minha tinha ficado presa na parte de trás do paletó dele. Estava na secadora; imagino que tenha sido a eletricidade estática. A calcinha era enorme porque eu estava grávida, mas pelo menos estava limpa.

Não sei como ficou grudada no paletó. Ele disse que eu devia ter colocado a calcinha ali quando o abracei. Como se eu quisesse que os eleitores, a imprensa e toda a gente vissem minha calcinha! Tornei a aparecer na lista; a essa altura, ninguém tinha mais aparições que eu. *Bernadette me destruiu*, dizia o item.

Como se ele precisasse de mim para isso. Acaba que John também tinha um passado, uma pequena rachadura ausente da narrativa pública. Dívidas de jogo e um registro de prisão. Agressão com circunstâncias agravantes.

Ele fugiu com minha irmã mais nova sem sequer se divorciar de mim. Papai teve que procurar por todo o estado para levar minha irmã de volta para casa. Por John ser quem era, a coisa foi parar nos jornais. Nossa família também não pareceu das melhores. Então as drogas vieram à tona. O culto. Uma das Peppers me contou que elas tinham uma vaga, mas, quando fui falar com Madame Dubois, ela não me aceitou de volta agora que eu era mãe e, além disso, famosa. Madame Dubois explicou que alguns padrões precisavam ser mantidos. Disse que eu degradaria as Peppers.

Afirmou que ninguém se casaria comigo novamente, nem com minha irmã, mas isso acabou por não se tornar um problema.

*Se uma bela Pintura, lindos Campos, Riachos cristalinos, Árvores verdes e Prados bordados na Paisagem ou na própria Natureza proporcionarão Perspectivas encantadoras, quão mais tantos Cavalheiros e Damas bem-proporcionados, ricamente vestidos, na correta Execução desse Exercício, devem agradar os Espectadores.*

— KELLOM TOMLINSON, Dancing Master

Sylvia decidiu falar francamente com Allegra. Preciso muito de você esta noite, diria. Acho que não é pedir muito. Por uma noite, tente pensar em mim.

Sylvia encontrou Allegra no corredor, usando seu vestido de tricô.

– Aprovado? – perguntou Allegra.

Sylvia sentiu uma onda de alívio, em parte por Allegra estar indo, em parte por não a ter obrigado a isso. Os confrontos com Allegra raras vezes acabavam do jeito que a pessoa planejava.

— Sexy — disse Sylvia.

O humor de Allegra havia melhorado. Seus passos estavam mais leves, as costas mais eretas. Ela carregava o vestido azul-escuro de Sylvia, com raios de sol bordados no ombro.

— Vista isso. — Sylvia obedeceu. Allegra escolheu os brincos e um colar para a mãe. Penteou o cabelo de Sylvia para um lado e o prendeu. Aplicou-lhe sombra e batom, estendeu um lenço de papel para que ela removesse os excessos.

— *Pues. Vámonos, vámonos, mamá* — disse. — Como fomos nos atrasar tanto?

Sylvia segurou a mão de Allegra ao saírem, apertou-a uma vez e soltou. Abriu a porta do carro com um bipe e resvalou rumo à noite, longa e quente.

As entradas chegaram, salmão e vagem, servidos com um Zinfandel local. Um autor de mistérios extremamente bem-sucedido discursou enquanto os demais comiam. No início, houve problemas com o microfone, um *feedback* áspero e estridente, o que foi resolvido com rapidez. O orador foi breve e agradável; foi perfeito.

Depois que ele terminou, Mo explicou a Dean que as formalidades legais nos livros do autor de mistério bem-sucedido eram totalmente confusas.

— Muita gente não se importa — disse Mo. — Eu sou meio que defensor da exatidão. — E começou a examinar com Dean os erros do livro mais recente do outro escritor, ponto por ponto. — Muita gente não entende como funciona a fase da descoberta — disse ele, que estava pronto para explicar.

Bernadette inclinou-se para Prudie e disse baixinho:

— Posso ter mudado algumas coisas. Eu não sabia que Mo era um defensor da exatidão. Pensei que ele só gostasse da trama. Então acrescentei algumas partes. Esportes. Lingerie. Irmãs caçulas atraentes. Coisas de homem.

— Drogas. Animais falantes — disse Prudie.

— Ah, eu não inventei os corvos.

Prudie achou que não sentia nenhuma necessidade imediata de saber quais partes eram verdadeiras e quais não eram. Talvez mais tarde sentisse. Mas Bernadette não era sua mãe; talvez nunca se importasse.

— Meus maridos não eram homens ruins, nenhum deles. O problema era eu. O casamento me parecia um espaço muito pequeno sempre que eu estava dentro dele. Eu gostava de me casar. O namoro tinha um enredo. Mas não existe enredo em ser casada. Eram exatamente as mesmas coisas repetidas vezes. As mesmas brigas, os mesmos amigos, as mesmas coisas para fazer no sábado. A repetição começava a me afetar.

"E assim, eu não conseguia encaixar todo o meu self no casamento, não importava quem fosse meu marido. Havia partes minhas das quais John gostava e partes diferentes para os outros, mas ninguém dava conta de todo o meu eu. Então eu eliminava alguma parte, mas depois começava a sentir falta dela e a queria de volta. Nunca me apaixonei de verdade até ter tido o primeiro filho."

A música recomeçou. Prudie viu a negra dançando, *sans* visom. Havia tirado os sapatos, assim como a estola. Seu parceiro era um homem branco gordo e careca. Havia três outros casais na pista, mas esse par chamava atenção. Era profundamente incompatível, vestir roupas formais e balançar o corpo. Era preciso ser bom dançarino para fazer as pessoas ignorarem esse detalhe. Prudie desejou saber se eles eram casados. Ela era sua primeira mulher? Havia eliminado alguma parte de si mesma para se ajustar a ele? Se assim fosse, parecia muito feliz sem ela.

A essa altura, havia oito casais na pista de dança. A metade deles, pelos cálculos de Prudie, eram homens ricos com a segunda mulher. Prudie baseava suas verificações no diferencial entre a juventude e atrativos da mulher e do homem e, em prol de Sylvia, desaprovou. Ela mesma havia se casado com um homem muito mais bonito do que merecia, o que lhe parecia a forma como as coisas deveriam ocorrer.

Dean viu Prudie observando a pista de dança.

— Dance comigo, querida — disse ele. Era uma clara desculpa para evitar a explicação detalhada de busca e apreensão.

Prudie não dançava nem sozinha na sala ao som de Smokey Bill Robinson, desde a morte da mãe. Sua mãe era uma grande fã de Smokey Robinson. Mas achou que poderia fazer isso por Dean. Não era pedir muito.

— Tudo bem — disse, mas percebeu que não conseguia. — Daqui a um minuto. Talvez mais tarde.

— E você, Bernadette?

Bernadette tirou os brincos e os depositou ao lado do prato.

— Eles me sobrecarregam — disse e seguiu Dean.

Uma sombra caiu sobre Prudie. Era Jocelyn que por fim chegava, inclinando-se para beijá-la na bochecha.

— Está segurando as pontas aí? — perguntou Jocelyn. Ela cheirava a suor e sabonete líquido. Seu cabelo estava molhado e grudado ao redor do rosto. A maquiagem havia sido parcialmente removida e com pouca habilidade. Ela desabou na cadeira ao lado de Prudie, curvou-se, retirou um sapato e massageou a sola do pé.

— Você perdeu a sopa e o discurso. Eu estava preocupada — disse Prudie. Não era verdade, mas apenas porque Bernadette a havia distraído e não graças a Jocelyn. Prudie *deveria* ter se preocupado. Jocelyn podia ser deliberadamente rude, mas não era desatenciosa. Jocelyn nunca se atrasava. Jocelyn nunca parecia... relaxada. Não era estranho o fato de Bernadette estar com melhor aparência que Jocelyn? – Nenhum sinal de Sylvia – disse Prudie. – Nenhum sinal de Daniel também. O que você acha que isso quer dizer?

– Vou ligar para ela – disse Jocelyn, tornando a calçar o sapato.

– Estou surpresa com Daniel. Allegra disse que ele estaria aqui com certeza.

– "As cenas que disso poderiam resultar seriam desagradáveis não só para mim"?* – sugeriu Prudie.

– Sylvia nunca faria uma cena.

– Você sim.

Jocelyn saiu. Grigg ocupou o assento ao lado de Mo. Havia várias cadeiras vazias entre as de Grigg e Jocelyn. "*Your love is lifting me higher*", tocava a banda. Só que sem palavras.

– Você pode levar Jocelyn de carona para casa? – ele perguntou a Prudie. – Mais tarde? Depois do baile? Fiquei sem gasolina.

– Claro – disse Prudie. – Mas Dean vai levar você para comprar gasolina. Quando você quiser.

Jocelyn voltou para a mesa.

– Elas estão a cinco minutos de distância – disse. – Estão quase aqui.

Grigg ocupou-se com o jantar. Girou a cadeira para encarar Mo.

– Então. Mistérios. Adoro mistérios. Mesmo quando são estereotipados, adoro o estereótipo.

– Os meus não são estereotipados – disse Mo. – Uma vez, só utilizei um assassinato no final.

Quem não gostava de mistérios?

– Como você conheceu Bernadette? – Prudie perguntou a Jocelyn.

– Ela foi casada com meu padrinho.

---

* Austen, Jane. *Orgulho e preconceito*. São Paulo: Penguin Classics. Cia. das Letras, 1ª ed., 2011, p. 230. (N. da T.)

– O que ela fazia?

– Em termos de profissão? Pergunte a ela.

– Isso ia levar muito tempo – disse Prudie.

– Também não sei se consigo encurtar. Ela não terminou os estudos, então estava sempre pegando uma coisa ou outra. Assistente de professor. Manicure. Lembro que ela me contou que uma vez trabalhou em um parque de diversões, fazendo as pessoas atirarem argolas ao redor de pilhas de pratos. Foi uma das Brancas de Neve na Disneylândia por um tempo. Tomou conta de animais de estimação. E, principalmente, ela se casava. Bem de acordo com Austen, a não ser pelo fato de que eles foram muitos. Não quero que isso soe como algo interesseiro. Você sabe como ela é animada; sempre achava que esse era o que ia durar. Eu costumava me preocupar com as crianças, mas só no princípio. Elas sempre me pareciam bem, e se saíram melhor ainda.

"De todas as esposas de Ben, ela foi a minha preferida. Eles moravam em um casarão antigo em Beverly Hills, com um jardim lindo e uma varanda que contornava toda a casa. Tinham um lago com peixes dourados e uma ponte de madeira. Era um lugar incrível."

– Não Ben Weinberg.

– Você ouviu falar dele? Ele foi um figurão de Hollywood por algum tempo. Trabalhou em um monte de filmes de Fred Astaire. *Desfile de Páscoa*.

– Ah, meu Deus – disse Prudie. – É muita trama!

Ela virou-se para olhar para a pista de dança. Era noite atrás da abóbada envidraçada de cinco andares; dentro, as sacadas achavam-se enfeitadas com fiadas de luzes, agora iluminadas como constelações. A banda parecia pequena e afastada. Ela viu Dean – alto, bonito e meio tosco ao dançar, mas no bom sentido.

Bernadette era roliça, mas flexível. Tinha um molejo sério nos ombros, joelhos soltos, quadris bamboleantes. Gingava sobre os pés parados em um minuto, avançava e improvisava no seguinte. Um chá-chá-chá discreto, elegante. Era uma pena que fosse Dean na pista com ela. Era óbvio que ele a estava refreando.

Sylvia trancou o carro no estacionamento e esperou com Allegra pelo elevador que dava na rua. Estava relaxada, aliviada. Jocelyn havia telefonado para dizer que Daniel não aparecera. Sylvia havia perdoado Allegra por quase ter mudado de ideia acerca da noite (e agora se sentia culpada por tê-la forçado a ir). Havia perdoado Allegra até mesmo pelo grave crime de tornar Allegra infeliz.

Em torno do segundo andar, ela disse:

— Sabe, acho que não existe nada verdadeiramente imperdoável. Não onde existe amor — mas Allegra estava lendo um anúncio da Depo-Provera na parede do elevador e não respondeu.

Jocelyn dirigiu-se a Prudie, mas modulou a voz de forma a que Grigg e Mo também ouvissem.

— Você não acha que as pessoas que dançam bem em geral não saem por aí dizendo que dançam bem?

— Qualquer selvagem sabe dançar — disse Grigg. Ele levantou-se, aproximou-se e estendeu a mão. Os pés de Jocelyn doíam até os joelhos, mas ela não daria a Grigg a satisfação de confessar isso. Se ele não estava cansado demais para dançar, então ela também não. Dançaria até morrer.

Jocelyn ignorou a mão e levantou sem ajuda.

Não olhou para ele. Ele não olhou para ela. Prudie olhou para ambos, afastando-se juntos, as costas indignadas, os braços indignados, passos indignados perfeitamente sincronizados.

O humor de Prudie andava inconstante desde a morte da mãe. Ela havia passado uma ótima noite ali, ouvindo as histórias de Bernadette, zombando de Mo. Agora, de repente, sentia-se abandonada por Dean e Bernadette, por Jocelyn e Grigg. Aquilo era uma bobagem, eles estavam só dançando, mas era isso mesmo; eles a haviam deixado completamente sozinha. Ela estava sempre sendo deixada para trás.

– Estou me sentindo livre – disse a Mo. – Como se a corda que me amarrava a esta terra tivesse rompido. – Ela não podia dizer isso a Dean. Ele ficaria muito magoado ao pensar que não era sua amarra. Só podia dizer isso a Mo porque havia bebido muito e nunca mais tornaria a vê-lo. Nem leria seus livros idiotas.

– Então está na hora de levantar voo – respondeu Mo. Ele inclinou-se ao dizer isso, e a zínia do centro de mesa roçou-lhe a base do queixo. Ele aproximou-se o suficiente para perceber que ela estava chorando, então endireitou o corpo de um jeito impotente, surpreso. – Não faça isso! – pediu. – Em vez disso, vamos dançar. Se você achar que Dean não se importa. – A banda estava tocando "*Come Together*", dos Beatles, que de todas as centenas de músicas dos Beatles era a preferida absoluta de sua mãe.

"Não vamos não e dizemos que dançamos", Prudie quase respondeu, pois era o que sua mãe teria feito.

Mas o que Mo dissera havia sido muito legal. Parecia, ainda que de um jeito modesto, um bom conselho. Até mesmo um plano. *Dançar em vez disso*. Ela poderia ficar ali, sozinha, se não se levasse em conta Mo, que não contava, ou poderia forçar-se a participar da festa. Prudie enxugou os olhos com o guardanapo, dobrou-o e o depositou sobre a mesa.

– Tudo bem – disse.

E daí que ela houvesse recusado o convite inicial do homem que amava? Ele a convidaria novamente. Enquanto isso, havia luzes e flores, anéis de vidro e focinhos de raposa em bronze. Homens ricos, homens bonitos, homens ausentes e homens que apenas gostavam de um bom enredo. Se a música era boa, por que não dançar com todos eles?

---

*Bernadette nos contou:*

No final de *Orgulho e preconceito*, Jane, Elizabeth e Lydia Bennet estão casadas. Isso ainda deixa solteiras duas das Bennet, Mary e Kitty.

Segundo o sobrinho de Austen, mais tarde, ela as casou. Explicou à família que Kitty Bennet finalmente desposou um clérigo que morava perto da propriedade de Darcy. Mary Bennet casou-se com um funcionário do escritório de seu tio Philips, o que a manteve perto da casa dos pais e parte do único tipo de sociedade em que poderia se distinguir. De acordo com Austen, os dois casamentos foram bons.

– Sempre gosto de saber como acaba a história – diz Bernadette.

## MATERIAIS PROMOCIONAIS
*do novo*
## MISTÉRIO DE TERRENCE HOPKINS
*da autoria de Mo Bellington*

### MAIS MO!

Em seu romance de estreia, OS ARQUIVOS MORTOS, um caso que terminou mal enviou o policial Terrence Hopkins ao campo para dedicar-se às COISAS QUE CRESCEM.

No muito apreciado romance de Bellington A ÚLTIMA COLHEITA, Terrence Hopkins esperava ter visto seu último cadáver.

Mas pegue-se um político de cidade pequena com grandes ambições, acrescente-se um misterioso culto solitário, e a temporada está de volta.

### ASSASSINATO DE CORVOS
*da autoria de Mo Bellington*

"Talvez o que Bellington tenha feito de melhor."
— STANDARD BEARER WEEKLY

*O autor está disponível para entrevistas, leituras e clubes de leitura.*

# Agosto

ASSUNTO: **Re: Mamãe**
DATA: 5/8/02 8:09:45 PDT*
DE: Airheart@well.com
PARA: biancasillman@earthlink.net; Catwoman53@aol.com

Oi, equipe Harris
    A Sra. Grossman ligou esta manhã. Achou que deveríamos tomar conhecimento de que nossa mãe, de 78 anos e com um quadril novo, estava no telhado do segundo andar limpando as calhas. Eu disse a ela que tínhamos contratado Tony para o trabalho doméstico perigoso, mas a Sra. Grossman disse que Tony já foi para a faculdade porque tem acampamento de futebol. Portanto, uma de nós provavelmente deveria ir até lá para encontrar outra pessoa.
    (E o que está acontecendo com o pequeno Grigg? Ele me ligou ontem à noite com aquela voz dele de pintura arranhada, então é óbvio que queria que eu soubesse que alguma coisa estava errada, mas depois não disse o quê.)
    Amelia

---

* *Pacific Daylight Time* (Horário de Verão do Pacífico). (N. da T.)

ASSUNTO: **Re: re: Mamãe**
DATA: 5/8/02 11:15:52 PDT
DE: Catwoman53@aol.com
PARA: Airheart@well.com; biancasillman@earthlink.net

Só quero que fique bem claro que isso é exatamente o que mamãe quer. Ela sabe que a Sra. Grossman vai telefonar, e todas nós vamos parecer filhas horríveis, desatenciosas, e alguém vai se despachar de imediato. Quer dizer, claro que alguém tem que ir até lá, mas ela é uma velha esperta e por que não pode simplesmente pedir? Acho que ela devia ficar trancafiada numa clínica geriátrica até prometer ficar longe do telhado.

Quanto a Grigg, eu sou a única que acha que ele está apaixonado outra vez? E que já estava mais que na hora? Quanto tempo faz desde Sandra?

Amo vocês, Cat


ASSUNTO: **Re: re: re: Mamãe**
DATA: 5/8/02 12:27:59 PDT
DE: Airheart@well.com
PARA: Catwoman53@aol.com; biancasillman@earthlink.net

Somos nós as culpadas pela vida amorosa de Grigg. Definimos um padrão ao qual nenhuma mulher pode corresponder.

A

ASSUNTO: **Mamãe e Grigg**
DATA: 5/8/02 13:02:07 PDT
DE: biancasillman@earthlink.net
PARA: Airheart@well.com; Catwoman53@aol.com

As coisas estão devagar por aqui, então não me importo de ir e tratar com mamãe. (Nós *somos* filhas horríveis e desatenciosas.) Tenho certeza que Grigg gosta de alguma mulher do clube de leitura dele. Não sei se ela corresponde. Ele também me ligou ontem à noite, muito tarde e muito pra baixo. Receio que Sandra tenha deixado Grigg ainda mais frágil que antes. (Qual é aquele lema das escoteiras... Deixe o acampamento melhor do que você encontrou? Sandra não tinha nada de escoteira.) Sempre achei que ela só estava usando Grigg pelos conhecimentos dele de informática.

Beijos nos maridos e filhos, Bianca


ASSUNTO: **Re: Mamãe e Grigg**
DATA: 5/8/02 13:27:22 PDT
DE: Catwoman53@aol.com
PARA: Airheart@well.com; biancasillman@earthlink.net

Sandra era uma figura. Lembra da sua festa de Natal, Amelia? Fique longe do visco, moça.* Mantenha as mãos onde a gente possa ver. Nós tentamos avisar. Um rosto bonito e ele simplesmente não escuta mais as irmãs.

XXXXXX, Cat.

---

\* Tradição, em alguns países do hemisfério Norte, segundo a qual o homem e a mulher que se encontram sob um ramo de visco no Natal devem se beijar para trazer boa sorte. Aqui, o termo *mistletoe* é também uma referência à ereção masculina, visível sob a roupa. (N. da T.)

ASSUNTO: **Re: re: Mamãe e Grigg**
DATA: 5/8/02 17:30:22 PDT
DE: Airheart@well.com
PARA: Catwoman53@aol.com; biancasillman@earthlink.net

Se Grigg estiver apaixonado outra vez, é melhor uma de nós ir cuidar disso também.

A

## CAPÍTULO SEIS

*no qual lemos*
Persuasão
*e tornamos a nos encontrar*
*na casa de Sylvia*

A qualquer hora, a maioria das pessoas na Sala de História da Califórnia pesquisava a própria família. Sylvia trabalhava na biblioteca estadual desde 1989; havia ajudado centenas e centenas de pessoas a colocar os rolos de microfichas no alimentador, a ajustar a imagem, a controlar o avanço rápido. Havia aberto índices de noivas, noivos, mortes e procurado tataravós. Mas aquele dia começara com um insucesso – um nome comum (Tom Burke), uma cidade grande (São Francisco), certa indefinição acerca das datas, tudo resultando em um descendente irritado que achava que Sylvia simplesmente não estava se esforçando o bastante. Seus recursos, a mais pura vontade de acertar, foram desfavoravelmente comparados aos dos mórmons.

O incidente deixou Sylvia pensativa. Sempre havia existido esse grau de interesse em genealogia, perguntou-se ela, mesmo na década de 1960, quando as pessoas deviam fazer tudo a partir do zero? O que significava todo esse retrocesso? O que as pessoas esperavam encontrar? Na realidade, que influência tinha sua ascendência sobre quem elas eram no presente?

Sylvia não se considerava melhor que o restante. Sentia um prazer especial sempre que alguém pedia a Caixa 310, uma coleção de documentos espanhóis e mexicanos arquivados. Ela mesma havia recém-traduzido o "Matrimônio Solene de Manuel Rodríguez de Guadalajara, pais falecidos, com María Valvanora E La Luz, filha de um soldado e residente de Sinaloa". A data no documento era 20 de outubro de 1781. A informação, seca. Eles se amavam desesperadamente? Eram amigos, ou jantavam todas as noites em um silêncio gelado e mantinham relações sexuais ressentidas? Haviam de fato se casado? Tinham tido filhos? Um dos dois havia partido com um breve aviso e, se assim fosse, quem havia saído e quem havia ficado para trás?

Outros itens na caixa incluíam um convite para um baile em homenagem a Antonio López de Santa Anna na casa do governador; uma fotocópia dos Artigos de Capitulação de Andrés Pico para John C. Frémont em Cahuenga; uma carta do frei José María de Zalvidea, discutindo leis de casamento entre os índios. Esta última datava aproximadamente de 1811. A um mundo de distância, Jane Austen estava por fim publicando *Razão e sensibilidade*, sobre tema semelhante.

Chegamos aqui primeiro, o pai de Sylvia costumava dizer, embora sua mãe fosse somente a segunda geração e, mesmo assim, claro, eles nem sequer estavam perto dos primeiros, eram apenas anteriores a alguns.

*Pois a Califórnia é um Poema!*
*Terra de romance, de mistério,*
*de culto, de beleza e de música.*

Ina Coolbrith havia escrito isso, e as palavras agora se achavam esculpidas na parede perto da escada que dava no segundo andar. Mas a placa que Sylvia preferia ficava no andar de cima e fora feita com pincel atômico. *Silêncio*, dizia. *Pesquisa em andamento*.

Sylvia nunca havia ido até aquela biblioteca quando criança, mas crescera não muito longe dali, em uma casa cinza de madeira na rua Q. Eles tinham um jardim grande com limoeiros na frente, tomate e pimenta-malagueta nos fundos. Sua mãe estava sempre no jardim; ela possuía o dom. A santa preferida de sua mãe era Teresa, que havia prometido, após a morte, cobrir o mundo de rosas.

A mãe de Sylvia fazia sua parte. Tinha roseiras e rosas que escalavam treliças. Regava-as para afastar os pulgões, adubava-as e cobria-as no inverno.

– Como você sabe o que fazer? – perguntou Sylvia certa vez, e sua mãe respondeu que, se a pessoa prestasse atenção, as rosas diziam de que precisavam.

O pai de Sylvia escrevia para o jornal de língua espanhola *La Raza*. À noite, homens chegavam e sentavam na varanda, tocavam violão, discutiam política, agricultura e imigração. Era tarefa de Sylvia, na manhã seguinte, remover as garrafas, as guimbas de cigarro, os pratos sujos.

Sua segunda tarefa era ir direto para a casa da avó depois da escola e fornecer uma tradução da novela diurna *Young Dr. Malone*. Tantos acontecimentos na cidadezinha de Denison! Assassinato, confinamento, bebida, desespero. Adultério e cegueira histérica. Trombose. Câncer de garganta. Acidentes debilitantes. Testamentos forjados. E então vinha o segundo episódio.

Na sequência, a avó de Sylvia analisava o programa em busca de nuanças nos personagens, temas e símbolos, lições de moral úteis. A análise ocupava a maior parte do resto da tarde. As mulheres tinham casos e ficavam cegas. As enfermeiras amavam os médicos com devoção silenciosa e não correspondida, abriam clínicas pediátricas, realizavam boas ações. A vida era feita de emergências médicas, processos judiciais, casos de amor dolorosos e parentes caluniadores.

Às vezes, o pai de Sylvia lia para ela contos de fadas europeus na hora de dormir, alterando o cabelo das heroínas de louro para preto (como se Sylvia se deixasse enganar por isso, como se a filha de Diego Sanchez fosse se identificar com uma morena chamada Branca de Neve) e chamava atenção para as questões de classe sempre que estas surgiam. Lenhadores prosperavam e casavam-se com princesas. Rainhas dançavam até a morte em sapatos ensanguentados.

Aos domingos, a mãe lia para ela *A vida dos santos*, a respeito de Santa Dorcas e todas as outras que haviam distribuído sua fortuna e se dedicado à caridade. Sua mãe passava rápido pela vida das mártires – Santa Ágata (que teve os seios extirpados), Santa Luzia (seus olhos foram arrancados), Santa Perpétua (que conduziu a lâmina do carrasco a sua garganta com a própria mão). Durante anos, Sylvia nem sequer tomou conhecimento das outras histórias que havia ali. Apenas desconfiava.

Mas nem os contos de fadas nem as santas tiveram o impacto duradouro de *Young Dr. Malone*. Sylvia datava o declínio de sua avó a partir do dia em que a novela foi cancelada.

Grande parte do que sabíamos sobre Sylvia procedia de Jocelyn. Elas haviam se conhecido em um acampamento de escoteiras aos 11 anos. A pequena Jocelyn Morgan e a pequena Sylvia Sanchez.

– Ficamos nós duas na cabana – disse Jocelyn. – Sylvia parecia muito adulta comparada comigo. Sabia coisas que vocês nunca teriam imaginado que uma menina soubesse. História e medicina. Explicava um monte de coisas sobre o coma.

"Mas sempre achava que os orientadores estavam tramando pelas nossas costas. Estava sempre vendo as tramas mais elaboradas em tudo que eles faziam. Um dia, quatro de nós, que estávamos nas cabanas, fomos levadas para uma caminhada longe do acampamento e deixadas lá para encontrar o caminho de volta. Aquilo era parte de alguma medalha de mérito que íamos ganhar, ou assim disseram os orientadores. Sylvia desconfiou de tudo. 'Existe algum motivo para alguém querer você fora do caminho?', Sylvia perguntou a cada uma de nós. Que menina pensa assim?"

Ninguém na família de Sylvia sabia que seu pai havia deixado de receber salário e colocado todo o dinheiro deles no jornal, até o dinheiro acabar. Então eles mudaram-se para a Bay Area, onde o tio de Sylvia deu emprego a seu pai no restaurante dele. Sylvia e seus irmãos trocaram a casa vitoriana de dois andares por um pequeno apartamento, a escola particular pelas amplas escolas públicas. Sua irmã mais velha já era casada e ficou em Sacramento para ter bebês, que a essa altura seus pais se queixavam de que nunca viam.

Às vezes, eles iam de carro até Sacramento para passar o domingo com os avós de Sylvia. Mais frequentemente, o pai de Sylvia tinha de trabalhar, e eles não iam. Seu pai não estava acostumado a servir pessoas e era hostil com os clientes. Precisavam lembrá-lo de não participar de suas conversas, não falar a respeito de sindicatos com os ajudantes de garçom e cozinheiros. Todo o processo da gorjeta é projetado para humilhar. No aniversário de sua mãe, quando ele fez uma serenata às cinco e meia da manhã, assim que o sol nasceu, como fazia todo o ano desde o casamento deles, Sylvia havia visto luzes inglesas curiosas e irritadas se acenderem na casa atrás da deles.

Um dos cozinheiros no restaurante possuía uma filha na escola pública do ensino médio. O pai de Sylvia providenciou para que elas se conhecessem, assim Sylvia já teria uma amiga quando as aulas começassem. A filha chamava-se Constance; era um ano mais moça que Sylvia. Usava batom branco e desfiava tanto o cabelo que este lhe acolchoava a cabeça como material de enchimento. Ela havia costurado o nome do namorado na palma da mão esquerda. Sylvia mal conseguia olhar para aquilo, embora Constance dissesse que não havia doído; o segredo era dar pontos superficiais. Coube a Sylvia lhe explicar os perigos de uma infecção, o risco de amputação. Além disso, era muito nojento. Obviamente, elas não seriam as melhores das amigas.

Mas havia Jocelyn. E havia Daniel.

– Ele é católico? – perguntou sua mãe na primeira vez que Daniel levou-a de carro da escola para casa.

– Eu não vou casar com ele! – Sylvia havia respondido, pois ele não era, e ela não desejava contar.

Depois do casamento, na noite em que Sylvia e Daniel tiveram a primeira briga séria, e ela foi para a casa dos pais, ficou de pé na soleira da porta com lágrimas no rosto e uma mala na mão, seu pai não a deixou entrar.

– Você vai voltar para casa, para o seu marido – disse ele. – Você mora lá agora. Resolva essa situação.

Por outro lado, não católicos acreditavam em divórcio. Tornavam-se infelizes por um motivo ou outro, iam embora, e seus pais nem sequer tentavam impedir, motivo pelo qual não era aconselhável casar com não católicos para início de conversa.

E com certeza, trinta e tantos anos mais tarde, não era exatamente isso o que Daniel havia feito? Era uma pena que a mãe de Sylvia não houvesse vivido para ver. Ela adorava acertar.

Na realidade, provavelmente não mais que qualquer outra pessoa.

Uma mulher corpulenta saiu da Sala de Microfilmes e aproximou-se do balcão. Vestia jeans e um casaco de moletom verde de Squaw Valley. Tinha um lápis equilibrado entre a orelha e a cabeça. Como também usava óculos, o espaço atrás da orelha estava apertado.

– Tem uma data faltando no *San Francisco Chronicle* de 1890 – ela informou a Sylvia. – O jornal pula de 9 de maio para 11 de maio.

Também procurei no *Alta*.* E no *Wasp*. Eles também parecem não ter tido um exemplar em 11 de maio.

Sylvia concordou que aquilo era estranho. Como as microfichas procediam de um serviço central, ela imaginava que ir a outra biblioteca não resolveria nada. Sylvia enviou Maggie ao subsolo para ver se encontrava a data ausente entre os jornais efetivos.

Em geral, os bibliotecários gostavam de pedidos especiais. O bibliotecário de referência é alguém que gosta da perseguição. Quando leem por prazer, os bibliotecários muitas vezes escolhem um bom livro de mistério. Tendem a ser amantes de gatos também, por questões mais obscuras.

Um homem negro com uma blusa cinza de gola rulê pediu uma entrevista de história oral acerca das políticas públicas do Gabinete do vice-governador de 1969 a 1972.

Um idoso com boina de veludo chamou Sylvia até a mesa dele para mostrar seu trabalho. Estava escrevendo sua árvore genealógica com uma caligrafia meticulosa e bonita.

Maggie voltou, sem encontrar a data que faltava. Ofereceu-se para telefonar para a Biblioteca Bancroft em Berkeley, mas a mulher que havia pedido o *Chronicle* explicou que precisava ir; o tempo em seu parquímetro havia acabado. Talvez na semana seguinte quando retornasse.

Um homem com a pele ruim pediu ajuda para imprimir uma cópia do leitor de microfichas. Era a vez de Sylvia fazer isso.

A sala principal era um espaço agradável, com paredes curvas, amplas janelas e vista de telhados vermelhos. Quem sentasse em uma das mesas, enxergava o topo da cúpula do Capitólio.

A Sala de Leitura de Materiais Raros era repleta de estantes de vidro lotadas de livros raros e, a seu modo, era igualmente agradável.

---

* *Daily Alta California*, jornal de São Francisco no século XIX. (N. da T.)

Trabalhava-se ali com a porta trancada e os ruídos externos abafados. Apenas os bibliotecários destrancavam a porta para que as pessoas entrassem ou saíssem.

Mas a Sala de Microfilmes não possuía janelas, era iluminada por luzes no teto e as telas dos leitores. Havia um zumbido constante, com imagens inevitavelmente distorcidas em um lado ou outro, pois não havia maneiras de enfocar todo o conjunto de uma vez. Tudo muito propício para causar dor de cabeça. Era necessário gostar de pesquisa para gostar da Sala de Microfilmes. Sylvia estava carregando o alimentador quando Maggie foi buscá-la.

– Você tem uma ligação do seu marido – informou Maggie. – Ele disse que é urgente.

Allegra estava tendo um dia excelente. Passara a manhã trabalhando e colocou várias encomendas no correio. Havia pensado em um presente de aniversário para Sylvia e estava imaginando como fazê-lo. Para se ajudar nisso, foi ao Rocknasium, uma academia de escalada local. Não dava para pensar em nada a não ser na subida quando alguém escalava, mas Allegra sempre considerava esse um não pensar proveitoso.

Ela prendeu-se ao equipamento de segurança. Devia esperar seu amigo Paul; eles vinham prendendo um ao outro nos dois últimos meses. O nível de Allegra ficava em algum lugar na faixa 5,6 a 5,7, o de Paul era um pouco melhor. Os frequentadores eram quase todos homens, mas as poucas mulheres que compareciam eram mulheres do tipo de Allegra – fortes e atléticas. O lugar cheirava a giz e suor, que eram os tipos de cheiro de Allegra.

O Rocknasium possuía apenas nove paredes de tamanho padrão. Estas tinham saliências e fendas em muitos locais, as pegas marcadas com pingos de cores vivas como uma pintura de Jackson Pollock. Cada parede continha uma variedade de rotas – uma rota vermelha, uma amarela, uma azul. A pessoa estava sempre passando a uma pega próxima para encontrar a cor correta do percurso que estava seguindo. A pega correta era inevitavelmente pequena e afastada. Paul havia telefonado para Allegra na noite anterior para dizer que as rotas haviam sido recém-mudadas. E mais que na hora.

Quando começou a escalar, Allegra pendurava-se por muito tempo em um lugar, estudando a melhor maneira de agarrar a próxima pega. Seus braços e dedos começavam a queimar de exaustão. Ela percebeu que escaladores experientes deslocavam-se muito, muito rapidamente. Ficar parada dava mais trabalho que se mover; pensar demais era fatal. Allegra acreditava que havia uma lição nisso. Ela aprendia depressa, mas não gostava muito de lições.

Allegra nunca havia ido ao Rocknasium durante o dia. A sobriedade intimidadora dos escaladores regulares, o silêncio concentrado haviam desaparecido. Em vez disso, alguém estava gritando. Alguém estava cantando. Alguém estava jogando giz. Havia risos, gritos, todo o caos de uma festa de aniversário de 10 anos ecoando nas rochas falsas manchadas de tinta. As crianças, com açúcar circulando nas veias diminutas, estavam por toda parte, atadas por cordas às paredes, como aranhas. Havia tanto giz no ar que Allegra pôs-se a espirrar. Essa era uma espécie diferente de intimidação.

Allegra gostava de ser tia. Seu irmão Diego tinha duas meninas; era esse todo o tempo com crianças de que Allegra necessitava. Provavelmente. Tudo o que queria. Na maioria das vezes. Por certo que havia um traço desafiador em um código genético que convertia a pessoa em homossexual, mas deixava seu desejo reprodutivo totalmente funcional. Em certos dias, Allegra mal notava o passar dos anos.

– Vá em frente – gritou um garoto impaciente para alguém que não estava avançando.

Allegra foi se aquecer na parede individual enquanto aguardava Paul. A parede era baixa o suficiente para ser escalada sem cordas, não mais que dois metros. Na base, havia uma grossa esteira. Allegra colocou o pé em uma pega azul. Procurou uma pega azul acima de sua cabeça. Içou o corpo. De pega azul para pega azul para pega azul. Rumo ao topo, ela avistou um pouco de tinta laranja sedutora, mais afastada que a próxima azul – ela teria de saltar –, mas brilhando no limite do possível. As coisas funcionavam melhor quando não se pensava nelas. Era só saltar.

A sua direita, a aniversariante desceu de rapel a toda a velocidade, com o equipamento de segurança liberando a corda para facultar o trajeto.

– Trabalho de corda – alguém gritou. – Oi, Jet Li.

Um adulto em outra parede estava dando instruções.

– Olhe para cima – disse ele. – O roxo está ali, bem a sua esquerda. Você consegue alcançar. Não se preocupe. Eu seguro você.

Eu seguro você.

Ninguém estava segurando Allegra, mas Allegra nunca havia necessitado que a segurassem. Ela girou para trás com uma das mãos na bolsa do equipamento para pegar giz. Perdeu o pé e agarrou.

Sylvia ligou para Jocelyn do carro.

– Allegra caiu escalando na academia – disse, tentando não imaginar todas as coisas que poderiam acontecer a alguém que caía. Cadeira de rodas. Coma. – Foi levada para o Sutter. Estou a caminho, mas não sei de nada. Não sei de que altura foi. Não sei se ela está consciente. Não sei se quebrou uma unha ou o pescoço. – Sylvia mal conseguiu colocar para fora a última parte, de tanto que chorava.

– Ligo para você assim que chegar lá – disse Jocelyn. – Tenho certeza que está tudo bem. Eles não deixam ninguém escalar sem equipamento de segurança nessas academias. Acho que não é possível alguém de fato se machucar.

Jocelyn sempre achava que as coisas estavam bem. Se não estivessem bem quando chegasse lá, ela certamente faria com que ficassem bem antes de partir. Jocelyn não pensava naquilo que não podia consertar antes de ser forçada a isso. Havia dias em que Sylvia não pensava em mais nada. Jocelyn não tinha filhos; Sylvia tinha três, mais duas netas; essa era a diferença. Por que Allegra estaria no hospital se as coisas estivessem bem?

Coisas ruins aconteciam no final das contas. As pessoas tinham sorte até não ter. Sylvia e Daniel estavam estacionados no carro dele a poucos quarteirões da sua casa no dia em que o irmão dele morreu. Foi no último ano do ensino médio. Eles estavam se beijando um pouco e conversando um pouco. Tanto os beijos quanto a conversa foram tensos. Eles haviam começado a ter a mesma conversa várias vezes. Os dois iriam para a mesma faculdade? Deveriam ir para a mesma faculdade só para ficarem juntos? Se ambos quisessem ir para a mesma faculdade, um deles deveria ir para outro lugar só para evitar que ficassem juntos? O relacionamento deles passaria no teste da separação? Deveria ser forçado a isso? Quem amava mais quem? Eles ouviram sirenes. Beijaram-se.

O irmão de Daniel havia sido atropelado por um carro dirigido por um adolescente de 16 anos. Andy morreu instantaneamente, o que foi a única bênção, para que Daniel não tivesse de passar o resto da vida achando que, se tivesse ido para casa no minuto em que ouviu os carros dos bombeiros, poderia ter se despedido.

Sylvia considerava a mãe de Daniel uma mulher particularmente insensível, educada, porém distante. Isso se tornou ainda mais evidente depois que Sylvia e Daniel casaram-se e tiveram filhos. Onde estavam as queixas constantes a respeito de nunca ver os netos? E onde estavam os soluços e as lamúrias quando Allegra – uma menina tão linda! – acabou por revelar-se gay e provavelmente não teria filhos?

A própria Sylvia era um tanto insensível, mas, no clamor geral de sua própria família dramática, ninguém, nem mesmo Sylvia, havia notado isso até então. Ela gostava da mãe de Daniel – a mulher mal fazia sombra, o que havia para não gostar? –, mas teria ficado ofendida se lhe dissessem que elas eram parecidas. No dia em que Andy morreu, Sylvia viu a mãe de Daniel amarrotar como papel. Alguma coisa se insinuou em seu rosto e nunca mais saiu.

Em *Persuasão*, Jane Austen menciona a morte de uma criança. É breve e indiferente. Os Musgrove, diz ela, "tinham tido a má sorte de ter um filho por demais problemático e irresponsável, e a boa sorte de perdê-lo antes que completasse 20 anos".* Dick Musgrove não era querido. Quando foi para o mar, ninguém sentiu saudades. Designado a um barco sob o comando do capitão Wentworth, ele morreu de forma não determinada e só a morte o tornou valioso para a família.

Esses são os pais que a heroína de Austen, Anne Elliot, descreve mais tarde no livro como excelentes. "Que bênção para os jovens estar em mãos assim!",** diz Anne.

Havia trânsito na estrada; as pistas estavam lotadas. Sylvia avançava devagar. Coisas ruim aconteciam. Então ela viu vidro e um carro batido no acostamento, a porta traseira no lado do motorista quase dobrada em duas. As pessoas haviam sido removidas, não dava para avaliar em que condições estavam. Assim que passou pelo acidente, Sylvia foi capaz de prosseguir na velocidade adequada para uma estrada.

...

---

\* Austen, Jane. *Persuasão*. Porto Alegre: L&PM, 2014, p. 60. (N. da T.)
\*\* Ibidem, p. 221. (N. da T.)

Jocelyn levou quinze minutos para chegar ao hospital, outros cinco para encontrar a enfermeira do serviço de emergência que havia admitido Allegra.

— Você é parente? — perguntou a enfermeira e, em seguida, explicou muito educadamente que o hospital não podia fornecer informações sobre as condições de Allegra para alguém que não fosse.

Jocelyn acreditava em regras. E acreditava em exceções às regras. Não só para si, mas para toda e qualquer pessoa como ela. Descreveu, com igual cortesia, a cena que seria capaz de fazer.

— Eu não fico constrangida — disse. — E não estou cansada. A mãe dela está aguardando o meu telefonema.

A enfermeira observou que Allegra era também o nome de um remédio para alergia. O comentário foi feito de forma acintosa e inadequada. Ao rememorar o fato mais tarde, ao recordar tudo, mas sem a ansiedade acerca de Allegra, Jocelyn ficou muito irritada com essa parte. Que coisa irreverente de se dizer sob tais circunstâncias. E era um nome bonito. Extraído de Longfellow.

Então a enfermeira cedeu e informou que os raios X já haviam sido feitos. Allegra estava usando um colete. Havia preocupação quanto a uma lesão na cabeça, mas ela estava consciente. A Dra. Yep estava encarregada do caso. E não, Jocelyn não podia ver Allegra. Só os parentes podiam vê-la.

Jocelyn achava-se no processo de explicar por que a enfermeira estava enganada a respeito disso também quando Daniel chegou. Entrou como se houvessem se passado meses desde que eles haviam se falado e colocou os braços ao redor de Jocelyn. Ele cheirava exatamente como Daniel.

Havia ocasiões em que a pessoa precisava dos braços de alguém ao seu redor. Na maior parte do tempo, Jocelyn gostava de ser solteira, mas às vezes pensava sobre isso.

– Ela já fez raios X. Pode ter machucado a cabeça. Eles não informaram nada – disse ela em seus ombros. – Tenho que ligar para Sylvia imediatamente.

Quando Sylvia a viu, fazia quase duas horas que Allegra achava-se imobilizada e estava furiosa por isso. Sylvia, Daniel e Jocelyn rodeavam-na com o rosto pálido e sorrisos forçados. Eles concordaram que era sempre Allegra a se machucar, nunca os meninos. Vocês se lembram de como ela quebrou o pé ao cair do trepa-trepa? Lembram de como deslocou a clavícula ao cair do olmo? Lembram de como esmagou o cotovelo naquele acidente de bicicleta? Ela é propensa a acidentes, concordaram eles, o que deixou Allegra ainda mais furiosa.

– Eu não estou ferida – disse ela. – Caí uns trinta centímetros em cima de uma esteira. Não posso acreditar que eles tenham me trazido para cá. Eu nem desmaiei.

Na realidade, ela havia perdido a consciência e estava desconfiada disso. Não se lembrava da queda, de nada até a chegada da ambulância. E certamente devia ter caído mais de trinta centímetros. Tinha conhecimento da esteira apenas por tê-la visto. Mas, como não conseguia se lembrar dos detalhes, sentia-se livre para ajustá-los. Como isso era mentir?

Ali no hospital, com todos parados ao redor de sua cama como se aquilo fosse a última cena do filme *O mágico de Oz*, eles pareciam estar todos conspirando para fazer uma tempestade em um copo d'água. No contexto do rafting em corredeiras, do snowboard, do surfe e, pelo amor de Deus, do paraquedismo que havia feito, Allegra considerava sua ficha bem limpa. Aquilo só parecia ruim aos olhos de seus pais porque eles nada sabiam sobre o rafting, o snowboard, o surfe, o paraquedismo.

Por fim, a Dra. Yep entrou com os raios X. Allegra não pôde se mover um centímetro para olhar, mas, de qualquer forma, ela não conseguia ver nada em raios X. Nunca enxergava a cor das estrelas em telescópios, nunca encontrava pássaros com binóculos, paramécios com microscópios. Era irritante, mas não no dia a dia.

A Dra. Yep estava conversando com seus pais, mostrando uma coisa e outra nas costelas de Allegra, em seu crânio. A médica tinha uma voz muito agradável, o que era bom, pois ela falou por longo tempo. Após catalogar as várias condições que poderiam estar presentes nos raios X de Allegra, mas felizmente não estavam, a Dra. Yep chegou ao principal. Exatamente como Allegra dissera, não havia nada de errado com ela. Ainda assim, a Dra. Yep queria retê-la durante a noite para observação e o máximo aborrecimento. A médica declarou que Allegra dera algumas respostas incomuns a perguntas feitas na ambulância – em que dia da semana estavam, em que mês. Allegra negou ter feito isso.

— Eles me entenderam de forma muito literal – explicou, mas não se lembrava das respostas, apenas que os técnicos de emergência, cochichando como mosquitos, a haviam provocado. Talvez ela houvesse citado um pouco de Dickinson. Em que universo isso era crime? Pelo menos, poderia finalmente ser desamarrada, tornar a virar-se para um lado e outro. Ao fazer isso, foi constrangedor descobrir que havia um curativo em sua têmpora, sangue em sua bochecha. Aparentemente, ela havia ferido a cabeça.

Preencher a papelada e admiti-la no andar de cima levaram outros quarenta minutos. Ela estava sentindo um pouco de dor a essa altura, estava machucada, rígida, com uma dor de cabeça horrível começando a se instalar. Nada que os dois Tylenol que lhe ofereceram fossem resolver. Ela precisava de drogas de verdade; esperava não ser a única a pensar assim só porque não havia ossos quebrados.

A enfermeira de plantão acabou sendo Callie Abramson. Allegra havia feito o ensino médio com Callie, embora não estivessem no mesmo ano nem frequentassem os mesmos círculos. Callie participava do anuário e do grêmio estudantil. Allegra fazia hóquei de campo e arte. Ainda assim, foi bom ver um rosto familiar em local estranho. Sylvia, pelo menos, ficou encantada.

Enquanto ajudava Allegra a se deitar, Callie contou que Travis Browne havia se tornado muçulmano. Radical, disse Callie, o que quer que isso significasse. Allegra acreditava que ela não havia trocado duas palavras com Travis. Brittany Auslander havia sido presa por roubar computadores do laboratório de línguas da universidade. Todos, menos Callie, sempre a haviam considerado tão boa garota. Callie se casara – ninguém que você conheça, disse ela – e tinha dois meninos. E Melinda Pande era gay.

– Radical? – perguntou Allegra, recordando como Callie havia ficado tão magra que todos desconfiaram que fosse anoréxica. Como havia ensaiado para ser animadora de torcida mesmo assim, como um boneco palito de saia curta, o rostinho ansioso gritando para que lhe dessem um F, para que lhe dessem um I. Como ela havia surtado uma primavera durante os exames finais e fora conduzida ao gabinete do orientador histérica e encontraram comprimidos em seu armário, fossem para ajudá-la na dieta ou a se matar; ninguém parecia saber, mas isso não impediu o falatório.

Agora ali estava ela, magra, mas não muito, trabalhando, sorrindo como uma mãe e dizendo a Allegra como era bom tornar a vê-la. Allegra ficou muito feliz por ela. Viu fotos de seus filhos e teve a sensação de um lar tolerante, afetuoso e barulhento. Achou que Callie era provavelmente muito boa mãe.

Callie não parecia lembrar muita coisa sobre Allegra, mas não era isso o que as pessoas desejavam de seus colegas do ensino médio?

...

Sylvia e Daniel voltaram para casa juntos para pegar algumas coisas para Allegra – a escova de dentes, os chinelos. Ela havia pedido um milk shake, portanto eles também o levariam.

– Ela estava muito sensível – a Dra. Yep dissera a Sylvia em particular, o que ela claramente considerava um motivo para certa preocupação.

Sylvia ouviu aquilo com alívio. O alívio converteu-se em felicidade. Lá estava sua Allegra então, ilesa, inalterada. Ela preferiria ter levado Allegra para casa, ainda que não houvesse nada, absolutamente nada de que se queixar. Allegra havia escapado por pouco. Mais um dia de muita, muita sorte, na vida muito afortunada de Sylvia.

– Como vai Pam? – ela perguntou a Daniel em tom condescendente. Sylvia ainda não havia conhecido Pam. Allegra dissera que ela era tão rígida e insistente quanto uma advogada de família tinha de ser.

– Pam vai bem. Você não achou Jocelyn um pouco desanimada? Claro que ela estava preocupada. Nós todos estávamos preocupados.

– Jocelyn está ótima. Ocupada governando o mundo.

– Graças a Deus – disse Daniel. – Eu não ia querer viver em um mundo que Jocelyn não governasse. – Como se não fosse exatamente o que ele havia feito, abandonado o mundo que Jocelyn governava em favor de outro em que isso não ocorria. Foi o que Sylvia pensou, mas sentia-se aliviada e grata demais (ainda que não a Daniel) para dizer.

Vê-lo em casa outra vez produziu em Sylvia uma sensação peculiar, como se estivesse sonhando ou acordando e não conseguisse perceber qual dos dois. Quem era ela na verdade – a Sylvia sem ou a Sylvia com Daniel? Em alguns aspectos, sentia que havia envelhecido anos nos meses desde que ele partira.

Em outros aspectos, havia se tornado novamente a filha de seus pais. Depois que Daniel partiu, Sylvia descobriu-se lembrando coisas de sua infância, coisas nas quais fazia uma eternidade que não pensava. Como se Daniel houvesse sido uma interrupção que havia se prolongado pela maior parte de sua vida. De repente, ela estava outra vez sonhando em espanhol. Descobria-se pensando cada vez mais nas rosas de sua mãe, na política de seu pai, nas novelas de sua avó.

O divórcio em si era uma novela inevitável, claro. Os papéis eram previamente escritos, não havia meios de representá-los de forma diferente, não havia meios de personalizá-los. Ela percebia como o fato de não ser o herói de seu próprio divórcio estava matando Daniel.

— Você precisa lembrar a você mesma que não foi só o Daniel bom que partiu — Jocelyn lhe dissera. — O Daniel ruim também se foi. Ele não era insuportável às vezes? Faça uma lista de tudo que você não gostava.

Mas, quando Sylvia tentou, as coisas das quais não gostava muitas vezes também acabavam por mostrar-se como coisas das quais gostava. Ela concentrava-se em lembranças desagradáveis — como ter colocado um dos filhos de castigo apenas para Daniel livrá-lo. Como ele lhe perguntava o que queria de Natal e então balançava a cabeça e dizia que ela não queria aquilo afinal de contas. "Você vai guardar no armário e nunca vai usar", quando ela quis uma máquina de fazer pão. "É igual àquele casaco que você tem", quando ela lhe mostrou um casaco de inverno do qual havia gostado. Era muita presunção. Ela realmente não suportava aquilo.

Então a memória voltava-se contra ela. As crianças haviam crescido bem; ela estava orgulhosa de todos eles. O presente que Daniel lhe dava era sempre alguma coisa em que ela nunca teria pensado. Geralmente, era maravilhoso.

Certa noite, várias semanas antes de Daniel levá-la para jantar e pedir o divórcio, ela havia acordado e reparado que ele não estava na cama. Encontrou-o na sala, na poltrona, contemplando a chuva. O vento zunia de encontro às janelas, balançando as árvores. Sylvia adorava as tempestades noturnas. Elas tornavam tudo simples. Deixavam as pessoas contentes só pelo fato de estarem secas.

Era óbvio que a tormenta estava tendo um efeito diferente em Daniel.

– Você é feliz? – ele havia perguntado.

Aquilo soou como o início de uma longa conversa. Sylvia estava sem robe e sem chinelos. Estava com frio. Estava cansada.

– Sou – respondeu, não porque fosse, mas porque queria abreviar a conversa. E talvez fosse feliz. Não conseguia pensar em nada que a tornasse infeliz. Não se fazia aquela pergunta havia muito tempo.

– Nem sempre posso dizer o mesmo – retrucou Daniel.

Sylvia ouviu o comentário como uma crítica. Era uma queixa que ele já havia feito – ela era muito calada, muito reticente. Quando aprenderia a se soltar? A água jorrava das calhas sobre a varanda. Sylvia ouviu um carro passar na rua Fifth, ouviu o chiado dos pneus.

– Vou voltar para a cama – disse ela.

– Vá em frente – disse Daniel. – Vou daqui a um minuto.

Mas ele não fez isso, e ela pegou no sono. Teve um sonho familiar. Estava em uma cidade estrangeira e ninguém falava as línguas que ela falava. Tentou ligar para casa, mas seu celular estava mudo. Colocou a moeda errada no telefone público e, quando por fim acertou, um estranho atendeu.

– Daniel não está – disse ele. – Não, não sei aonde foi. Não, não sei quando ele vai voltar.

De manhã, ela tentou conversar com Daniel, mas ele já não estava disposto.

– Não foi nada – disse. – Não sei o que me deu. Esqueça.

Agora, Daniel estava no final do corredor, no quarto de Allegra, preparando as coisas dela.

– Levamos algum livro? – gritou ele. – Você sabe o que ela está lendo?

Sylvia não respondeu de imediato. Havia ido até o quarto para telefonar para os meninos e percebera que possuía cinco mensagens. Em quatro, haviam desligado a chamada, provavelmente operadores de telemarketing, e uma era de Grigg.

– Eu queria saber se podíamos conversar – disse ele. – Quer almoçar comigo esta semana? Me ligue.

Daniel entrou justamente a tempo de ouvir o final. Ela notou que ele ficou surpreso. Sylvia nem tanto. Percebia os dedos de Jocelyn naquilo. Sylvia sempre desconfiou que Grigg destinava-se a ela. Claro que não o queria, mas quando isso seria um empecilho para Jocelyn? Ele era muito jovem.

Sylvia reparou no fato de Daniel não lhe perguntar quem era.

– Grigg Harris – explicou. – Ele está no meu clube de leitura de Jane Austen. – Daniel que pensasse que havia outro homem interessado nela. Um homem adequado. Um homem que lia Jane Austen.

Um homem com o qual ela agora tinha de marcar um almoço estranho. Maldita Jocelyn.

– Levamos um livro para Allegra? – perguntou Daniel mais uma vez.

– Ela está relendo *Persuasão* – disse Sylvia. – Nós duas estamos.

Daniel telefonou para Diego, o filho mais velho dos dois, advogado de imigração em Los Angeles. Diego havia sido batizado em homenagem ao pai de Sylvia e era quem nutria as paixões políticas do avô. Em outros aspectos, Diego era o filho mais parecido com Daniel, um adulto precoce, confiável, responsável. Como Daniel costumava ser.

Sylvia telefonou para Andy, batizado em homenagem ao irmão de Daniel. Andy era o filho despreocupado. Trabalhava em uma firma de paisagismo e ligava de seu celular sempre que estava comendo uma ótima refeição ou contemplando algo bonito. Na vida de Andy, tais coisas ocorriam com frequência. "Um pôr do sol incrível!", dizia ele. "São as *tapas* mais fantásticas!"

Diego ofereceu-se a ir para casa e precisou ser convencido de que isso não seria necessário. Andy, que teria feito a viagem em menos de uma hora, nem sequer pensou em fazer o oferecimento.

Daniel e Sylvia voltaram ao hospital e sentaram-se com Allegra. Ficaram a noite inteira, cochilando na cadeira, pois aconteciam erros em hospitais – os médicos se distraíam em razão de sua vida pessoal, havia casos amorosos e rejeições, pessoas que davam entrada com febre e saíam com amputações. Fosse como fosse, era essa a motivação de Sylvia. Daniel ficou porque queria estar presente. Era a primeira noite que ele e Sylvia passavam juntos desde que ele havia saído de casa.

– Daniel – chamou Sylvia. Eram duas ou três da manhã. Allegra estava dormindo, o rosto voltado para Sylvia sobre o travesseiro. Estava sonhando. Sylvia via seus olhos moverem-se sob as pálpebras. A respiração de Allegra estava rápida e audível. – Daniel? – chamou Sylvia. – Eu estou feliz.

Daniel não respondeu. Também devia estar dormindo.

No sábado seguinte, Sylvia organizou um passeio à praia. Propôs sushi no Osaka em Bodega Bay, pois Allegra nunca diria não a sushi e o do Osaka era o melhor que elas já haviam comido. Propôs uma corrida na areia para Sahara e Thembe, pois Jocelyn nunca diria não a isso. Os locais em que um leão da Rodésia podia correr sem coleira com segurança eram muito poucos. Esse não era o tipo de cão que voltava ao ser chamado. A menos que pertencesse a Jocelyn.

Um passeio à praia livraria a todos do calor do Valley por um dia.

— E acho que vou convidar Grigg — Sylvia disse a Jocelyn — em vez de almoçar com ele. — Atividades em grupo, a solução para evitar intimidade indesejada.

Isso era uma conversa ao telefone e houve uma pausa perceptível na ponta de Jocelyn. Sylvia não havia mencionado o almoço, então talvez Jocelyn estivesse apenas surpresa.

— Tudo bem — disse por fim. — Acho que cabe mais uma pessoa no carro. — O que não fazia o menor sentido. Se elas fossem na van de Jocelyn, como certamente iriam por causa dos cachorros, caberiam mais algumas pessoas.

O que também era uma coisa boa, pois a princípio Grigg dissera que não poderia ir. Sua irmã Cat o visitaria. E então tornou a ligar, dizendo que Cat queria muito pegar uma praia, na realidade havia insistido, e será que os dois poderiam acompanhá-las? Cat revelou-se muito parecida com Grigg, só que mais gorda e sem os cílios.

A maré havia gravado curvas graciosas de suas andanças pela areia. O vento soprava da água, e a arrebentação estava violenta. Em lugar das séries ordenadas, as ondas se quebravam em retalhos, com água branca, verde, marrom e azul batendo juntas. Conchas corriam à beira d'água, pequenas e perfeitas, mas todos eram ecologicamente bem-comportados demais para pegá-las.

Allegra contemplava o mar, com os cabelos voando sobre os olhos e uma delicada tatuagem de pontos adesivos na têmpora.

— Austen é apaixonada por marinheiros em *Persuasão* — ela disse a Sylvia. — Que profissão ela admiraria hoje?

— Bombeiros? — arriscou Sylvia. — Exatamente como todo mundo? — E então elas pararam de falar porque Jocelyn estava se aproximando e discutir o livro antes da reunião, ainda que tolerado, não era encorajado.

Os cães estavam empolgados. Sahara corria pela areia com uma fiada de algas na boca, soltando-a para latir para alguns leões-marinhos que tomavam sol em uma rocha na arrebentação. Os leões-marinhos latiam em resposta; tudo de forma muito amigável.

Thembe encontrou uma gaivota morta e rolou sobre ela, o que obrigou Jocelyn a arrastá-lo para a água gelada e esfregá-lo com areia molhada. Os pés dela ficaram brancos como a barriga de um peixe, e seus dentes começaram a bater, feito raro em agosto. Ela estava muito bonita, com o cabelo preso atrás por um lenço, a pele lustrada pelo vento. Ao menos, foi o que Sylvia achou.

Sylvia estava conseguindo nunca ficar sozinha com Grigg. Jocelyn, ela percebeu, quase parecia estar fazendo a mesma coisa. Elas sentaram juntas na areia enquanto Jocelyn se secava com seu moletom.

— Quando estava indo para o hospital — disse Sylvia —, pensei que se Allegra estivesse bem eu seria a mulher mais feliz do mundo. E ela estava e fiquei feliz. Mas hoje a pia está entupida, a garagem está com baratas e não tenho tempo para lidar com nada disso. O jornal está cheio de sofrimento e guerra. E eu já preciso me lembrar de ser feliz. Sabe, se fosse o contrário, se tivesse acontecido alguma coisa com Allegra, eu não precisaria me lembrar de ser infeliz. Eu ficaria infeliz para o resto da vida. Por que a infelicidade é tão mais poderosa que a felicidade?

— Um elemento difícil estraga todo o grupo — concordou Jocelyn. — Uma decepção estraga o dia inteiro.

— Uma infidelidade destrói anos de dedicação.

— Você leva dez semanas para ficar em forma e dez dias para perder a forma.

— É essa a minha opinião — disse Sylvia. — Não temos a menor chance. — Jocelyn era mais chegada e mais cara a Sylvia do que sua própria irmã jamais havia sido. Elas já haviam brigado por causa da impontualidade de Sylvia, do autoritarismo de Jocelyn, da maleabilidade de Sylvia, do moralismo de Jocelyn, mas nunca tinham tido uma briga séria. Durante todos aqueles anos, Sylvia havia tirado Daniel de Jocelyn, e Jocelyn simplesmente seguira em frente, passando a amar a ambos.

Cat aproximou-se e sentou-se ao lado delas. Sylvia havia gostado instantaneamente de Cat. Ela ria alto, como um pato grasnando, e ria muito.

— Grigg adora cachorros — disse ela. — Nunca nos deixaram ter um, então, quando fez 3 anos, ele decidiu virar um. Tínhamos que dar tapinhas na cabeça dele e dizer que ele era um bom cão. Tínhamos que lhe oferecer petiscos.

"E existia um livro que ele adorava. *Os poodles verdes*.* Uma espécie de mistério passado no Texas, com uma prima da Inglaterra que tinha desaparecido fazia tempo, uma pintura roubada. E muitos cães. Nossa irmã Amelia costumava ler para nós na hora de dormir. Livros e cães, esse é o nosso Grigg."

Allegra havia descoberto poças ocasionadas pela maré nas cavidades das rochas e gritou para que os demais fossem ver. Cada poça era um mundo, minúsculo, porém completo. As poças possuíam o encanto das casas de boneca, sem inspirar o desejo de rearrumação. Eram orladas por anêmonas, tantas que se achavam espremidas; havia moluscos e ouriços ocasionais, haliotes do tamanho de unhas e um ou dois peixinhos. Era uma prévia do almoço.

A caminho de casa, Jocelyn pegou o trajeto errado. Eles ficaram perdidos nas vastidões de Glen Ellen por meia hora, o que não era do feitio de Jocelyn. Sylvia estava na frente com o mapa MapQuest que, no momento em que era necessário, parecia não ter relação

---

* *The Green Poodles*, de Charlotte Baker. (N. da T.)

com as realidades das estradas e distâncias. Na parte traseira, Cat virou-se de repente para Grigg.

— Ah, meu Deus — disse. — Você viu aquela placa? Para Los Guilicos? Lembra da Escola Los Guilicos para meninas rebeldes? Eu gostaria de saber se continua lá.

— Meus pais estavam sempre ameaçando minhas irmãs com a Escola Los Guilicos — informou Grigg ao resto dos ocupantes do carro. — Era uma brincadeira de família. Eles haviam lido sobre ela nos jornais. Era um lugar muito violento.

— Houve um motim por lá — disse Cat. — Acho que eu ainda não era nascida. Foi iniciado por algumas garotas de Los Angeles, então deve ter recebido muita atenção dos jornais de lá. Durou quatro dias inteiros. A polícia não parava de prender as garotas, de tirá-las de lá e dizer que estava tudo sob controle e, na noite seguinte, as que tinham sobrado começavam tudo de novo. Elas quebraram janelas, se embebedaram, lutaram com facas de cozinha e cacos de vidro. Arrancaram os vasos sanitários e atiraram pelas janelas com o resto da mobília. Foram para a cidade e quebraram janelas por lá também. Por fim, a Guarda Nacional foi chamada, e nem eles conseguiram controlar as coisas. Quatro dias! Gangues de garotas adolescentes enlouquecidas. Sempre achei que isso daria um ótimo filme.

— Nunca ouvi falar disso — comentou Sylvia. — O que deflagrou o motim?

— Não sei — respondeu Cat. — Foi atribuído a lésbicas violentas.

— Ah — disse Allegra —, claro — embora Sylvia não visse nada de *claro* naquilo. De quantas revoltas atribuídas a lésbicas Allegra havia tomado conhecimento?

Ou talvez houvesse sido um "claro" enfático. Talvez Allegra sentisse uma admiração oculta por lésbicas que atiravam vasos sanitários.

– Eu costumava ter pesadelos – disse Grigg –, onde era perseguido por garotas rebeldes com facas.

– Claro – disse Cat. – Você tinha mesmo. Isso não faz você se perguntar onde estão todas aquelas garotas agora? No que elas se transformaram?

– Vire aqui – Sylvia disse a Jocelyn, só porque eles haviam chegado a um jardim repleto de rosas.

Jocelyn virou. Que Santa Teresa as guiasse até em casa.

Ou que fossem todos acabar na Escola Los Guilicos à procura de garotas rebeldes. Para Sylvia, qualquer das duas coisas estava bem.

Jocelyn estava muito calada. Em parte, por não conseguir ouvir a conversa no banco de trás. Mas principalmente porque, quando estavam na praia, enquanto Allegra e Sylvia ainda escarafunchavam as poças provocadas pelas marés, e Grigg atirava pedaços de pau aos cães, descobrindo que os leões da Rodésia não os traziam de volta, Cat, de repente, sem nenhum aviso, dera uma palavra com ela.

– Meu irmão gosta de você – começou Cat. – Ele me mataria se soubesse que eu disse isso, mas acho que é o melhor. Assim, cabe a você. Deus sabe que isso não pode ficar nas mãos dele. Ele nunca vai fazer um movimento.

– Ele disse a você que gostava de mim? – Jocelyn arrependeu-se imediatamente de haver perguntado. Quão adolescente aquilo soava?

– Por favor. Eu conheço meu irmão – o que Jocelyn supôs que significasse que ele não havia feito isso. Ela virou-se, olhou para a praia, para Grigg e os cães. Eles vinham em sua direção, aproximando-se a galope. Ela percebeu que Thembe, ao menos, estava entusiasmado e não tirava os olhos de Grigg.

Leões da Rodésia são cães de caça, o que significa que são amigáveis, mas independentes. Jocelyn os apreciava pelo desafio; não havia grandeza em um pastor bem-comportado. Ela também gostava de homens independentes. Antes da festa para arrecadação de fundos da biblioteca, Grigg sempre havia se mostrado ansioso demais por agradar.

E então ele juntou-se a elas e nada mais pôde ser dito. Era óbvio que ele gostava da irmã, o que era cativante. Os dois permaneceram juntos, o braço dele ao redor do ombro dela. Cat possuía um rosto franco, favorável à permanência ao ar livre. Mostrava a idade que tinha e mais um pouco. Mas o sol batia em cheio nela, teste ao qual dificilmente uma mulher em mil resistiria. Era obviamente uma boa linhagem. Tanto o irmão quanto a irmã possuíam bons dentes, orelhas pequenas e bonitas, tórax profundo, membros longos.

Ao deixar Sylvia, Jocelyn contou o que Cat dissera. Grigg e Cat já haviam sido levados para casa. Allegra entrara direto para dar um telefonema.

– Não estou totalmente convencida de que Cat soubesse do que estava falando – disse Jocelyn. – Grigg e eu tivemos uma briga séria na outra noite. Com pedidos de desculpas para todo lado, mas ainda assim... De qualquer forma, eu meio que tinha Grigg em mente para você. Foi você quem ele convidou para almoçar.

– Bem, eu não quero saber dele – respondeu Sylvia. – Roubei seu namorado no ensino médio e não deu em nada. Não vou fazer isso outra vez. Você gosta dele?

– Sou muito velha para ele.

– E eu não?

– Era para ser uma aventura.

– Então se aventure você.

– Acho que vou ler aqueles livros que ele me deu – disse Jocelyn. – Se forem bons, bem, então talvez. Talvez eu faça uma tentativa. – Ao menos, ela graças a Deus nunca havia sido o tipo de mulher que deixava de gostar de um cara só porque ele talvez gostasse dela.

Haviam colocado uma carta por baixo da porta de Sylvia, recolhida por Allegra e deixada sobre a mesa da sala de jantar. "Quero voltar para casa", dizia a carta. "Cometi um erro terrível e você não deveria me perdoar, mas também deveria saber que quero voltar para casa.

"Sempre senti que tornar todo mundo feliz era a minha função e me sentia um fracasso quando você e as crianças não conseguiam me proporcionar essa felicidade. Não descobri isso sozinho. Estou indo a um psicólogo.

"E então, fui estúpido o suficiente para culpar você pelo fato de eu não ser feliz. Agora, acho que, se voltasse para casa, deixaria você ter seus próprios maus humores, seus medos encantadores e ternos.

"Na semana passada, descobri que não desejava estar com uma mulher que não posso levar ao quarto de hospital de minha filha. Tive um sonho enquanto estávamos naquelas cadeiras horríveis. No meu sonho, havia uma floresta. (Lembra de como levamos as crianças ao Parque Nacional de Snoqualmie, e Diego se queixou "Você disse que a gente ia a uma floresta. Não tem nada aqui além de árvores"?) Eu não conseguia encontrar você. Fui ficando cada vez mais assustado, então acordei, e você estava bem na minha frente, do outro lado do quarto. Senti tanto alívio que mal consigo exprimir. Você me perguntou como estava Pam. Não vejo Pam há dois meses. Ela não era mulher para mim afinal.

"Fui injusto, fraco, rancoroso e inconstante. Mas foi sempre você que esteve em meu coração."

Sylvia pôs-se a dobrar e desdobrar a carta, tentando entender como se sentia a respeito. Sentiu-se feliz. Sentiu raiva. Aquilo a fez pensar que Daniel não era prêmio nenhum. Ele estava voltando para casa porque mais ninguém o queria.

Ela não mostrou a carta a Allegra. Não contou nem mesmo a Jocelyn. Jocelyn responderia o que quer que Sylvia desejasse, mas Sylvia ainda não sabia que resposta seria essa. Esse era um momento muito importante para que ela pedisse a Jocelyn que o vasculhasse sem orientação. Sylvia queria que as coisas fossem simples, mas estas se recusavam a simplificar. Pôs-se a andar para um lado e outro com a carta, lendo-a e relendo-a, observando seus sentimentos se reordenarem frase por frase, como um caleidoscópio.

A última reunião oficial do clube de leitura de Jane Austen teve lugar mais uma vez na casa de Sylvia. A temperatura havia ficado em torno dos 33 graus o dia inteiro, o que não era ruim para agosto no Valley. O sol baixou, e uma brisa surgiu do delta. Sentamo-nos na varanda de Sylvia, debaixo da nogueira grande. Ela preparou margaritas de pêssego e serviu sorbet caseiro de morango com biscoitos de açúcar caseiros. Sem dúvida, ninguém poderia ter exigido uma noite mais bonita.

A reunião começou com uma revelação. O aniversário de Sylvia estava chegando. Ainda faltavam algumas semanas, mas Allegra havia feito uma coisa que queria que todos víssemos, então deu o presente a Sylvia antes da hora, envolto nos quadrinhos da semana anterior. Tinha mais ou menos o tamanho e a forma de uma bola de queijo de festa. Teríamos imaginado que Sylvia era do tipo que desamarrava a fita, retirava e dobrava com cuidado o papel. Em vez disso, ela o rasgou em pedaços. Sahara e Thembe não teriam aberto o embrulho mais rápido, mesmo que trabalhassem juntos.

Allegra comprara uma daquelas Bolas-8 Mágicas pretas, a havia aberto, substituído as respostas e fechado. Pintara a bola de verde-escuro e, em cima do velho 8, decalcara uma reprodução do desenho que Cassandra Austen havia feito da irmã e colocado em uma moldura oval como um camafeu. Não era um retrato muito atraente;

tínhamos certeza de que ela havia sido mais bonita que isso, mas, quando se necessita de um retrato de Jane Austen, as opções não são muitas.

Uma fita envolvia a bola. *Pergunte a Austen* havia sido pintado em vermelho sobre a fita. Allegra copiara a caligrafia de Austen de um fac-símile na biblioteca da universidade.

– Vá em frente – disse Allegra. – Faça uma pergunta.

Sylvia levantou-se para dar um beijo em Allegra. Era um presente fantástico! Allegra era muito inteligente. Mas Sylvia não conseguiu pensar em uma pergunta benigna o suficiente para a previsão inaugural. Mais tarde, quando estivesse sozinha, achou que teria algumas coisas a perguntar.

– Eu pergunto – ofereceu-se Bernadette. Ela estava muito bem-vestida naquela noite, sem um único fio de cabelo fora do lugar. As meias não combinavam, mas por que deveriam? Os sapatos estavam de acordo. Parecia jovial.

– Devo viajar? – Bernadette perguntou a Austen. Ela vinha considerando a possibilidade de uma viagem para observação de pássaros à Costa Rica. Cara, mas não se fosse computado pássaro por pássaro. Ela sacudiu a bola, virou-a e esperou. – *Nem todo mundo tem essa sua paixão por folhas mortas*\* – leu.

– Vá no outono – traduziu Jocelyn.

Prudie foi a próxima a pegar a bola. Alguma coisa em Prudie combinava com objetos divinatórios. A pele branca como neve, os traços acentuados, os olhos escuros, insondáveis. Achávamos que ela deveria estar sempre carregando algum, como um acessório de moda.

– Devo comprar um computador novo? – perguntou Prudie.

---

\* Austen, Jane. *Razão e sensibilidade*. São Paulo: Penguin Classics. Cia. das Letras, 1ª ed., 2012, p. 168. (N. da T.)

Austen respondeu: *Se alguém cai no meu conceito, é uma queda definitiva.*\*

— Acho que isso significa não — disse Allegra. — Você tem que apertar um pouco os olhos. É meio que uma experiência zen.

O próximo foi Grigg. Durante todo o verão, seus cabelos e cílios haviam branqueado nas pontas. Ele obviamente se bronzeava com facilidade; até mesmo o curto passeio até a praia o havia deixado mais moreno. Grigg parecia cinco anos mais novo, o que era desastroso para uma mulher mais velha que estava considerando a possibilidade de sair com ele.

— Devo escrever meu livro? — perguntou Grigg. — Meu *roman à clef*?

Austen o ignorou, respondeu a uma pergunta diferente, mas Grigg foi o único de nós a saber disso. *Avança passo a passo, não querendo arriscar nada até sentir-se inteiramente seguro.*\*\*

— Aposto que você ia conseguir vender vários desses — disse Grigg. — Você podia lançar uma linha completa, com autores diferentes. A bola de Dickens. De Mark Twain. De Mickey Spillane. Eu daria um bom dinheiro para ter acesso à recomendação diária de Mickey Spillane.

Houve um tempo em que teríamos ficado de cabelo em pé ante a mudança de Austen para Spillane. Mas, a essa altura, já gostávamos muito de Grigg. Ele provavelmente estava brincando.

Grigg passou a Jocelyn. Ela também estava parecendo excepcionalmente bem. Vestia uma blusa que nem Sylvia havia visto, portanto devia ser nova. E saia longa, cáqui-clara. Usava maquiagem.

— Devo fazer uma tentativa? — perguntou Jocelyn.

---

\* Austen, Jane. *Orgulho e preconceito*. São Paulo: Penguin Classics. Cia. das Letras, 1ª ed., 2011, p. 164. (N. da T.)
\*\* Austen, Jane. *Emma*. Rio de Janeiro: Nova Fronteira, 1996, p. 71. (N. da T.)

*Nem todo mundo tem essa sua paixão por folhas mortas,* disse Austen.

– Bem, essa resposta funciona igualmente bem para qualquer pergunta – observou Allegra. – De qualquer forma, você deve tentar sempre. Pergunte a Allegra.

Jocelyn virou-se diretamente para Grigg.

– Li aqueles dois Le Guin que você me deu. Na verdade, comprei um terceiro. Estou na metade de *Searoad*.* Ela é simplesmente fantástica. Faz uma eternidade que não encontro um escritor novo de quem gosto tanto.

Grigg piscou várias vezes.

– Le Guin pertence a uma facção própria, claro – disse com certa cautela. Então ganhou entusiasmo: – Mas ela escreveu um bocado. E existem outros escritores de quem você talvez também goste. Joanna Russ e Carol Emshwiller.

As vozes baixaram; a conversa tornou-se íntima, mas o pouco que conseguimos ouvir ainda dizia respeito a livros. Então Jocelyn era leitora de ficção científica agora. Não tínhamos nenhuma objeção. Víamos como isso podia ser arriscado para pessoas propensas a fantasias distópicas, mas desde que a pessoa não lesse apenas ficção científica, desde que houvesse uma generosa concessão ao realismo, que mal havia? Era bom ver Grigg tão feliz. Talvez todas devêssemos começar a ler Le Guin.

A esfera retornou a Sylvia.

– Devemos conversar sobre *Persuasão* agora? – perguntou Sylvia. A resposta: *Nem todo mundo tem essa sua paixão por folhas mortas.*

– Você não balançou – queixou-se Allegra. O telefone tocou, ela levantou-se e entrou. – Vão em frente e comecem – disse ao sair. – Eu já volto.

---

* Via marítima. (N. da T.)

Sylvia largou a bola, pegou o livro, folheou-o em busca da passagem que desejava.

— Fiquei intrigada — começou — com a diferença na maneira com que Austen se refere à morte de Dick Musgrove e a maneira com que se refere à morte de Fanny Harville. É muito conveniente para o enredo que o noivo de Fanny se apaixone por Louisa, visto que deixa o capitão Wentworth livre para se casar com Anne. Ainda assim, dá para perceber que Austen não aprova inteiramente. — Sylvia leu em voz alta: — "'Pobre Fanny', diz seu irmão. 'Ela não o teria esquecido tão cedo!'"\*

"Mas não existem lágrimas para Dick Musgrove. A perda de um filho é menos importante que a perda de uma noiva. Austen nunca foi mãe."

— Austen nunca foi noiva — disse Bernadette. — Ou só por uma noite. Não é tempo suficiente para contar. Então, não é filho *versus* noiva.

Havia uma mosca na varanda, zumbindo junto à cabeça de Bernadette. Era grande, barulhenta, vagarosa e distraía a atenção. Distraía nossa atenção em todo caso. Não parecia estar incomodando Bernadette.

— O que importa é o valor da pessoa morta — disse ela. — Dick era um rapaz inútil, incorrigível. Fanny era uma mulher excepcional. As pessoas conquistam a forma como sua falta é sentida. *Persuasão* tem tudo a ver com conquistar o seu lugar. Os homens da Marinha, que venceram por esforço próprio, são muito mais admiráveis que os Elliot bem-nascidos. Anne é muito mais merecedora que qualquer uma de suas irmãs.

— Mas Anne merecia mais do que recebeu — disse Grigg. — Até o final. Assim como a pobre Fanny, que acabou morta.

---

\* Austen, Jane. *Persuasão*. Porto Alegre: L&PM, 2014, p. 234. (N. da T.)

— Acho que todos nós merecemos mais do que obtemos — disse Sylvia —, se é que isso faz algum sentido. Eu gostaria que o mundo fosse mais clemente. Sinto pena de Dick Musgrove por ninguém gostar dele mais do que ele merecia.

Ficamos quietos por um minuto, ouvindo o zumbido da mosca, ponderando nossos pensamentos íntimos. Quem gostava de nós? Quem gostava de nós mais do que merecíamos? Prudie sentiu um impulso de ir direto para casa, para Dean. Não o fez, mas lhe diria que havia pensado nisso.

— Não existem muitas mortes nos outros romances de Austen — disse Jocelyn. Ela já estava dando uma mordida no biscoito de açúcar de Grigg sem nem mesmo pedir. Aquilo estava andando rápido! — A gente se pergunta o quanto ela estava pensando na própria morte.

— Ela achava que estava morrendo? — perguntou Prudie, mas ninguém soube responder.

— Isso é um começo muito macabro — disse Bernadette. — Quero falar sobre Mary. Eu adoro Mary. Com exceção de Collins em *Orgulho e preconceito*, de lady Catherine de Bourgh também, do Sr. Palmer em *Razão e sensibilidade* e é claro que adoro o Sr. Woodhouse, em *Emma*, mas fora esses, ela é a minha preferida de todos os personagens cômicos de Austen. As queixas constantes. A insistência em estar sendo negligenciada e explorada.

Bernadette defendeu sua posição com citações.

— "Você, que não tem sentimentos maternais..."* "Todos estão sempre supondo que não sou boa andarilha!"** — e assim por diante. Ela leu vários parágrafos em voz alta. Ninguém discutiu; estávamos

---

\* Austen, Jane. *Persuasão*. Porto Alegre: L&PM, 2014, p. 67. (N. da T.)
\*\* Ibidem, p. 92. (N. da T.)

de completo acordo, ouvindo sonolentos na noite agradável e fresca. Allegra teria dito alguma coisa amarga – como tantas vezes fazia –, mas não voltara do telefonema, portanto não havia ninguém ali que não gostasse de Mary. Mary era uma criação excepcional. Mary merecia um brinde. Sylvia e Jocelyn foram mandadas à cozinha para uma segunda rodada de margaritas.

Elas passaram por Allegra, que gesticulava ao falar, como se pudesse ser vista.

– ... arrancaram os vasos sanitários e atiraram pelas janelas – disse ela. Que desperdício de expressões bonitas, de gestos de estrela de cinema mudo. Allegra tinha um rosto feito para o videofone. Ela cobriu o receptor: – A Dra. Yep está mandando um oi – disse a Sylvia.

A Dra. Yep? Jocelyn esperou que Sylvia houvesse desligado o liquidificador para inclinar-se e sussurrar:

– E então! Que mãe não quer que a filha namore uma médica bonita?

Que coisa para se dizer! Era evidente que Jocelyn nunca havia assistido a um único episódio de *Young Dr. Malone*. Sylvia sabia como essas coisas funcionavam. A qualquer momento, alguém entraria em coma. Haveria um acidente na cozinha com o liquidificador. Uma morte suspeita seguida de um julgamento por homicídio. Uma gravidez histérica seguida de um aborto desnecessário. Os muitos, muitos encadeamentos que conduziam ao infortúnio.

– Estou muito feliz por ela – disse Sylvia, servindo a maior margarita para si. Ela merecia. – A Dra. Yep me pareceu uma mulher muito simpática – acrescentou sem sinceridade, ainda que, na realidade, a Dra. Yep o fosse.

Bernadette continuava falando quando elas voltaram. Havia substituído Mary pela irmã mais velha, Elizabeth. Igualmente bem delineada, mas muito menos divertida. E não era para ser, claro.

E depois, a conivente Sra. Clay. Mas como ela era pior que Charlotte em *Orgulho e preconceito*, e todos não haviam concordado que adoravam Charlotte?

Sylvia começou a argumentar a favor de sua querida Charlotte. Foi interrompida pela campainha. Ela foi atender e lá estava Daniel, exibindo um olhar sombrio, nervoso, que Sylvia preferiu ao sorriso de lobista que ele imediatamente tentou colar por cima.

– Não posso conversar com você agora – disse Sylvia. – Recebi a carta, mas não posso conversar. Meu clube de leitura está aqui.

– Eu sei. Allegra me disse. – Daniel estendeu a mão e nela havia um livro com uma mulher na capa, parada diante de uma árvore frondosa. O exemplar de Allegra de *Persuasão*. – Dei uma olhada no hospital. Em todo caso, li o posfácio. Aparentemente, tem tudo a ver com segundas chances. Esse é o livro para mim, pensei.

Ele parou de sorrir, e o olhar nervoso voltou. O livro em sua mão tremia. Aquilo amoleceu Sylvia.

– Allegra achou que você estava se sentindo pronta a perdoar – disse Daniel. – Aproveitei a oportunidade para ver se ela estava certa.

Sylvia não se lembrava de ter dito nada que daria a Allegra essa impressão. Não se lembrava de ter conversado a respeito de Daniel. Mas afastou-se e deixou Daniel entrar, deixou-o segui-la de volta à varanda.

– Daniel quer se juntar a nós – disse Sylvia.

– Ele não faz parte do clube. – A voz de Jocelyn soou firme. Regras eram regras e não se faziam exceções para mulherengos e desertores.

– *Persuasão* é meu livro preferido de Austen – disse Daniel.

– Você leu? Você já leu algum deles?

– Estou totalmente preparado – disse Daniel. – Para cada um deles. Faço qualquer coisa.

Ele tinha um botão de rosa de haste curta no bolso superior do jeans. Pegou-o.

— Sei que vocês não vão acreditar, mas encontrei isso caído na calçada aqui em frente. Juro por Deus. Eu esperava que vocês achassem que é uma mensagem. — Ele entregou-o a Sylvia, juntamente com um par de pétalas que haviam se soltado. — *Te echo de menos* — disse. — *Chula*.

— *Les fleurs sont si contradictoires* — retrucou Prudie em tom frio, para lembrá-lo que nem todos falávamos espanhol. Grigg quis apenas uma única margarita, então ela havia tomado a segunda dele, tornando-a sua terceira. Deu para perceber isso no "*sont si*". Ela concedeu a Daniel a cortesia de uma tradução, o que foi mais do que ele havia feito por ela. — De *O pequeno príncipe*. "São tão contraditórias as flores."

Ninguém era mais romântico que Prudie, perguntassem a qualquer um! Mas a rosa havia sido um golpe baixo, e Prudie respeitava menos Daniel por isso. Somada a esse fato, havia a culpa de saber que a rosa lhe pertencia. Dean a colhera para ela e a última vez que a havia visto, ela estava presa em sua blusa.

Prudie não sabia ao certo se *Persuasão* também não era um golpe baixo, mas quem usaria Jane para maus propósitos?

— Pergunte a Austen — sugeriu Bernadette.

— Balance a bola — disse Grigg. — Balance com força. — Ele estava claramente torcendo por Daniel. Tão previsível. Tão maçante, de Y para Y.

Sylvia largou a rosa. A haste já estava mole; a parte superior, pesada, rolava de um lado para o outro. Se aquilo fosse um presságio, era um presságio obscuro. Ela segurou a esfera com as mãos em concha e sacudiu-a. A resposta começou a se formar: *Se alguém cai no meu conceito, é uma queda definitiva*;* mas Sylvia não queria essa.

---

* Austen, Jane. *Orgulho e preconceito*. São Paulo: Penguin Classics. Cia. das Letras, 1ª ed., 2011, p. 164. (N. da T.)

Inclinou discretamente a esfera e obteve: *Quando estou no campo, nunca quero deixá-lo; e quando estou na cidade, é quase a mesma coisa.*
— Então, o que isso significa? — Jocelyn perguntou a Sylvia. — Você decide.
— Significa que ele pode ficar — respondeu Sylvia e viu no rosto de Jocelyn, só por um momento, um lampejo de alívio.
Allegra voltou.
— *Hola, papá* — disse. — Você pegou meu livro. Pegou minha margarita. Está na minha cadeira. — Sua voz soou suspeitosamente alegre. Ela ostentava rosto de anjo; olhos de colaboradora. Daniel deslocou-se para abrir espaço.

Sylvia viu-os acomodarem-se juntos, Allegra encostada no pai, o rosto em seu ombro. De repente, Sylvia pegou-se sentindo uma saudade desesperadora dos meninos. Não dos meninos crescidos, que tinham emprego, mulher e filhos ou, no mínimo, namoradas e telefones celulares, mas dos meninos pequenos, que jogavam futebol e sentavam em seu colo enquanto ela lia *O Hobbit* para eles. Ela recordou como Diego havia resolvido durante o jantar que andaria de bicicleta com duas rodas e os fez tirar as rodinhas naquela mesma noite, como se afastou sem uma única oscilação. Recordou como Andy costumava acordar dos sonhos rindo e nunca conseguia explicar por quê.

Sylvia lembrou-se de uma viagem para esquiar que todos haviam feito no ano das grandes enchentes. Oitenta e seis? Eles haviam alugado uma cabana em Yosemite e quase não conseguiram voltar para casa depois. A interestadual 5 fechara enquanto estavam lá, mas eles conseguiram mudar para a 99. A rodovia 99 inundou uma hora depois de eles terem passado.

Enquanto eles estavam nas montanhas, não parou de nevar. Teria sido agradável se eles estivessem alojados em um chalé caro com os pés apoiados perto da lareira. Em vez disso, haviam permanecido no estacionamento de Badger Pass com centenas de outras famílias, esperando o ônibus que os levaria.

Foi uma espera longa e fria, que deixou todo mundo descontente. Um aviso informou que um dos ônibus havia enguiçado e não chegaria, o que piorou o humor coletivo. Os meninos estavam com fome. Allegra mais ainda. Os meninos estavam com frio. Allegra, congelada. Eles detestavam esquiar, disseram todos, e por que haviam sido forçados a ir?

Quando o ônibus chegou, quase trinta minutos mais tarde, um homem e uma mulher furaram a fila e passaram na frente de Sylvia. Não fazia o menor sentido. Nenhum deles achava-se próximo o bastante da frente para ter chance no primeiro ônibus. Mas Sylvia havia sido empurrada para o lado e, na tentativa de não pisar em Diego, caíra sobre o asfalto congelado.

– Ei – Daniel dissera. – Essa que você acaba de empurrar é minha esposa.

– Vá se foder – respondeu o homem.

– O que foi que você disse?

– Foda-se a sua esposa – disse a mulher.

As crianças tinham um cachecol enrolado em torno do pescoço, que lhes cobria a boca. Acima dele, seus olhos brilhavam de emoção. Haveria uma luta! E seu pai iria começá-la! As pessoas mais próximas se afastaram para que houvesse espaço vazio ao redor de Daniel e do outro homem.

– Daniel, não – disse Sylvia. Uma coisa que ela sempre havia adorado em Daniel era sua falta de machismo. Os garotos com os quais havia crescido eram tão *vaqueros*. Tão caubóis. Ela nunca havia achado aquilo atraente. Daniel era como seu pai, autoconfiante o suficiente para aceitar uma ofensa se esta fosse feita. (Por outro lado, ela havia sido empurrada e xingada, totalmente sem provocação. Aquilo não estava certo.)

— Vou resolver isso — disse Daniel. Ele usava calça de esquiar, botas macias *après-ski* e um imenso anoraque. Essa era a camada de cima, mas havia várias por baixo. Ele parecia prestes a ser disparado de um canhão. O outro homem achava-se igualmente acolchoado, o boneco da Michelin em azul Patagônia. Eles colocaram-se em posição. Sylvia nunca tinha visto Daniel tão zangado.

Daniel tomou impulso, mas o gelo estava tão ruim que quase caiu devido ao próprio movimento. Errou o peito do outro homem por vários centímetros. O homem arremeteu, e Daniel deu um passo para o lado, então ele passou por Daniel e caiu de encontro a uma pilha de esquis e bastões.

Ambos recuperaram o equilíbrio e deram meia-volta.

— Você vai se arrepender por isso — disse o homem. Ele caminhou em direção a Daniel, colocando os pés no gelo com cuidado. Daniel tomou outro impulso e errou. Suas botas deslizaram sob o corpo, e ele caiu em cheio. O homem acercou-se para mantê-lo ali, imobilizá-lo com o joelho, mas, na pressa, tornou a escorregar e passou por ele. Sua mulher o pegou e ergueu. Daniel levantou-se, avançou com dificuldade. Tomou um terceiro impulso, que o fez dar meia-volta e encarar Sylvia.

Ele estava sorrindo. Gordo como um Papai Noel em seu imenso anoraque escuro, lá estava ele, lutando pela honra de Sylvia, mas sem conseguir acertar um único soco. Girando os braços, escorregando, caindo. Rindo.

— Anne Elliot é realmente a melhor heroína que Austen criou? — perguntou Daniel. — É o que diz aqui no posfácio.

— Ela é intrinsecamente boa demais para o meu gosto — comentou Allegra. — Prefiro Elizabeth Bennet.

— Adoro todas elas — retrucou Bernadette.

— Bernadette — chamou Prudie. Ela havia atingido aquele estado pensativo e sentimental da embriaguez do qual todos que estão assistindo gostam. — Você fez tantas coisas e leu tantos livros. Ainda acredita em finais felizes?

— Ah, meu Deus, claro que sim. — As mãos de Bernadette estavam pressionadas uma contra a outra como um livro, como as de alguém que estivesse rezando. — Acho que acredito. Já tive quase uma centena deles.

Na varanda atrás dela, havia uma porta de vidro e, atrás da porta, um cômodo às escuras. Sylvia não era o tipo de pessoa propensa aos finais felizes. Nos livros, sim, eles eram fascinantes. Mas na vida, todo mundo tinha o mesmo fim, e a única questão era quem chegaria lá primeiro. Ela tomou um gole de margarita de pêssego e olhou para Daniel, que a encarava e não desviou os olhos.

E se a pessoa tivesse um final feliz e não percebesse? Sylvia tomou nota mentalmente. Não deixar escapar o final feliz.

Acima da cabeça de Daniel, uma folha, e apenas uma folha, pulsava. Que brisa minuciosa, precisa! Tinha o cheiro do rio, um cheiro verde em um mês marrom. Ela respirou fundo.

— Às vezes um gato branco é só um gato branco — observou Bernadette.

# Novembro

# Epílogo

O clube de leitura de Jane Austen reuniu-se mais uma vez. Em novembro, encontramo-nos no Crêpe Bistro para almoçar e nos revezar vendo as fotos da viagem de Bernadette à Costa Rica em seu laptop. Era uma pena que ela não houvesse feito uma edição. Sempre que via alguma coisa de tirar o fôlego, ela batia duas ou três fotos idênticas. Também havia duas fotos de pessoas sem cabeça e uma na qual não se via nada além de dois pontos vermelhos, que Bernadette explicou que eram os olhos de um jaguar e não pudemos provar o contrário. Mas eles eram muito afastados.

Ela nos contou como, certo dia, o ônibus de turismo havia quebrado em frente a uma fazenda chamada A Arara Escarlate. O dono da fazenda, o obsequioso *señor* Obando, havia insistido para que o grupo todo permanecesse lá até que um novo ônibus chegasse. Durante as catorze horas que isso levou, eles passearam pela fazenda. Bernadette viu um guarda-chuva-de-pescoço-pelado, um alegrinho-das-torrentes, uma juruva-ruiva, um gavião-real (motivo de considerável comemoração), alguma outra ave de peito listrado, outra de pés vermelhos.

O *señor* Obando era um grande entusiasta, possuía uma energia enorme para um homem de sua idade. Estava decidido a colocar sua fazenda no circuito do ecoturismo e não para si, mas para os observadores de aves. Era seu sonho, disse ele. Seguramente, não havia nenhuma fazenda em parte alguma com aves ou trilhas melhores. Eles podiam ver por si mesmos quão boas eram as acomodações, quão variados eram os ocupantes emplumados.

Ele e Bernadette sentaram-se na varanda, beberam alguma coisa com sabor de menta e conversaram a respeito de tudo que existia sob o sol. Os parentes dele em San José – infelizmente doentes. Escreviam com frequência, mas ele pouco os via. Livros – "Acho que nós não temos o mesmo gosto para romances", disse Bernadette – e música. Os méritos relativos de Lerner e Loewe *versus* Rodgers e Hammerstein. O *señor* Obando conhecia as canções de uma dezena de musicais da Broadway. Eles cantaram "*How Are Things in Gloccamora?*", "*I Loved You Once in Silence*" e "*A Cockeyed Optimist*". Ele encorajou Bernadette a falar mais; disse que ouvi-la melhoraria o seu inglês. Uma semana mais tarde, Bernadette havia adicionado o *señor* Obando à sua Lista Pessoal.

Ela estava casada novamente. Mostrou-nos um anel com uma grande água-marinha.

– Acho realmente que esse é especial – disse ela. – Adoro homens de visão.

Bernadette havia voltado para ver os filhos, os netos, os bisnetos e fechar o apartamento. Para pegar o casaco e o chapéu. E encaminhar a correspondência para A Arara Escarlate.

Ficamos felizes por ela, claro, e pelo afortunado *señor* Obando, mas também um pouco tristes. A Costa Rica é muito longe.

Grigg declarou que ele, em particular, sentia falta de nossas reuniões. Grigg e Jocelyn haviam acabado de voltar da World Fantasy Convention em Minneapolis. Era uma convenção séria, disse Jocelyn. Para leitores sérios. Ela havia gostado de todos que conhecera e não tinha visto nada que desaprovasse. Grigg declarou que ela não havia procurado com muita atenção.

Na realidade, achou-a desajeitada e pouco à vontade, cercada por tantas pessoas que não conhecia. Isso não nos preocupou. Se lhe dessem tempo para relaxar, tempo para perceber o que era necessário, Jocelyn colocaria toda a comunidade em ordem. A formação de casais por si só a ocuparia durante anos.

– Podíamos ler outra pessoa – sugeriu Grigg. – Patrick O'Brian? Alguns dos livros dele têm tudo a ver com Austen. Mais do que seria de se esperar.

– Sou uma grande fã de barcos – Prudie disse a Grigg. – Pergunte a qualquer pessoa. – Seu tom de voz foi, na melhor das hipóteses, educado.

Grigg não havia entendido. Se houvéssemos começado com Patrick O'Brian, então poderíamos ter passado a Austen. Mas não podíamos seguir na outra direção.

Havíamos permitido que Austen entrasse em nossa vida e agora estávamos todos ou casados ou namorando. O'Brian teria feito isso? Como? Quando precisássemos cozinhar a bordo de um navio, tocar um instrumento musical, viajar à Espanha vestidos como ursos, Patrick O'Brian seria nosso homem. Até lá, apenas esperaríamos. Em três ou quatro anos, seria hora de ler Austen outra vez.

Sylvia e Daniel haviam permanecido na casa de Jocelyn para cuidar do canil enquanto ela estava na World Fantasy. Depois disso, Daniel voltou para casa. Sylvia contou-nos que aprendeu algumas dicas conjugais úteis com Sahara e os leões da Rodésia matriarcais. Diz que está feliz, mas continua a ser Sylvia. Quem pode realmente saber?

Ultimamente, vemos Allegra muito menos. Ela mudou-se para São Francisco e voltou com Corinne. Nenhum de nós espera que dure. Daniel contou a Sylvia o que Corinne havia feito, Sylvia contou a Jocelyn, e agora todos nós meio que sabemos. É difícil gostar muito de Corinne agora; é difícil ter um bom pressentimento quanto ao relacionamento. É preciso acreditar em reforma radical. É preciso confiar em Allegra. Lembrar-se que ninguém consegue intimidar Allegra.

Existe toda uma história envolvendo Samantha Yep, mas Allegra afirma que nunca irá contá-la, não para nós, não para Corinne. É uma boa história, eis o motivo. Ela não tem a menor intenção de encontrá-la em *The New Yorker* algum dia.

Todos pedimos uma taça da excelente sidra do Crêpe Bistro e brindamos ao casamento de Bernadette. Sylvia levou a esfera Pergunte a Austen, não para fazermos perguntas, apenas para que esta desse a última palavra à pessoa certa.

*Sul, norte... eu conheço bem uma nuvem negra...**
Mas Austen não iria querer que as coisas terminassem assim.

*Uma mulher solteira de boas posses é sempre respeitável.***
Melhor. Um sentimento bom. Ainda que não muito verdadeiro, como outras coisas que ela disse. Temos certeza que é possível pensar em exceções.

*O mero costume de aprender a amar é a questão.****
Bingo.

Em homenagem a Bernadette, com os melhores votos de saúde e felicidade futuras, Austen se repete:

*O mero costume de aprender a amar é a questão.*
— JANE AUSTEN, 1775–1817

---

\* Austen, Jane. *Mansfield Park*. São Paulo: Penguin Classics. Cia. das Letras, 1ª ed., 2014, p. 297. (N. da T.)
\*\* Austen, Jane. *Emma*. Rio de Janeiro: Nova Fronteira, 1996, p. 67. (N. da T.)
\*\*\* Austen, Jane. *A abadia de Northanger*. Porto Alegre: L&PM, 2014, p. 187. (N. da T.)

## Guia do leitor

Jane Austen é estranhamente capaz de manter todo mundo ocupado. Os moralistas, a turma do Eros-e-Ágape, os marxistas, os freudianos, os junguianos, os semióticos, os desconstrucionistas – todos descobrem um parque de aventuras em seis romances repetitivos sobre provincianos de classe média. E para todas as gerações de críticos e leitores, sua ficção renova-se sem esforço.

– MARTIN AMIS, "Jane's World", *The New Yorker*

# Os romances

*Emma* foi escrito entre janeiro de 1814 e março de 1815, e publicado em 1815. O personagem-título, Emma Woodhouse, é a rainha de sua pequena comunidade. É atraente e rica. Não tem mãe; seu pai, temperamental e fraco, não impõe restrições nem ao comportamento, nem à presunção da filha. Todos na aldeia lhe são reverentes e inferiores no que diz respeito à posição social. Apenas o Sr. Knightley, velho amigo da família, está sempre sugerindo que ela precisa melhorar.

Emma gosta de promover casamentos. Quando conhece a bela Harriet Smith, "filha natural de uma pessoa desconhecida",* Emma a adota, tanto como amiga quanto como causa. Sob a orientação de Emma, Harriet recusa a proposta de Robert Martin, fazendeiro local, de forma que Emma possa engendrar outra da parte do Sr. Elton, o vigário. Infelizmente, o Sr. Elton interpreta mal a trama e crê que a própria Emma está interessada nele. Não pode se permitir rebaixar-se para cogitar em Harriet Smith.

A situação fica ainda mais estremecida pelo retorno à aldeia de Jane Fairfax, sobrinha da tagarela Srta. Bates, e por uma visita de

---

* Austen, Jane. *Emma*. Rio de Janeiro: Nova Fronteira, 1996, p. 18. (N. da T.)

Frank Churchill, enteado da ex-governanta de Emma. Ele e Jane estão secretamente comprometidos, mas como todos desconhecem o fato, este não tem nenhum impacto no frenesi casamenteiro.

Por fim os casais são escolhidos, se não de acordo com o plano de Emma, ao menos para sua satisfação. Pouco interessada em casamento no início, ela compromete-se alegremente com o Sr. Knightley antes do fim do livro.

*Razão e sensibilidade* foi escrito no final da década de 1790, mas muito revisto antes da publicação em 1811. É essencialmente a história de duas irmãs, Elinor e Marianne Dashwood. A morte de seu pai as deixou, junto com a mãe e a irmã mais nova, financeiramente necessitadas. As duas mulheres se apaixonam, cada uma a sua maneira – Marianne é extravagante e sincera em suas emoções; Elinor, comedida e decorosa.

O objeto do interesse de Elinor é Edward Ferrars, irmão de Fanny Dashwood, sua cunhada desagradável e mesquinha. Elinor descobre que Edward, para infelicidade deste, acha-se há algum tempo inextricável e secretamente comprometido com uma jovem chamada Lucy Steele. Descobre esse fato a partir de Lucy que, ciente do interesse de Elinor, embora finja o contrário, elege-a como confidente especial.

Marianne espera casar-se com John Willoughby, o único homem atraente do livro. Este a abandona por um casamento financeiramente vantajoso. A surpresa e decepção daí decorrentes lançam Marianne em um perigoso declínio.

Quando Lucy Steele rejeita Edward por seu irmão Robert, Edward está finalmente livre para casar-se com Elinor. Edward parece bastante enfadonho, mas ao menos é a escolha de Elinor. Marianne casa-se com o coronel Brandon, o homem maçante que Elinor e sua mãe elegeram para ela.

*Mansfield Park* foi escrito entre 1811 e 1813, e publicado em 1814. Marca o retorno de Austen à composição dos romances, após uma interrupção de mais de uma década.

Aos 10 anos, Fanny Price é retirada de seu lar empobrecido e acolhida na rica propriedade de sua tia e seu tio Bertram. Lá, é atormentada pela tia Norris, detestada pelos primos Tom, Maria e Julia, e faz amizade apenas com o primo Edmund. Sua posição é inferior à de uma filha, assemelhando-se mais à de uma criada. Os anos se passam. Fanny cresce retraída e doentia (ainda que muito bonita).

Enquanto o tio Bertram está viajando a negócios, Henry e Mary Crawford instalam-se na residência paroquial vizinha. Os irmãos Crawford são animados e agradáveis. Tanto Maria quanto Julia estão apaixonadas por Henry. Edmund acha-se igualmente apaixonado por Mary.

Peças de teatro amador são programadas, então canceladas devido ao retorno de tio Bertram. Mas os ensaios já incentivaram vários flertes prejudiciais. Maria, humilhada pela falta de verdadeiro interesse por parte de Henry, casa-se com o Sr. Rushworth, um idiota rico.

Em seguida, Henry apaixona-se pela tímida Fanny. Esta recusa o casamento vantajoso e, como castigo, é enviada de volta a seus pais. Henry persegue-a por algum tempo, então tem um caso com Maria, o que resulta na desgraça desta. Edmund abre os olhos diante da reação casual de Mary a esse fato.

Tom, o mais velho dos primos Bertram, quase morre em decorrência do vício e da devassidão; Fanny é levada de volta a Mansfield Park para ajudar a cuidar dele. Ao final do livro, Fanny e Edmund se casam. Eles parecem combinar bem, ainda que não fossem, como enfatizou Kingsley Amis, o tipo de pessoas que alguém gostaria de convidar para um jantar.

*A abadia de Northanger* foi escrito no final da década de 1790, mas publicado apenas após a morte da autora. É a história de uma heroína deliberadamente comum chamada Catherine Morland. O livro divide-se em duas partes. Na primeira, Catherine viaja a Bath com os Allen, amigos da família. Lá, conhece dois casais de irmãos – John e Isabella Thorpe e Henry e Eleanor Tilney. Seu próprio irmão, James, junta-se a eles e fica noivo de Isabella. Catherine sente-se atraída por Henry, um clérigo espirituoso de conduta pouco ortodoxa.

O general Tilney, pai de Henry e Eleanor, convida Catherine para visitá-los em casa; a visita constitui a segunda metade do livro. O general é ao mesmo tempo solícito e autoritário. Influenciada pelo romance gótico que havia lido, Catherine imagina que ele assassinou a mulher. Henry descobre o fato e a corrige de forma humilhante.

Catherine recebe uma carta de James, contando que Isabella terminou o noivado. Ao retornar de Londres, o general Tilney induz Catherine a deixar a propriedade, o que a obriga a voltar para casa. Por fim, subentende-se que Catherine e James equivocaram-se com pessoas muito ricas, mas a situação se esclarece.

Henry fica tão indignado com o comportamento do pai que sai imediatamente atrás de Catherine e lhe propõe casamento. Eles não podem prosseguir sem a permissão do pai dele, mas esta é finalmente obtida no frenesi auspicioso do casamento de Eleanor com um visconde.

*Orgulho e preconceito* foi originalmente intitulado *Primeiras impressões*. Foi escrito entre 1796 e 1797 e expressivamente revisto antes de sua publicação em 1813. É o mais famoso dos romances. A própria Austen o caracterizou como "muito leve, perspicaz e espirituoso", sugerindo que necessitava de algum "disparate enganoso sério" à guisa de contraste. Em uma inversão do clássico conto de fadas Cinderela, quando o herói, Fitzwilliam Darcy, vê pela primeira vez a heroína, Elizabeth Bennet, em um baile, recusa-se a dançar com ela.

Elizabeth é uma das cinco filhas dos Bennet, secundando em idade apenas a bela Jane. A propriedade dos Bennet acha-se vinculada a um primo, e, embora as garotas tenham uma vida confortável enquanto seu pai está vivo, sua sobrevivência financeira a longo prazo depende do casamento.

A história gira em torno da persistente antipatia de Elizabeth por Darcy e a crescente atração de Darcy por Elizabeth. Quando esta conhece o libertino Wickham, Darcy antipatiza intensamente com ele; ela deixa-se rapidamente conquistar por essa aversão compartilhada.

Um enredo secundário envolve o herdeiro do pai dela, o reverendo Collins, que tenta reparar seu impacto financeiro sobre a família ao pedir que Elizabeth case-se com ele. Elizabeth o rejeita – ele é arrogante e estúpido – então ele faz a mesma proposta a Charlotte Lucas, a melhor amiga de Elizabeth, que aceita.

Darcy propõe casamento a Elizabeth, mas de forma grosseira. Elizabeth o rejeita de forma grosseira. Wickham foge com Lydia, a mais nova das irmãs Bennet, e Darcy é providencial para encontrar o casal e obter um casamento para Lydia. Isso, juntamente com seu amor inabalável e suas maneiras aprimoradas, convence Elizabeth de que ele é o homem para ela afinal. Jane casa-se com o Sr. Bingley, amigo de Darcy, no mesmo dia em que Elizabeth e Darcy se casam. Ambas as irmãs acabam muito ricas.

Assim como *A abadia de Northanger*, *Persuasão* foi publicado após a morte da autora. O livro começa no verão de 1814; a paz foi rompida; a Marinha está em casa. Um viúvo vaidoso e perdulário, sir Walter Elliot, é forçado, por economia, a alugar a propriedade da família para certo almirante Croft e muda-se com a filha mais velha, Elizabeth, para Bath. Uma irmã mais nova, Anne Elliot, visita a irmã casada deliciosamente resmungona, Mary, antes de juntar-se a eles.

Muitos anos antes, Anne havia sido noiva do cunhado do almirante Croft, agora o capitão Frederick Wentworth. A desaprovação de sua família e os conselhos de uma velha amiga, lady Russell, levaram-na a cancelar o casamento, mas ela continua apaixonada por ele.

Wentworth vai visitar a irmã e dá início a uma série de visitas aos Musgrove, a família na qual Mary Elliot se casou. Isso com frequência o mantém no caminho de Anne. Esta é forçada a vê-lo aparecer à caça de uma esposa entre as filhas dos Musgrove, e ele acaba preferindo Louisa. Em uma viagem a Lyme, Louisa sofre uma queda séria, da qual demora a se recuperar.

Anne reúne-se a sua família em Bath, embora eles não pareçam sentir-lhe a falta nem desejá-la por perto. Um primo, herdeiro do título de seu pai, vinha se mostrando atencioso para com sua irmã mais velha. Quando Anne chega, ele volta suas atenções para ela.

A Sra. Smith, velha amiga de escola de Anne, revela que ele é um patife. O noivado de Louisa é anunciado, não com Wentworth, mas com Benwick, um oficial da Marinha enlutado que ela via com frequência em Lyme. Wentworth segue Anne até Bath e depois de vários outros mal-entendidos, os dois finalmente se casam.

# A reação

NA QUAL A FAMÍLIA E OS AMIGOS DE JANE AUSTEN TECEM COMENTÁRIOS ACERCA DE *Mansfield Park*, OPINIÕES REUNIDAS E ANOTADAS PELA PRÓPRIA AUSTEN[1]

Minha Mãe – não gostou tanto quanto de O. & P. – Achou Fanny insípida. – Gostou da Sra. Norris.

Cassandra (irmã) – achou tão perspicaz, ainda que não tão genial, quanto O. & P. – Gostou de Fanny. – Deleitou-se com a estupidez do Sr. Rushworth.

Meu Irmão Mais Velho (James) – um fervoroso admirador no geral. – Adorou as Cenas de Portsmouth.

Sr. e Sra. Cooke (madrinha) – gostaram muito – particularmente da Maneira com que o Clero é tratado. – O Sr. Cooke chamou-o "o Romance mais inteligente que já havia lido". – A Sra. Cooke pediu uma boa Figura Matronal.

A Sra. Augusta Bramstone (irmã mais velha de Wither Bramstone) – confessou que achou R. & S. – e O. & P. completamente absurdos, mas esperava gostar mais de M. P., & tendo concluído o 1º vol. – congratulou-se por ter passado pelo pior.

A Sra. Bramstone (mulher de Wither Bramstone) – muito satisfeita com ele; particularmente com o personagem de Fanny, por ser tão natural. Achou lady Bertram parecida consigo. – Preferiu-o aos dois outros – mas imaginou que *isso* poderia se dever a sua falta de Discernimento – visto que não percebe a Sutileza.

NA QUAL A FAMÍLIA E OS AMIGOS DE JANE AUSTEN
TECEM COMENTÁRIOS ACERCA DE *Emma*[2]

Minha Mãe – achou mais divertido que M. P. – mas não tão interessante quanto O. & P. – Nenhum dos personagens equipara-se à lady Catherine & ao Sr. Collins.

Cassandra – melhor que O. & P. – mas não tão bom quanto M. P.

Sr. e Sra. J.A. (James Austen) – não gostaram tanto quanto dos outros três. Linguagem diferente dos outros; de leitura menos fácil.

Cap. Austen (Francis William) – gostou extremamente, tendo observado que embora possa haver mais Sutileza em O. & P. – & uma Moralidade superior em M. P. – ainda assim, no geral, devido a sua peculiar atmosfera de Natureza do começo ao fim, ele o preferiu aos outros dois.

Sr. Sherer (vigário) – achou que não se equipara nem a M. P. – (do qual gostou mais que de todos) nem a O. & P. – Descontente com minhas descrições de Clérigos.

Srta. Isabella Herries – não gostou – opôs-se a minha exposição do sexo na figura da Heroína – convencida de que eu tinha em vista a Sra. e a Srta. Bates devido a alguns dos conhecidos das duas – Pessoas das quais nunca ouvi falar.

Sr. Cockerelle – gostou tão pouco, que Fanny não me enviaria a opinião dele.

Sr. Fowle (amigo de infância) – leu apenas os primeiros e últimos capítulos, pois tinha ouvido falar que a obra não era interessante.

Sr. Jeffery (Editor da *Edinburgh Review*) manteve-se acordado por causa dele durante três noites.

NA QUAL CRÍTICOS, ESCRITORES E FIGURAS LITERÁRIAS TECEM COMENTÁRIOS SOBRE AUSTEN, SEUS ROMANCES, SEUS ADMIRADORES E SEUS DETRATORES AO LONGO DE DOIS SÉCULOS

1812 – Crítica não assinada de *Razão e sensibilidade*[3]
Iremos, no entanto, reter nossas amigas não mais que para lhes assegurar que podem ler tais volumes não só com satisfação, mas com autênticos benefícios, pois podem aprender com eles, se lhes aprouver, muitas máximas sóbrias e salutares para a condução da vida, exemplificadas em uma narrativa muito agradável e divertida.

1814 – Mary Russell Mitford, crítica de *Orgulho e preconceito*[4]
É impossível não sentir em cada linha de *Orgulho e preconceito*, em cada palavra de "Elizabeth", a completa falta de gosto que

poderia produzir uma heroína tão arrogante, tão mundana quanto a amada de um homem como Darcy. Wickham é igualmente ruim. Ah! eles foram feitos um para o outro e não consigo perdoar o delicioso Darcy por tê-los separado. Darcy deveria ter-se casado com Jane.

1815 – Sir Walter Scott, crítica de *Emma*[5]
De modo geral, o curso dos romances dessa autora mantém a mesma relação com o modelo sentimental e romântico que os milharais, chalés e prados mantêm com os gramados muito ornamentados de uma mansão em exposição, ou as elevações irregulares de uma paisagem montanhosa. Nem é tão cativante quanto a primeira, nem tão majestoso quanto a outra, mas proporciona àqueles que os visitam um prazer quase aliado à experiência de seus próprios hábitos sociais; e o que é de certa importância, o jovem viajante pode retornar de seu passeio para os assuntos corriqueiros da vida sem a menor chance de ter a cabeça virada pela recordação do cenário pelo qual esteve perambulando.

1826 – Sir Walter Scott onze anos mais tarde, após a morte de Austen, seu entusiasmo tendo aumentado[6]
Também li de novo, e pelo menos pela terceira vez, o romance primorosamente escrito da Srta. Austen *Orgulho e preconceito*. Essa jovem senhora tinha um talento para descrever o envolvimento, os sentimentos e personagens da vida ordinária que é, para mim, o mais maravilhoso com que já me deparei. A tensão do Grande Clamor posso eu mesmo produzir, como qualquer outro agora, mas o toque extraordinário que torna interessantes coisas e personagens corriqueiros a partir da verdade da descri-

ção e do sentimento me é negado. Que pena que uma pessoa tão talentosa tenha morrido tão cedo!

1826 – Presidente John Marshall do Supremo Tribunal, carta a Joseph Story[7]

Fiquei um pouco aflito ao descobrir que você não havia acolhido o nome da Srta. Austen em sua lista de favoritos. [...] Seus voos não são grandiosos, ela não ganha altura nas asas de uma águia, mas é agradável, interessante, equânime, além de divertida. Conto com sua elaboração de alguma desculpa por essa omissão.

1830 – Thomas Henry Lister[8]

A Srta. Austen nunca foi tão popular quanto merecia. Atenta à fidelidade de descrição e avessa aos truques comuns de sua arte, ela, nesta era de charlatanismo literário, não recebeu sua recompensa. Leitores corriqueiros inclinaram-se a julgá-la tal qual Partridge, no romance de Fielding, avaliou a atuação de Garrick. Ele não conseguia enxergar o mérito de um homem que se comportava no palco simplesmente como se esperaria que qualquer pessoa se comportasse sob circunstâncias semelhantes na vida real. Preferia infinitamente o "camarada turbulento, de cabeleira postiça", que sacudia os braços como um moinho e discursava com voz de três. Assim foi com muitos dos leitores da Srta. Austen. Ela era muito natural para eles.

1848 – Charlotte Brontë, carta a G. H. Lewes[9]

Que estranho sermão vem a seguir em sua carta! Você diz que devo familiarizar minha mente com o fato de que a "Srta. Austen não é uma poetisa, não possui nenhum 'sentimento'" (você coloca desdenhosamente a palavra entre aspas), "nenhuma eloquência, nada do entusiasmo arrebatador da poesia"; e depois acrescenta que *preciso* "aprender a reconhecê-la como *uma das maiores artistas, uma das maiores pintoras do caráter humano* e uma das escritoras com a melhor noção de meios para atingir determinado fim que já existiu".

O último argumento apenas, sempre irei reconhecer.

Pode existir um grande artista sem poesia?

1870 – Crítica não assinada em *Uma memória de Jane Austen*, de James Edward Austen-Leigh[10]

A Srta. Austen sempre foi, *par excellence*, a autora favorita dos homens letrados. Os méritos peculiares de seu estilo são reconhecidos por todos, mas, com seu número de leitores, nunca lhe garantiram o que se pode positivamente chamar de popularidade. [...] Sempre se reconheceu que a vida pessoal da Srta. Austen foi isenta dos incidentes e paixões que favorecem o ofício do biógrafo. [...] Encaixa-se em nossa ideia de escritora descobrir que ela foi exímia no bordado microscópico de sessenta anos antes, que nunca se apaixonou, que "se refugiou nas vestimentas da meia-idade antes que sua idade ou aparência exigissem". [...]

Os críticos da época estavam no escuro. [...] Ela mesma não tinha consciência de haver fundado uma nova escola de ficção, que inspiraria novos cânones de análise.

1870 – Margaret Oliphant[11]

Os livros da Srta. Austen não lhe asseguraram fama repentina. Fizeram-se notar de forma tão gradual e vagarosa que até mesmo em sua morte não haviam alcançado grande sucesso. [...] Fomos informados de que, por ocasião de sua morte, eles não haviam rendido mais que setecentas libras e nada além de uma módica pitada de louvores. Não podemos dizer que estejamos minimamente surpresos com esse fato; achamos muito mais surpreendente que eles tenham, após longo tempo, alcançado a alta posição que hoje ocupam. Para o público em geral, que adora simpatizar com as pessoas que ele encontra na ficção, chorar com elas, regozijar-se com elas e adquirir verdadeiro interesse em todas as suas preocupações, dificilmente seria de se esperar que livros tão calmos, frios e perspicazes, que alardeiam tão pouco sua afinidade se tornassem populares.[...]Eles são antes do tipo que atrai o conhecedor, que seduz a mente crítica e literária.

1870 – Anthony Trollope[12]
Emma, a heroína, é tratada de forma quase impiedosa. Em todas as passagens do livro, ela incorre em alguma insensatez, alguma futilidade, alguma falta de conhecimento – ou efetivamente em alguma maldade. [...] Nos dias de hoje, não nos atrevemos a tornar nossas heroínas tão desprezíveis.

1894 – Alice Meynell[13]
Ela é mestra do escárnio, em lugar da inteligência ou do humor. [...] Sua ironia é por vezes intensamente amarga. [...] A falta de delicadeza e vivacidade manifesta-se na indiferença da Srta. Austen para com as crianças. Estas dificilmente aparecem em suas histórias, a não ser para ilustrar a loucura das mães. Elas não são tema enquanto crianças; são tema enquanto crianças mimadas, enquanto crianças por meio das quais a mãe pode receber elogios de conhecidos astuciosos e gerar aborrecimentos aos amigos sensíveis. [...] Na frieza e antipatia, a Srta. Austen assemelha-se a Charlotte Brontë.

1895 – Willa Cather[14]
Tenho pouca fé em mulheres na ficção. Elas possuem uma espécie de consciência de gênero abominável. São muito limitadas a uma condição e mentem muito acerca disso. São bem poucas as que realmente fizeram algo que valha a pena; houve as magníficas Georges, George Eliot e George Sand, que nada mais eram que mulheres, a Srta. Brontë, que manteve seu sentimentalismo sob controle, e Jane Austen, que decerto possuía mais bom senso que qualquer uma delas e foi, sob certos aspectos, a maior de todas. [...] Quando uma mulher escreve uma história de aventuras, um conto marítimo arrojado, uma narrativa varonil de batalha, qualquer coisa sem vinho, mulheres e amor, então começo a ter esperanças de que façam algo grande, não antes.

1898 – Artigo não assinado em *The Academy*[15]
Por vezes, em um fim de semana, tenho a sorte de [...] ter descoberto uma pousada antiga aconchegante na costa de Norfolk, onde não há campos de golfe, caçada a aves em migração, grande quantidade de coelhos nos quais disparar, com um jantar bom e simples e um quarto confortável revestido em carvalho para passar a noite. Por uma questão de conveniência, vou chamar meus amigos [...] Brown e Robinson.[...]

Brown é um jornalista de sucesso e, portanto, inteiramente destituído tanto de opinião definida quanto de convicção. [...] É sua profissão manter um dedo na tendência do público e alocar espaço de acordo.

Robinson é um jovem estudante fervoroso, ativamente empenhado em devorar literatura por atacado. [...] Foi ele que começou a falar sobre Jane Austen. [...]

"Gosto de Di [Vernon]", disse o estudante, "mas [sir Walter] Scott não a pôs à prova tanto quanto Lizzie [Elizabeth Bennet] foi posta. Ela não é mostrada em tantos humores e disposições de espírito diferentes. É perfeita demais. Era o estilo de Scott. Todas as suas heroínas [...] são imaculadas. Elizabeth tem milhares de defeitos [...] é muitas vezes cega, audaciosa, imprudente; e ainda assim, como emerge esplendidamente de tudo isso! Viva até a ponta dos dedos..."

"Me faz bem ao coração ver que a juventude ainda é capaz de entusiasmo", disse o jornalista, "mas meu caro, daqui a outros vinte anos, quando espero vê-lo como marido e pai corpulento, que deixou de pensar muito em heroínas, tanto na realidade quanto na ficção, seus ideais estarão completamente mudados. Você vai gostar muito mais de ler sobre a Sra. Norris a economizar noventa centímetros de baeta da cortina drapeada, e vai achar Fanny Price mais interessante que Elizabeth."

"Nada disso", replicou o estudante em tom decidido. "Já acho a Sra. Norris bastante interessante agora. [...]"

1898 – Mark Twain[16]
Cada vez que leio *Orgulho e preconceito* sinto necessidade de desenterrá-la e golpeá-la no crânio com a própria tíbia.

1901 – Joseph Conrad a H. G. Wells[17]
Que história é essa de Jane Austen? O que *tem* ela? Que história é essa?

1905 – Henry James[18]
Praticamente esquecida por trinta ou quarenta anos após sua morte, ela talvez represente para nós o mais belo exemplo de retificação de avaliação, ocasionada pela lenta remoção da estupidez. [...] Essa maré subiu alto na margem oposta – mais alto ainda, acho, que [...] seu mérito e interesse intrínsecos. [...] Res-

ponsáveis [...] são o corpo de editoras, editores, ilustradores, produtores da agradável tagarelice das revistas; que descobriram sua "querida", nossa querida, Jane, a querida de todos, tão infinitamente cara a seus fins materiais. [...]

A chave para o sucesso de Jane Austen na posteridade tem sido em parte a graça extraordinária de sua facilidade, aliás, de sua inconsciência: como se, no máximo a favor da dificuldade, a favor do constrangimento, ela por vezes derrubasse sua cesta de costura [...] e descambasse [...] para o devaneio, e as costuras derrubadas [...] fossem depois recolhidas como [...] pequenos gestos geniais de imaginação.

1905 – Crítica não assinada de *Jane Austen and Her Times*, de G. E. Mitton[19]

A Srta. Mitton [...] revela muitas virtudes que cumprimentamos. Ela é amante dos livros. É esforçada. [...] Suas expressões de opinião são ingênuas, copiosas e propensas a proporcionar muito prazer àqueles que a contradizem: por exemplo, em sua menção a *Razão e sensibilidade*, ela fala muito pouco, e em tom depreciativo, acerca da Sra. Jennings; nós, por outro lado, curvamo-nos ante a Sra. Jennings, por ser uma das poucas pessoas na ficção que é igualmente maravilhoso ter conhecido no papel e não ter conhecido em carne e osso.

1908 – Crítica não assinada em *The Academy*[20]

*A abadia de Northanger* não é o melhor exemplo do trabalho de Jane Austen, mas o fato de as cenas se passarem sobretudo em Bath, uma das poucas cidades na Inglaterra que conservam características próprias, torna-o particularmente atraente para estrangeiros. Possui também um elemento romântico mais forte que o habitual em Jane Austen, o que aumenta seu interesse para os jovens.

### 1913 – Virginia Woolf[21]

Lá estava uma mulher, por volta do ano 1800, escrevendo sem ódio, sem amargura, sem medo, sem protestar, sem pregar. Era como Shakespeare escrevia, eu pensava [...] e quando as pessoas comparam Shakespeare e Jane Austen, talvez queiram dizer que a mente de ambos havia esgotado todos os impedimentos; e por esse motivo não conhecemos Jane Austen e não conhecemos Shakespeare, e por esse motivo Jane Austen permeia todas as palavras que escreveu, assim como Shakespeare.

### 1913 – G. K. Chesterton[22]

Jane Austen nasceu antes que os laços que (dizem) protegiam as mulheres da verdade fossem rompidos pelas Brontë ou cuidadosamente desatados por George Eliot. Ainda assim, o fato é que Jane Austen sabia mais sobre os homens do que qualquer uma delas. Jane Austen talvez tenha sido protegida da verdade: mas muito pouca verdade foi protegida dela.

### 1917 – Frederic Harrison, carta a Thomas Hardy[23]

[Austen foi] uma cínica bastante insensível [...] que escreveu sátiras sobre seus vizinhos enquanto os monarcas rasgavam o mundo em pedaços e expediam milhões para o túmulo. [...] Jamais um único sopro do turbilhão ao seu redor tocou sua cômoda ou sua escrivaninha Chippendale.

### 1924 – Rudyard Kipling, epígrafe de *The Janeites*[24]

Jane jaz em Winchester – abençoada seja a sua sombra!

Louvado seja o Senhor por tê-la criado, e ela por tudo que criou!

E, enquanto as pedras de Winchester, ou da rua Milsom, perdurarem,

Glória, amor e honra para Jane da Inglaterra.

1924 – E. M. Forster[25]

Sou admirador de Jane Austen e, portanto, ligeiramente idiota no que diz respeito a ela. Minha expressão estúpida e ares de imunidade pessoal – quão dificilmente assentam no rosto, digamos, de um admirador de Stevenson! Mas Jane Austen é muito diferente. Ela é minha autora preferida! Leio e releio, a boca aberta e a mente fechada. [...]

O admirador de Jane Austen possui pouco do brilho que ele atribui de forma tão liberal a seu ídolo. Como todos os paroquianos regulares, mal percebe o que está sendo dito.

1925 – Edith Wharton[26]

Jane Austen, naturalmente, exímia em sua clareza, bem equipada de serenidade; ela nunca falha, mas existem poucos ou nenhum como ela.

1927 – Arnold Bennett[27]

Jane Austen? Sinto que estou me aproximando de terreno perigoso. A reputação de Jane Austen acha-se rodeada por uma tropa de defensores pronta para matar por sua causa sagrada. São quase todos fanáticos. Não escutam. Se alguém "atacasse Austen", qualquer coisa poderia lhe acontecer. A pessoa seria seguramente convidada a desistir de suas associações. Não quero desistir de minhas associações...

Ela é maravilhosa, contagiante [...] [mas] não conhecia o suficiente do mundo para ser uma grande romancista. Não tinha a ambição de ser uma grande romancista. Ela conhecia o seu lugar; seus "fãs" atuais desconhecem o lugar que lhe compete e suas palhaçadas teriam sem dúvida despertado a ironia letal de Jane.

1928 – Rebecca West[28]
Honestamente, está na hora de pôr fim a esse patrocínio cômico de Jane Austen. Acreditar que seu alcance seja limitado porque ela é harmoniosa quanto ao método é tão sensato quanto imaginar que quando o oceano Atlântico está calmo como um reservatório de moinho, seu tamanho se reduza ao de um reservatório de moinho. Há aqueles que se deixam iludir pelo decoro de seu estilo, pelo fato de suas virgens serem tão virginais que não têm consciência da própria virgindade, e acham que ela é ignorante acerca da paixão. Mas examinem o reticulado de suas frases perfeitas, aliado às unhas resplandecentes da perícia profissional, pintadas com o vivo esmalte da sagacidade, e vocês verão mulheres famintas de desejo ou radiantes de amor, cujas reações delicadas aos homens tornam as heroínas de todos os nossos mais recentes romancistas parecerem meramente mudar placas de "Pare" ou "Siga" ante o avanço masculino.

1931 – D. H. Lawrence[29]
Essa é, mais uma vez, a tragédia da vida social de hoje. Na velha Inglaterra, a curiosa ligação consanguínea mantinha as classes coesas. Os proprietários de terra talvez fossem arrogantes, violentos, intimidadores e injustos, no entanto, em certos aspectos, achavam-se *em sintonia* com o povo, parte da mesma consanguinidade. Percebemos isso em Defoe ou Fielding. E então, na

malvada Jane Austen, isso se perde. Já essa solteirona representa "personalidade" em vez de caráter, o nítido conhecer no afastamento em lugar do conhecer na união e é, segundo minha percepção, completamente desagradável, inglesa no mau sentido, no sentido mesquinho, esnobe da palavra, assim como Fielding é inglês no sentido bom e generoso.

1937 – W. H. Auden[30]
É impossível chocá-la mais do que ela me choca;
  Ao lado dela, Joyce parece inocente como grama.
Fico muito perturbado ao ver
  Uma solteirona inglesa de classe média
  Descrever as consequências amorosas do "metal",
Revelar tão francamente e com tanta sobriedade
A base econômica da sociedade.

1938 – Ezra Pound, carta a Laurence Binyon[31]
Inclino-me a dizer em desespero, leia você mesmo e exclua cada sentença que não se pareça com o que Jane Austen teria escrito em prosa. O que é, admito, impossível. Mas quando você *obtiver* um verso límpido, na ordem direta perfeitamente normal, isso não vale quaisquer outros dez?

1938 – Thornton Wilder[32]
[Os romances de Jane Austen] parecem compostos de verdade abjeta. Os acontecimentos são dolorosamente insignificantes; e ainda assim, com *Robinson Crusoe*, provavelmente superarão toda a obra de Fielding, Scott, George Eliot, Thackeray e Dickens. A arte está tão consumada que o segredo se acha escondido; por mais que a examine, sacuda, desmonte, a pessoa não consegue entender como é feita.

1938 – H. G. Wells, diálogo do personagem de um romance, que talvez expresse a opinião do próprio Wells, talvez não[33]
"A inglesa Jane Austen é bem típica. Quintessencial, eu deveria chamá-la. Certo encanto inevitável e desbotado. Como algumas das mais belas borboletas – completamente sem entranhas."

1940 – D. W. Harding[34]
Concluí que ela era uma satirista delicada, que revelou com inimitável leveza o traço dos defeitos cômicos e fraquezas amáveis das pessoas entre as quais viveu e das quais gostava. [...] Isso bastou para me fazer ter certeza de que não a queria ler. E é, creio, uma impressão muito equivocada. [...]

Para apreciar seus livros sem inquietação, aqueles que conservam a noção convencional de seu trabalho devem sempre ter tido de interpretar de forma ligeiramente equivocada o que ela escreveu.

1940 – Anúncio da MGM para o filme *Orgulho e preconceito*[35]
Cinco irmãs encantadoras na mais alegre e divertida perseguição na captura de um solteiro perplexo! Aprenda com essas caçadoras de maridos!

1944 – Edmund Wilson[36]
Houve várias revoluções de preferência durante os últimos 125 anos da literatura inglesa e, ao longo de todos eles, talvez apenas duas reputações nunca se viram afetadas pelos câmbios da moda: as de Shakespeare e Jane Austen. [...] Ela instigou a perplexa admiração de escritores dos mais variados tipos e devo dizer que Jane Austen e Dickens hoje se apresentam, muito estranhamente, como os dois únicos romancistas ingleses [...] que fazem par-

te do ranking superior, com grandes autores de ficção da Rússia e da França. [...] Que este espírito tenha encarnado... na mente de uma mulher solteira bem-educada, filha de um clérigo do interior, que não viu do mundo mais do que possibilitaram suas breves visitas a Londres e a residência de poucos anos em Bath, e que encontrou seus temas sobretudo nos problemas de jovens interioranas à procura de marido, parece uma das mais bizarras das muitas anomalias da história literária inglesa.

## 1954 – C. S. Lewis[37]

Ela é descrita por alguém na pior história de Kipling como a mãe de Henry James. Tenho muito mais certeza de que é a filha do Dr. Johnson: herda seu bom senso, sua moralidade, até mesmo muito de seu estilo. Não sou um jamesiano bom o bastante para concluir a outra afirmação. Mas, se ela legou-lhe alguma coisa, esta deve estar inteiramente no lado estrutural. Seu estilo, seu sistema de valores, seu temperamento me parecem completamente opostos aos dele. Estou convencido de que, se Isabel Archer houvesse conhecido Elizabeth Bennet, tê-la-ia julgado "não muito cultivada" e temo que Elizabeth teria achado Isabel desprovida tanto de "seriedade" quanto de alegria.

## 1955 – Lionel Trilling[38]

A *animalidade* da repugnância de Mark Twain talvez deva ser entendida como a repulsa masculina ante uma sociedade em que as mulheres parecem estar no centro de interesse e poder, como o pânico de um homem ante um mundo fictício no qual o princípio masculino, ainda que representado como admirável e necessário, é determinado e controlado pela mente feminina. O professor Garrod, cujo ensaio "Jane Austen, A Depreciation" é uma *summa* de todos os motivos para não se gostar de Jane

Austen, expressa uma repugnância quase tão brutal quanto a de
Mark Twain; ele sugere que um insulto sexual direto está sendo
apresentado aos homens por um autor do sexo feminino.

1957 – Kingsley Amis[39]
Edmund e Fanny são ambos moralmente abomináveis, e o endosso de seus sentimentos e comportamento por parte da autora
[...] faz de *Mansfield Park* um livro imoral.

1968 – Angus Wilson[40]
Quanto ao gotejar de críticos hostis a Jane Austen, do período
vitoriano em diante, estes têm sido impetuosamente injustos,
como Charlotte Brontë, Mark Twain ou [D.H.] Lawrence, insuficientemente informados, como o professor Garrod, ou apenas parcialmente críticos, como o Sr. Amis, em sua relutância
em comprometer-se a convidar o Sr. e a Sra. Edmund Bertram
para jantar; seus admiradores, menos inteligentes e mais numerosos, têm sido um obstáculo maior a sua elevada reputação que
seus críticos hostis.

1974 – Margaret Drabble[41]
Há autores que escreveram muito. Outros que escreveram o suficiente. Há ainda outros que estão longe de ter escrito o bastante para satisfazer seus admiradores, e Jane Austen é certamente
um deles. Haveria mais alegria genuína na descoberta de um
romance completamente novo de Jane Austen, que em qualquer
outra descoberta literária, exceto por uma nova peça importante
de Shakespeare.

1979 – Sandra M. Gilbert e Susan Gubar[42]
A narrativa de Austen é lisonjeira sobretudo para os leitores do
sexo masculino, pois descreve a domesticação não apenas de

qualquer mulher, mas especificamente a de uma garota rebelde e imaginativa, dominada, em termos amorosos, por um homem sensato. Não menos que o mata-borrão literalmente apoiado sobre o manuscrito em sua escrivaninha, a descrição de Austen da necessidade de silêncio e submissão reforça a posição subalterna das mulheres na cultura patriarcal. [...] Ao mesmo tempo, no entanto [...] sob essa descrição, Austen sempre estimula seus leitores "a preencherem o que não está presente". [Esta última citação é de Virginia Woolf.]

1980 – Vladimir Nabokov[43]
A obra-prima da Srta. Austen não é intensamente vívida. [...] *Mansfield Park* [...] é trabalho de mulher e brincadeira de criança. Mas daquela cesta de costura surge a arte de um bordado requintado e há um veio de admirável genialidade naquela criança.

1984 – Fay Weldon[44]
Também acho [...] que ninguém se casou com ela pelo mesmo motivo que Crosby não publicou *A abadia de Northanger*. Tudo aquilo era demais. Alguma coisa verdadeiramente assustadora retumbava sob a intensa alegria: alguma coisa capaz de tomar o mundo de assalto e balançá-lo.

1989 – Katha Pollitt, em seu poema "Relendo os romances de Jane Austen"[45]
    Dessa vez, eles não parecem tão cômicos.
    Mama é ridícula, obtusa ou apática. Papa
    é um lunático genial, mimado.
    Ninguém pensa em nada além de classe.

1989 – Christopher Kent[46]
Um professor de Oxford, H. F. Brett-Smith, trabalhou durante a Primeira Guerra Mundial como consultor de material de leitura para soldados feridos em hospitais. "Para os severamente traumatizados", recordou um ex-aluno, "ele escolhia Jane Austen." [...]
Enquanto a Revolução Francesa provocava devastação, Jane Austen mal tirava os olhos de seu *petit point* literário. Quem melhor que ela para acalmar as mentes perturbadas em Passchendaele ou no Somme? Na calma terapêutica de suas páginas, as vítimas da história conseguiam escapar do inimigo.

1993 – Gish Jen[47]
Acho que a escritora seguinte a exercer grande influência sobre mim foi Jane Austen. *Orgulho e preconceito* foi um dos livros que li de trás para frente e de frente para trás. Eu realmente queria ser Elizabeth Bennet. Claro que hoje há quem diga "Ah, isso é tão inglês"; acham que eu deveria ter sido mais influenciada por ópera chinesa ou coisa parecida.

1993 – Edward W. Said[48]
No que diz respeito a *Mansfield Park*, no entanto, muito ainda precisa ser dito. [...] Talvez então Austen e, na realidade, os romances pré-imperialistas em geral venham a parecer mais comprometidos com a argumentação a favor da expansão imperialista do que à primeira vista.

1995 – Artigo sobre um ensaio de Terry Castle[49]
Jane Austen era homossexual? Essa pergunta, formulada pela geralmente moderada *London Review of Books*, foi o título de um ensaio do professor Terry Castle, de Stanford, que explorou,

de forma sutil, a "dimensão homoerótica inconsciente" das cartas de Austen a sua irmã Cassandra. A insinuação causou grande comoção entre os admiradores de Austen.

1996 – Carol Shields[50]
As heroínas de Austen são instigantes porque em um sistema social e econômico que conspira para colocá-las em situação de desvantagem, elas exercem verdadeiro poder. [...] Examinamos os romances de Austen [...] e vemos que as mulheres não apenas sabem o que querem, mas desenvolveram uma estratégia incisiva no intuito de obtê-lo.

1996 – Martin Amis[51]
Jane Austen é estranhamente capaz de manter todo mundo ocupado. Os moralistas, a turma do Eros-e-Ágape, os marxistas, os freudianos, os junguianos, os semióticos, os desconstrucionistas – todos descobrem um parque de aventuras em seis romances repetitivos sobre provincianos de classe média. E para todas as gerações de críticos e leitores, sua ficção renova-se sem esforço.

Cada época trará sua ênfase peculiar e no atual festival de Austen, nossas próprias ansiedades acham-se inteiramente reveladas. Gostamos de chafurdar nas características e acessórios do mundo de Jane, mas nossa reação é predominantemente sombria. Percebemos, acima de tudo, a contração da oportunidade feminina: a curta duração de sua nubilidade e, ainda assim, a forma lenta e tediosa pela qual o tempo passava nesse período. Percebemos a profusão de ocasiões para infligir dor social e como os poderosos estavam interessados em infligi-la. Percebemos de quão pouco os impotentes dispunham para usar contra aqueles que talvez os odiassem. Perguntamo-nos quem diabos

se casará com as moças pobres. Os homens pobres não podem.
E os ricos tampouco. Então quem pode fazer isso?

1996 – Anthony Lane[52]
Nenhum fardo pesa mais sobre os ombros de um escritor do que o de ser muito querido, mas alguma coisa inatingível em Austen descarta esse peso.

1997 – Editorial em *Forbes*[53]
"Drucker não é um teórico de gestão no sentido restrito, acadêmico", diz Lenzner. [...] "Ele compara as alianças corporativas estratégicas às alianças matrimoniais nos romances de Jane Austen."

1997 – Susan M. Korba[54]
Durante anos, os críticos de *Emma* têm girado em torno da questão aparentemente desconcertante da sexualidade da protagonista. [...] Claudia Johnson acha que [...] "de forma claramente misógina, por vezes até mesmo homofóbica, os significados implícitos frequentemente sobem à superfície da crítica a respeito dela". Johnson cita as alusões deploráveis de Edmund Wilson e as insinuações perversas acerca das paixões e preferências de Emma por outras mulheres como exemplos do mal-estar provocado por essa heroína específica de Austen.

1999 – David Andrew Graves[55]
Nos últimos dois anos, venho utilizando um software como ferramenta para analisar textos à procura de padrões na sequência e frequência vocabular. [...] Do ponto de vista da frequência vocabular por categoria semântica, *Emma* consiste no romance mais leve e perspicaz de Jane Austen, fortemente positivo e com

a menor incidência de sentimento negativo, exatamente como ela nos prometeu desde a primeiríssima frase.

1999 – Andy Rooney[56]
Não li nada do que Austen escreveu. Nunca consegui ler *Orgulho e preconceito* nem *Razão e sensibilidade*. Eles me pareciam os Gêmeos Bobbsey para adultos.

1999 – Anthony Lane[57]
Nudez, abuso sexual, lesbianismo, uma pitada de incesto – será que nunca nos cansaremos de Jane Austen?

2000 – Nalini Natarajan[58]
Uma percepção "comum" sobre a popularidade de Austen na Índia apontaria para a traduzibilidade das situações austenianas no contexto da emergente classe média indiana. [...] As questões levantadas por minha metacrítica, ou pela leitura da crítica recente da filha austeniana, enquanto completamente desprovida das especificidades da reforma feminina e sua narrativização na Bengala colonial, sugerem um paradigma no qual é possível discutir o entrelaçamento de duas culturas.

2002 – Shannon R. Wooden, sobre os filmes de Austen[59]
O controle alimentar, uma característica culturalmente difundida e determinante da "feminilidade", também permeia *Razão e sensibilidade*, de Ang Lee, *Persuasão*, de Roger Michell, *Emma*, de Douglas McGrath, e *As patricinhas de Beverly Hills*, de Amy Heckerling. [...] Sem exceção, a heroína nunca come. [...] O consumo ostensivo de alimentos invariavelmente sinaliza a mulher "má" ou ridícula.

2002 – Elsa Solender, ex-presidente da Jane Austen Society of North America[60]

Tendo analisado todos os filmes disponíveis e reações críticas a eles nas bibliotecas especializadas de Londres, Los Angeles e Nova York, e tendo mendigado, comprado ou emprestado uma biblioteca de livros e artigos sobre a adaptação da literatura para o cinema, cheguei a uma conclusão definitiva sobre a tentativa de recriar o "mundo de Jane Austen" de forma fiel e autêntica na cinematografia, de modo a satisfazer os fãs de Jane Austen. Em uma única palavra: Não!

2003 – J. K. Rowling[61]

Nunca desejei ser famosa e nunca sonhei que seria famosa. [...] Há uma ligeira desconexão com a realidade, que acontece muito comigo. Eu imaginava que ser um escritor famoso seria como ser igual a Jane Austen. Poder ficar sentada em uma residência paroquial, seus livros seriam muito famosos, e você ocasionalmente se corresponderia com a secretária do príncipe de Gales.

## NOTAS

1. Jane Austen, *The Works of Jane Austen*, vol. 6: *Minor Works*, ed. R. W. Chapman (Oxford, Londres e Nova York: Oxford University Press, 1969), pp. 431-435.
2. Ibid., pp. 436-439.
3. B. C. Southam, ed., *Jane Austen and the Critical Heritage* (Londres e Nova York: Routledge & Kegan Paul, 1968), vol. 1, p. 40.
4. Mary Russell Mitford, *Life of Mary Russell Mitford*, ed. A. G. L'Estrange (Nova York: Harper & Brothers, 1870), vol. 1, p. 300.
5. David Lodge, ed., *Jane Austen's Emma: A Casebook* (Houndsmill, Basingstoke, Hampshire e Londres: Macmillan Education, 1991), p. 42.

6. Southam, *Jane Austen and the Critical Heritage*, vol. 1, p. 106.
7. A. J. Beveridge, *Life of John Marshall* (Boston: Houghton Mifflin, 1916–1919), vol. 4, pp. 79-80.
8. [Thomas Henry Lister], crítica não assinada de Catherine Gore, *Women As They Are*, in *Edinburgh Review*, jul. 1830, p. 448.
9. T. J. Wise e J. A. Symington, eds., *The Brontës: Their Friendships, Lives and Correspondence* (Filadélfia: Porcupine, 1980), vol. 2, p.180.
10. *The Academy*, 1 (12 fev. 1870), pp. 118-119.
11. Southam, *Jane Austen and the Critical Heritage*, vol. 1, pp. 224-225.
12. Anthony Trollope, "Miss Austen's Timidity", in Lodge, *Jane Austen's Emma: A Casebook*, p. 51.
13. Alice Christiana Thompson Meynell, *The Second Person Singular and Other Essays* (Londres e Nova York: H. Milford, Oxford University Press, 1921), p. 66.
14. Willa Cather, "The Demands of Art", in Bernice Slote, ed., *The Kingdom of Art* (Lincoln: University of Nebraska Press, 1966), p. 409.
15. *The Academy*, 53 (jan./jun. 1898), pp. 262-263.
16. Mark Twain, *Mark My Words: Mark Twain on Writing*, ed. Mark Dawidziak (Nova York: St. Martin's, 1996), p. 128.
17. John Wiltshire, citado em B. C. Southam, ed., *Critical Essays on Jane Austen* (Londres: Routledge & Kegan Paul, 1968), p. xiii.
18. Henry James, "The Lesson of Balzac", in Leon Edel, ed., *The House of Fiction* (Londres: Rupert Hart-Davis, 1957), pp. 62-63.
19. *The Academy*, 69 (11 nov. 1905), p. 1.171.
20. *The Academy*, 74 (jan./jun. 1908), p. 622.
21. Virginia Woolf, *A Room of One's Own* (Nova York: Harcourt, Brace, Jovanovich, 1957), pp. 50-51.
22. Gilbert Keith Chesterton, *The Victorian Age in Literature* (Nova York: Henry Holt, 1913), p. 109.
23. Citado in Christopher Kent, "Learning History with, and from, Jane Austen", in J. David Grey, ed., *Jane Austen's Beginnings: The Juvenilia and Lady Susan* (Ann Arbor, MI, e Londres: UMI Research Press, 1989), p. 59.

24. Rudyard Kipling, "The Janeites", in Craig Raine, ed., *A Choice of Kipling's Prose* (Londres: Faber and Faber, 1987), p. 334.
25. E. M. Foster, "Jane Austen", in *Abinger Harvest* (Nova York: Harcourt, Brace, 1936), p. 148.
26. Penelope Vita-Finzi, *Edith Wharton and the Art of Fiction* (Nova York: St. Martin's, 1990), p. 21.
27. Arnold Bennett, *The Author's Craft and Other Critical Writings of Arnold Bennett*, ed. Samuel Hynes (Lincoln: University of Nebraska Press, 1968), pp. 256-257.
28. Rebecca West, *The Strange Necessity* (Londres: Jonathan Cape, 1928), pp. 263-264.
29. D. H. Lawrence, *Apropos of Lady Chatterley's Lover* (Londres: Martin Secker, 1931), pp. 92-93.
30. W. H. Auden e Louis MacNeice, *Letters from Iceland* (Nova York: Random House, 1937), p. 21.
31. Ezra Pound, *Letters from Ezra Pound*, ed. D. D. Paige (Nova York: Harcourt, Brace, and World, 1950), p. 308.
32. Thornton Wilder, "A Preface for *Our Town*" (1938), in *American Characteristics and Other Essays* (Nova York: Harper & Row, 1979), p. 101.
33. H. G. Wells, *The Brothers: A Story* (Nova York: The Viking Press, 1938), pp. 26-27.
34. D. W. Harding, "Regulated Hatred: An Aspect of the Work of Jane Austen", *Scrutiny*, 8 (mar. 1940), pp. 346-347.
35. Citado por Anthony Lane, "Jane's World", *The New Yorker*, 25 set. 1995, p. 107.
36. Edmund Wilson, "A Long Talk About Jane Austen", *The New Yorker*, 24 jun. 1944, p. 69.
37. C. S. Lewis, "A Note on Jane Austen", in *Essays in Criticism: A Quarterly Journal of Literary Criticism*, 4, n. 4 (Oxford: Basil Blackwell, 1954), p. 371.
38. Lionel Trilling, "*Mansfield Park*", in Ian Watt, ed., *Jane Austen: A Collection of Critical Essays* (Englewood Cliffs, NJ: Prentice-Hall, 1963), p. 126.

39. Kingsley Amis, "What Became of Jane Austen?" in Watt, *Jane Austen: A Collection of Critical Essays*, p. 142.
40. Angus Wilson, "The Neighbourhood of Tombuctoo: Conflicts in Jane Austen's Novels", in Southam, *Critical Essays on Jane Austen*, p. 186.
41. Margaret Drabble, "Introduction", *Lady Susan; The Watsons; Sanditon* (Grã-Bretanha: Penguin, 1974), p. 7.
42. Sandra M. Gilbert e Susan Gubar (1979), *The Madwoman in the Attic: The Woman Writer and the Nineteenth-Century Literary Imagination* (New Haven, CT e Londres: Yale University Press, 1984), pp. 154-155.
43. Vladimir Nabokov, *Lectures on Literature*, ed. Fred Bowers (Nova York: Harcourt, Brace, Jovanovich, 1980), p. 10.
44. Fay Weldon (1984), *Letters to Alice on First Reading Jane Austen* (Nova York: Taplinger, 1985), p. 97.
45. Katha Pollitt, "Rereading Jane Austen's Novels", *The New Republic*, 7 e 14 ago. 1989, p. 35.
46. Kent, "Learning History with, and from, Jane Austen", p. 59.
47. Y. Matsukawa, "Melus Interview: Gish Jen", *Melus*, 18, n. 4 (Inverno 1993), p. 111.
48. Edward W. Said, *Culture and Imperialism* (Nova York: Alfred A. Knopf, 1993), p. 84.
49. Belinda Luscombe, "Which Persuasion?" *Time*, 14 ago. 1995, p. 73.
50. Carol Shields e Anne Giardini, "Martians in Jane Austen?" *Persuasions*, 18 (16 dez. 1996), pp. 196, 199.
51. Martin Amis, "Jane's World", *The New Yorker*, 8 jan. 1996, p. 34.
52. Anthony Lane, "The Dumbing of Emma", *The New Yorker*, 5 ago. 1996, p. 76.
53. James W. Michaels, "Jane Austen Novels as Management Manuals", *Forbes*, 159, n. 5 (10 mar. 1997), p. 14.
54. Susan M. Korba, "'Improper and Dangerous Distinctions': Female Relationships and Erotic Domination in *Emma*", *University of North Texas Studies in the Novel*, 29, n. 2 (Verão 1997), p. 139.
55. David Andrew Graves, "Computer Analysis of Word Usage in *Emma*", *Persuasions*, 21 (1999), p. 203, 211.

56. Correspondência com Emily Auerbach, citada em Natalie Tyler, ed., *The Friendly Jane Austen* (Nova York: Penguin, 1999), p. 231.
57. Anthony Lane, "All over the Map" (crítica do filme *Mansfield Park*), *The New Yorker*, 29 nov. 1999, p. 140.
58. Nalini Natarajan, "Reluctant Janeites: Daughterly Value in Jane Austen and Sarat Chandra Chatterjee's *Swami*", in You-me Park e Rajeswari Sunder Rajan, eds., *The Postcolonial Jane Austen* (Londres e Nova York: Routledge, 2000), p. 141.
59. Shannon R. Wooden, "'You Even Forget Yourself': The Cinematic Construction of Anorexic Women in the 1990's Austen Films", *Journal of Popular Culture*, Outono 2002, p. 221.
60. Elsa Solender, "Recreating Jane Austen's World on Film". *Persuasions*, 24 (2002), pp. 103-104.
61. Citado em www.bloomsburymagazine.com.

# Questões para discussão

*Questões de Jocelyn*

1. Os livros de Austen muitas vezes nos deixam a nos perguntar se todos os seus casamentos são boas ideias. Casais preocupantes talvez incluam: Marianne Dashwood e o coronel Brandon, Lydia Bennet e Wickham, Emma e o Sr. Knightley, Louisa Musgrove e o capitão Benwick. Alguma das uniões em *O clube de leitura de Jane Austen* gera inquietação?
2. Vocês gostam de algum filme baseado nos livros de Austen? Gostam de filmes baseados em livros? Já assistiram a alguma adaptação dos romances de Austen que apresente um Jack Russell terrier chamado Wishbone? Gostariam de assistir?
3. É indelicado dar de presente um livro a uma pessoa e mais tarde perguntar a ela se gostou? Vocês fariam isso?

*Questões de Allegra*

1. Quase não vamos mais a bailes elegantes, mas os bailes de formatura ainda desempenham um papel importante – muito importante – em nossa história pessoal. Sobretudo caso não tenhamos compa-

recido. Por que todos os filmes românticos adolescentes terminam com um baile de formatura?
2. Alguma parte de sua resposta tem a ver com dançar?
3. Em *O clube de leitura de Jane Austen*, sofro duas quedas e visito dois hospitais. Vocês já pararam para se perguntar como uma mulher que se sustenta criando joias tem condições de bancar um seguro de saúde? Vocês acham que algum dia teremos cobertura universal neste país?

*Questões de Prudie*

1. O que eu quis dizer naquela parte a respeito da ironia é que só porque todos descobrem seu nível social no final de *Emma*, não significa que Austen aprove isso. Como em Shakespeare, é difícil ler Austen e saber quais realmente eram suas opiniões sobre muitas coisas. Pode-se dizer o mesmo a respeito de Karen Joy Fowler?
2. *Il est plus honteux de se défier de ses amis, que d'en être trompé*. Vocês concordam ou discordam?
3. Com qual das mulheres em *Sex and the City* Dean *realmente* se parece mais?

*Questões de Grigg*

1. Os livros de Jane Austen foram inicialmente publicados sem o nome da autora e classificados como "um livro interessante", o que alertava o leitor de que continham histórias de amor. Se os publicasse hoje, Austen seria considerada uma autora de romances?
2. Tanto os admiradores de Austen quanto os leitores de ficção científica sentem uma intensa ligação com os livros. Vocês conhecem outros grupos literários que se engajem com entusiasmo semelhante? Por que esses e não outros?

3. Muitos leitores de ficção científica também adoram Austen. Por que vocês supõem que isso seja verdade? Acham que muitos leitores de Austen gostam de ficção científica?

*Questões de Bernadette*

1. Um dos motivos pelos quais não sabemos mais sobre Austen é o fato de sua irmã Cassandra ter destruído muitas de suas cartas, por julgá-las demasiado pessoais ou por achar que repercutiam mal para ela. Como isso faz com que vocês se sintam a respeito de Cassandra?
2. Vocês acham que conhecer o autor complementa um livro? Vocês se importam caso um livro não inclua uma foto do autor? De qualquer forma, vocês acham que o autor não se parece nem um pouco com a foto?
3. Vocês acreditam em finais felizes? Eles são mais difíceis de acreditar que em finais tristes? Quando vocês geralmente leem o final de um livro? Depois do início e do meio, ou antes? Justifique a sua opção.

*Questões de Sylvia*

1. Quantas gerações vocês conseguem retroceder em sua árvore genealógica? Vocês se interessam por genealogia? Por que sim ou por que não?
2. O amor é melhor na segunda vez? Um bom livro é melhor na segunda vez? O livro do qual vocês mais gostam também é o que mais releram? A pessoa de quem vocês mais gostam é aquela com quem desejam passar a maior parte do tempo?
3. Vocês já desejaram que seu companheiro houvesse sido escrito por outro autor, tivesse uma conversa melhor e um jeito mais atraente de se conduzir? Que autor vocês escolheriam?

## Agradecimentos

Estou em débito com mais gente do que posso exprimir.

Obrigada a minha filha, Shannon, que não só leu e aconselhou, mas fez toda a parte de paraquedismo para mim.

Obrigada a Kelly Link e Gavin Grant, que examinaram o original mais vezes que qualquer amigo deveria ser obrigado a fazer, sempre com incentivos e recomendações muito competentes.

Obrigada a Sean Stewart e Joy Johannessen pela imensa ajuda na reta final.

Obrigada a Susie Dyer e Catherine Hanson-Tracy, ambas muito generosas com seu tempo e experiência.

Obrigada a Christopher Rowe pelos vampiros invisíveis do livro.

Obrigada a Christien Gholson por uma imagem roubada, a Dean Karnhopp por uma anedota roubada.

Obrigada à Colônia MacDowell, assim como ao Davis Crêpe Bistro pelo tempo, pelo espaço e pela comida muito boa.

Obrigada, como sempre, a Marian Wood e Wendy Weil por muitas coisas ao longo de tantos anos.

E um agradecimento especial à incomparável Anna Jardine.

Cada um possui uma Austen particular. A minha é a Austen que mostrava seu trabalho aos amigos e familiares e recebia com evidente prazer suas reações. Portanto, obrigada acima de tudo a ela, pelos livros renováveis, passíveis de releitura, infinitamente fascinantes e tudo o que foi escrito sobre eles.

Impressão e acabamento:
GRÁFICA STAMPPA LTDA.
para a Editora Rocco Ltda.